LA TROUPE DES OMBRES

DU MÊME AUTEUR

COMÉDIENNES D'AUJOURD'HUI, Lherminier, 1980.
WAJDA, Cana, 1981.
LA NOUVELLE VAGUE, VINGT-CINQ ANS APRÈS, Cerf, 1983.
JEAN-LUC GODARD, Rivages, 1989 ; rééd. *JEAN-LUC GODARD PAR JEAN-LUC DOUIN*, Rivages, 1994
BERTRAND TAVERNIER, CINÉASTE INSURGÉ, Ramsay, 1997 ; Ramsay Poche, 2006.
DICTIONNAIRE DE LA CENSURE AU CINÉMA, PUF, 1998.
LES ÉCRANS DU DÉSIR, Chêne, 2000.
LES FILMS À SCANDALE, Chêne, 2001.
LES JOURS OBSCURS DE GÉRARD LEBOVICI, Stock, 2004.
HISTOIRE(S) DE FILMS FRANÇAIS, avec Daniel Couty, Bordas, 2005.
LE PREMIER SOMMEIL, roman, Stock, 2007.
JEAN-LUC GODARD, DICTIONNAIRE DES PASSIONS, Stock, 2010.
LE CINÉMA DU DÉSIR, Joëlle Losfeld, 2012.
ALAIN RESNAIS, La Martinière, 2013.
DICTIONNAIRE DES ÉTRANGERS QUI ONT FAIT LA FRANCE, sous la direction de Pascal Ory, Robert Laffont/Bouquins, 2013.
LE CINÉMA FRANÇAIS, La Martinière, 2014.
DICTIONNAIRE DES SEXUALITÉS, sous la direction de Janine Mossuz-Lavau, Robert Laffont/Bouquins, 2014.
120 ANS DE CINÉMA GAUMONT, La Martinière, 2015.
LES LABYRINTHES, sous la direction de Malek Abbou, Robert Laffont/Bouquins, 2023.
FEMMES MÉMORABLES, sous la direction de Josyane Savigneau, Chantal Bigot, Valérie Cadet et Monique Nemer, Robert Laffont/Bouquins, 2023.

ISBN 978-2-330-19850-3

JEAN-LUC DOUIN

La Troupe des ombres

Sexe, espionnes et cinéma

ciné-roman

ACTES SUD

Je filme ce qui se passe derrière les rideaux tirés, derrière les verrous poussés, ce que la politesse et le bon ton veulent qu'on passe sous silence.

ERICH VON STROHEIM

Tout d'un coup, elle coupa toute cette histoire avec six mots : "Je-couche-avec-qui-je-veux !"

LOUIS ARAGON, *Les Cloches de Bâle*, 1934.

Je suis un mensonge qui dit toujours la vérité.

JEAN COCTEAU, *Opéra*, 1927.

Voilà comment j'appris à convoiter en silence, à me cacher, à dissimuler, à mentir et à dérober enfin.

JEAN-JACQUES ROUSSEAU, *Les Confessions*, 1782.

Il est acquis que la vérité d'un homme, c'est d'abord ce qu'il cache.

ANDRÉ MALRAUX, *Antimémoires*, 1967.

J'enrage

Je suis une femme de l'ombre, une parmi des dizaines d'autres, une espionne dévouée, une espionne modèle, bien sous tous rapports, à la conscience professionnelle irréprochable, aux va-et-vient discrets, je n'ai jamais rechigné à ouvrir mon corsage pour amadouer quelqu'un, je n'ai jamais trahi mon pays, ni fait passer l'amour avant le devoir, je ne me suis jamais dérobée aux interrogatoires insidieux de mes supérieurs, j'ai accepté la cuisine du service, je suis passée à la casserole chaque fois que c'était nécessaire bien que je ne sois pas nymphomane, je n'ai rien à reprocher à mes parents, mon père ne m'a pas violée à l'âge de huit ans, ma mère ne m'a jamais empêchée de lire Freud, je considère le strip-tease comme un art, je ne suis ni une mangeuse d'hommes ni une ingénue perverse, j'ai quarante-cinq ans putain, j'apprécie de prendre un bain seule, le job accompli, en songeant à la lumière diffuse d'une fin d'après-midi dans la clairière d'une forêt, parfums d'humus et brumes violettes, ceux qui savent de quoi ma bouche est capable m'adorent, je connais le métier sur le bout des doigts, je maîtrise le morse, la sténo, l'émetteur radio, le pistolet, le poignard, le geste sado, je sais trafiquer des documents avec des encres sympathiques, poser des micros, suivre un suspect, m'inventer un accent, ancrer ce que j'ai vu dans ma mémoire, le numéro d'immatriculation d'une voiture, le nombre de marches dans l'escalier qui monte à la porte d'entrée, je repère quand une femme se promène pour la première fois avec des vêtements qu'elle n'a pas l'habitude de porter, ou quand un homme attend un rendez-vous avec quelqu'un qu'il n'a jamais vu, j'ai appris à crocheter une serrure, fouiller un bureau, photographier des documents, voler, mémoriser des données, à faire des choses dont je ne peux parler à personne et pour lesquelles je serai à peine remerciée, j'apprécie d'être prise pour quelqu'un d'autre, je me méfie de tout le monde, voisin, collègue, ami, mendiant, médecin, commerçant, conjoint, j'ai une capsule de cyanure dans la doublure de mes gants, je reste nuit et jour aux aguets, lors d'une étreinte sexuelle j'interdis à mon corps de s'abandonner à l'impuissance, on m'a dit le fantasme de toutes les femmes de se trouver avec un espion, j'ai lu Robert Musil et j'ai découvert "la magique possibilité d'excuser des plaisirs interdits en leur assignant une mission supérieure".

J'enrage, oui j'enrage, de ce contresens que constitue la vie de certaines, passées à la postérité au lieu de rester anonymes comme le stipulait leur contrat, propulsées stars parfois sans avoir déniché le moindre secret, ou même sans avoir existé. La vérité peut s'avérer trompeuse. À cause de la claironnante Pauline Carton, qui se fit un nom en jouant les soubrettes au cinéma, en particulier chez Sacha Guitry, on peine à croire à l'existence de Pauline Carton de Wiart, homonyme à rallonge, et pourtant si, cette mère de sept enfants, épouse du ministre de la Justice belge, aida courageusement la population bruxelloise à survivre en créant des associations caritatives, et tint tête à l'occupant allemand, réceptionnant du Havre où son mari était en exil des documents sur la zone libre. Elle n'en est pas star pour autant ! Cette femme bien née rejoint la liste de toutes celles, nobles ou grandes bourgeoises élevées dans le respect de la morale, qui deviennent espionnes en tout bien tout honneur, ne considérant pas indigne le don provisoire de leur corps à un homme venu violer la patrie. Par contre, je reste confondue par le culot de Mary Lindell, d'une famille aisée d'Angleterre, qui publiera un livre flagorneur sur ses exploits. Cette grande bourgeoise mythomane a réellement conduit un convoi d'ambulances de la Croix-Rouge durant la débâcle, aidé des officiers anglais à traverser la Manche, sonné à la porte de Madeleine de Gaulle pour s'infiltrer là où il était flatteur d'être. Quoi qu'elle ait écrit, elle n'a jamais été mariée avec le comte de Milleville (il l'est déjà, père de trois enfants, leur union ayant été illégalement célébrée en cachette à Varsovie, sans doute n'a-t-elle été séduite que par son titre car elle parle de lui comme d'une "petite merde"), pas plus que n'a existé le réseau d'évasion Marie-Claire qu'elle s'honore d'avoir créé. Arrêtée et déportée à Ravensbrück, elle entre au service de Percival Treite, médecin SS. L'invention de mensonges au profit de cette avidité de reconnaissance est efficace : héroïne d'une série télévisée britannique, elle se voit consacrer un film, où elle est interprétée par Judy Davis. Le générique de *One Against the Wind* (*Seule contre le vent*, 1991) de Larry Elikann fait entendre la chanson d'Édith Piaf : "Non, rien de rien, non, je ne regrette rien." J'enrage, vous dis-je !

La princesse Wiszniewska, dite Jeanne-Marie Solange, a posé sa candidature au 2e Bureau, sans suite, mais Émile Massard qui pointe aux services secrets français et aime enjoliver le réel en fait dans ses livres une redoutable espionne. Qui a inventé Helene Benton, l'Américaine prorusse, et Marjorie Switz, la blonde anglaise communiste, fille d'un chauffeur de taxi londonien, épouse d'un aviateur américain, prétendument passée des services secrets russes (réseau Lydia Stahl) à Scotland Yard, et qui aurait inventé l'usage de la dent creuse pour cacher un microfilm ?

Les raconteurs d'histoires sont suspects. En toute bonne foi, personne ne peut affirmer que Marie Cuvillier, devenue veuve Maria Koudacheva après son mariage avec le prince Serge Koudachev (mort du typhus en Crimée), puis Mme Romain Rolland quand elle épouse l'écrivain français en 1939, fut une espionne. Elle a certes des contacts étroits avec le mystérieux Willi Münzenberg lié aux services secrets du Kremlin, elle semble suivre une stratégie quand elle entame avec Romain Rolland une correspondance, sans l'avoir rencontré, mais cette poétesse qui adore mélanger la réalité et la fiction se marie-t-elle en service commandé, ou défend-elle aveuglément la cause communiste en Occident par conviction, agent d'influence bénévole, membre de la cohorte des "idiots utiles" pour reprendre le mot de Lénine ?

La trajectoire de Madeleine Coraboeuf, qui se rebaptise Magda Fontanges, est pathétique. Elle se dit actrice, c'est vite dit ; juste un court métrage où elle n'a pas un rôle majeur, euphémisme. Suffit-il d'avoir fait du cinéma, au sens propre, pour être estampillée espionne ? Elles sont coupables, inconscientes, irresponsables, ensorcelées, traîtres, salopes, mais pas espionnes. L'Allemande Hildegard Knef eut une liaison avec Ewald von Demandowsky, patron de la firme Tobis Films et bras droit de Goebbels. Elle n'a résisté qu'à David Selznick qui voulait la faire changer de nom. "À Hollywood, tu t'appelleras Gilda Christian ! – Non !" Dans la famille Goebbels, la Française Michèle Alfa choisit le neveu, Bernhardt Rademecker, qu'elle avait connu avant la guerre à Pigalle, comme trompettiste. Il dirige la section cinéma à la Propagandastaffel sur les Champs-Élysées, Berlin ne lui pardonne pas la fréquentation de l'actrice, il est expédié sur le front russe. Le Boche a la réputation d'être antinazi sur les bords, n'empêche, il a réquisitionné l'appartement et le coffre-fort d'un Juif réfugié aux USA pour se vautrer avec sa belle. Josseline Gaël quitte son mari, l'acteur Jules Berry, pour mener grande vie au Claridge, maîtresse d'Antonin Saunier, un des membres de la Gestapo française de Lyon. Entendant son fils l'informer qu'il va rejoindre les rangs de la Résistance, Mary Marquet demande à des amis de l'armée allemande de le décourager, provoquant l'arrestation et la déportation du fiston à Buchenwald. Dita Parlo est bannie par les Allemands pour avoir tourné *La Grande Illusion* de Jean Renoir, puis inquiétée en France pour avoir accordé ses faveurs au baron collabo Lionel de Wiet et tenté d'aider Henri Lafont à faire du cinéma, acceptant d'être sa partenaire pour quelques essais tournés par Jean Mamy dans des entrepôts du faubourg Saint-Antoine, avant de se rendre compte que le tortionnaire de la Carlingue a une voix épouvantable, et de le voir, dépité, tout casser. Dans le fichier des amantes de Lafont figure aussi Yvette Lebon, qui a débuté avec Marc Allégret *(Zouzou)*, Max Ophüls *(Divine)*, Pierre Caron (*Marinella*, avec Tino Rossi), couché avec Sacha Guitry et Jean Luchaire, terminé sa carrière par une participation à un documentaire télé titré *L'Occupation intime*. La famille Luchaire, parlons-en. Le père patron de presse fricote avec les Boches, la fille comédienne fait bombance avec de jeunes officiers au

Shéhérazade, la boîte à la mode. Corinne Luchaire, qui a fait engager sa copine de classe Simone Kaminker, alias Simone Signoret, comme secrétaire chez son père, épouse un affairiste frayant avec le duo Bonny-Lafont de la rue Lauriston. Enceinte d'un officier allemand, elle file à Sigmaringen avec son père, Céline, Rebatet et Robert Le Vigan. Et Mireille Balin, bon sang ! Cette vamp de casino, hypnotique par sa grâce provocante, dont Pabst ne se souvenait jamais du nom et qu'il appelait Mireille Beaulieu, destituée pour s'être éprise de Birl Desbok, jeune officier viennois de la Wehrmacht.

Que dire de cette Marga d'Andurain, née Jeanne Amélie Marguerite Clérisse à Bayonne (son père y est magistrat, sa mère présidente des Dames royalistes) et morte à Tanger ? Elle n'a pas froid aux yeux certes, épouse à dix-sept ans un cousin, comte croisé sur la plage de Biarritz, puis devient propriétaire d'un hôtel à Palmyre. Qu'elle prenne comme amant un officier britannique la désigne-t-elle comme espionne ? Aventurière assurément, lorsque, déterminée à être la première femme européenne à entrer à La Mecque, elle fait un mariage blanc avec le Bédouin Suleyman, qui meurt brutalement après l'avoir accusée de l'avoir empoisonné. De là à affirmer que le crime a été téléguidé par les services secrets britanniques, on est en plein roman ! Innocentée à l'issue d'un procès, elle se remarie en Syrie avec Pierre d'Andurain, qui est poignardé peu après, vengeance de la famille de Suleyman suppose-t-on. Le temps de fréquenter le consul de France local et de déniaiser son fils, elle se retrouve en France, entre Nice et Paris, convertie aux trafics de bijoux, de tableaux et d'opium, traînant sa réputation de nymphomane, droguée, agent double, "comtesse aux vingt crimes". Tous les forfaits qu'on lui prête en disent long sur les fantasmes français de l'époque. Durant la guerre elle fréquente la Résistance (via son fils Jacques, et c'est avec son 6,35 qu'un Allemand est tué en 1941 sur le quai du métro Barbès par un militant communiste) autant que la Gestapo (les affaires sont les affaires). On prétend qu'elle est la maîtresse d'Henri Lafont (elle aussi ?), l'associé truand collabo de Bonny, est-ce la raison pour laquelle elle file se faire oublier un moment à Alger, chez Emmanuel d'Astier de la Vigerie ? En 1945, elle est accusée d'avoir empoisonné son filleul Raymond Clérisse. Bizarre, bizarre. Incarcérée quelques jours, elle est absoute. Elle réapparaît sur un yacht croisant en Méditerranée. Coupable de contrebande ? Le 5 novembre 1948, elle se volatilise dans la baie de Tanger. Sans doute jeté à la mer par ses assassins, son corps n'est jamais retrouvé. Un couple de ses serviteurs est jugé coupable du meurtre.

La vie est un roman, non ? Tenez parole, de tout ce que je vous ai dit motus. Sinon, j'enrage, je punis, j'élimine.

La petite Mimi

Blottie dans l'un des fauteuils de velours rouge, les doigts crispés sur une poupée de chiffon, une gamine trouve sa voie dans un cinéma où on projette un film qui n'est pas de son âge. Peu importe comment cette petite bonne femme a réussi à s'infiltrer dans cette salle obscure déconseillée aux mineures. La môme est délurée, ses parents se pâment lorsqu'elle mime Mistinguett, les mains sur les hanches, entonnant d'une voix éraillée qui flâne et chante faux ce refrain susurré à la radio : "Toujours au turbin, / Du soir au matin, / Moi j'en ai marre…" Elle a ce zeste d'insolence joyeuse qui rend irrésistiblement séduisant tout enfant mal élevé mais n'ayant rien de mauvais dans le cœur. Le spectacle auquel assiste cette Mimi gavroche est de ceux qu'elle n'oubliera jamais, dans le silence hypnotique à peine troublé par le cliquetis du projecteur. La naissance d'une vocation.

Elle voit un homme au visage effrayant qui incite une femme à trinquer, lui tendant une flûte à champagne au pied de laquelle est accroché un collier de perles précieuses. "Dans le sang de qui dois-je tremper mes lèvres ?" dit la dame, qui rechigne à avaler le sombre breuvage autant qu'à accomplir la mission que le machiavélique tentateur attend d'elle. Elle est tombée amoureuse de celui qu'elle est censée berner, compromettre, éliminer. "Dans le sang de qui…" : la réplique est écrite sur un carton, le film est muet. Un piano accompagne certains passages, dramatisant les scènes les plus palpitantes, rassurant en même temps des spectateurs angoissés par le ballet d'ombres menaçantes sur l'écran. Car il en est, parmi eux, qui paniquent de voir des lèvres bouger, une cloche tinter, une assiette se fracasser en tombant sur le sol, sans entendre le son qui va avec, les mots prononcés, la sonnerie déclenchée, le bris cinglant de porcelaine fragmentée. Le cinéma est une invitation aux ténèbres.

Sur l'écran, *Les Espions* de Fritz Lang oppose l'espionne russe Sonja Baranikowa à l'espion allemand 326, qui d'adversaires deviennent complices. Elle, conquise par la dextérité du mâle à se métamorphoser de vagabond en dandy. Lui, subjugué par l'exubérance des émois de la traîtresse, ses chapeaux cloches, ses robes Années folles, sa façon de fumer en tirant sur ses cigarettes comme une locomotive. Scènes homériques, mines expressionnistes, d'une banque tentaculaire à une fumerie d'opium en passant par l'Orient Express, par un cabaret où les convives dansent autour d'un ring de boxe. S'y illustrent un officier autrichien à la moustache de Salvador Dalí, un diplomate japonais à grosses lunettes poussé au hara-kiri, et Haghi le tyran, cerveau des services secrets russes, un type grimaçant, condamné au fauteuil roulant, banquier arborant sa haine et son appât du gain auquel les auteurs ont fait la tête de Lénine.

Les Espions (1928) dépeint l'Allemagne d'après la Première Guerre mondiale, pourrie "de troubles et de confusion, d'hystérie, de désespoir et de vices", dit Lang, une Allemagne où sont palpables anticommunisme et antisémitisme. Le film s'inspire d'une découverte par la police anglaise en 1927 : le siège de la représentation commerciale soviétique à Londres était truffé d'espions. Le suicide forcé du colonel autrichien Jellusic (l'homme à la moustache excentrique) fait allusion à l'affaire Alfred Redl, pareillement démasqué. Citée dans la longue liste des actrices qui font tourner la tête de Joseph Goebbels, la blonde aux yeux bleus choisie pour incarner Sonja est l'athlétique Gerda Maurus, que Fritz Lang envoie sur la Lune dans son film suivant et dont il fait par ailleurs sa maîtresse. Elle lui fera don d'un singe en peluche qui rejoindra le cinéaste dans son cercueil.

Subjuguée, la toute jeune spectatrice sort de la salle en chantonnant un autre succès de Mistinguett qu'elle connaît sur le bout des doigts : "Il m'a vue nue, toute nue, plus que nue…"

La Miss guinguette

L'idole de Mimi se nomme Jeanne Florentine Bourgeois. C'est la fille d'une couturière et d'un garde-barrière. Elle est devenue reine du music-hall, gomineuse épileptique, en chantant "La Môme du Casino", "La Java de Doudoune", "Moineau de Paris". Mistinguett est le nom dont on a affublé cette gigolette depuis qu'elle arbore et agite ses belles gambettes, titi à vison et aux fanfreluches de paon, sur du be-bop ou des valses chaloupées. De la scène du Moulin-Rouge ou des Folies-Bergère, elle s'est glissée dans les salons de têtes couronnées, ceux d'un amant prussien, prince allemand de Hohenlohe qui séjourne à Berne, du roi d'Italie Victor-Emmanuel III et du roi d'Espagne Alphonse XIII. Ces relations sont mises à profit. Lorsqu'en 1914, blessé sur le front de guerre, son amant à canotier Maurice Chevalier est fait prisonnier et emprisonné en Allemagne, Mistinguett vient offrir ses services au général Gamelin, chef de cabinet de Joffre, maréchal. Et, intronisée espionne, elle mime la gigolette de revues dans les palais d'Europe, glanant des renseignements cruciaux, et faisant libérer le chanteur de Ménilmuche deux ans plus tard.

Selon l'homme de cinéma Henri Diamant-Berger, l'ingrat Chevalier quittera sa bienfaitrice à "l'activité égocentrique dévorante" pour la maîtresse de Marcel Bourgeois "que Mistinguett présente comme son frère et que d'aucuns affirment être son fils". À sa mort, la gigolette sera victime d'un espionnage médiatique assez sordide. Le fait est relaté par le journaliste britannique Edward Behr, alors correspondant de *Time-Life* à Paris. À l'annonce de la mort de la chanteuse, il reçoit un câble du siège de son journal : "D'après nos renseignements, elle n'avait pas de poils au pubis. Vérifiez au plus vite s'il vous plaît. Attendons réponse." L'ordre vient d'un rédacteur en chef porté sur les ragots. L'information leur est capitale, et à gérer d'urgence. Entre 7 heures et 9 heures du matin, Edward Behr déniche un joyeux drille, noceur notoire, susceptible de posséder "une connaissance biblique du corps androgyne et exquis de la Miss, et une mémoire sans faille". Mission réussie. Un féru d'indiscrétions divulgue : "Elle en avait, mais fort peu." L'info reste absente de la nécrologie. Instagram n'existe pas.

Lou l'insoumise

En ce début du XXe siècle, une science et un art ouvrent de nouvelles portes à l'imaginaire, explorant l'inconscient, les rêves, les fantasmes… Le cinéma et la psychanalyse sont des inventions jumelles, nées de conserve et regardées simultanément avec méfiance. Voué à être projeté dans l'obscurité, le septième art est suspect d'avoir pacte lié avec l'empire des ténèbres. Reflet de l'inconscient, il est accusé de montrer des images du diable, d'être manipulé par des charlatans maléfiques qui exploitent des pulsions impures. À Hollywood, cette fascination pour les arcanes les plus déconcertants d'un cerveau humain choque des dames patronnesses et mobilise des nababs. Aux premières, le puritanisme implorant la censure de se déployer dans tous ses états, aux seconds l'exploration de scénarios audacieux. "Dieu fait les stars mais c'est aux producteurs de les trouver" répète l'inlassable Samuel Goldwyn, qui se pique ces années-là de faire signer à Sigmund Freud un scénario sur les histoires d'amour célèbres, en commençant par celle d'Antoine et Cléopâtre. 100 000 dollars sont en jeu. Mais si les recherches du médecin viennois, fascinant dénicheur d'histoires, sont une aubaine pour les financiers hollywoodiens, le docteur Freud n'aime pas le cinéma, ses poursuites burlesques où des hommes schizophréniques sont pris en chasse par des femmes déchaînées. Le docteur Freud ne prend pas le cinéma au sérieux. Il a déjà accueilli par un haussement d'épaules la proposition de Randolph Hearst, qui était prêt à le payer "n'importe quelle somme de son choix" s'il acceptait de venir psychanalyser deux meurtriers, héros d'un crime parfait. Interrogé par un journaliste sur le projet de Sam Goldwyn, Freud répond sèchement : "Je n'ai aucune intention de discuter avec cet individu."

Goldwyn insiste. Il est l'un de ces hommes refoulés qui, se heurtant à une porte close, tentent de passer par la fenêtre. Il se tourne vers l'un des proches collaborateurs de Freud, l'éminent Karl Abraham, pour mener à bien un sujet plus ambitieux encore que l'exploration des motivations secrètes de l'amour : entreprendre un film de vulgarisation sur la psychanalyse, avec l'autorisation de Freud, sous son contrôle, béni par ses sbires. On y illustrerait le refoulement, l'inconscient, les rêves, les actes manqués, l'angoisse, puis on montrerait comment soigner ces symptômes nerveux. Do not panic : "chaque centimètre de pellicule" resterait conforme aux travaux du maître. Mais non, décidément, Freud est réticent ("Ce projet ne me plaît pas"). Abraham a beau suggérer au vieux qu'il serait plus sage de patronner un projet, d'en contrôler le contenu, que de risquer de le laisser traiter par des "gens incompétents". En vain. Freud est persuadé de l'impossibilité de représenter de façon plastique ses abstractions scientifiques. À Karl Abraham qui insiste, il rétorque : "Nous n'allons tout de même pas donner notre accord à quelque chose d'insipide." Et Freud laisse entendre qu'il n'envisage pas qu'Abraham soit d'un avis différent du sien. Il lui laisse néanmoins carte blanche.

Considéré comme l'un des chefs-d'œuvre du cinéma expressionniste, *Les Mystères d'une âme* bénéficiera finalement de l'expertise d'un autre psychanalyste, Hanns Sachs, venu suppléer Abraham décédé. Le scénario est signé par Hans Neumann et le docteur Colin Ross. Il explore les fantasmes d'un homme hanté par des désirs de meurtre au sabre et au couteau, guéri par la psychanalyse. La mise en scène est confiée à un Allemand, Georg Wilhelm Pabst, futur auteur de *Loulou* adapté du dramaturge Frank Wedekind, avec la sulfureuse Louise Brooks. Irrité de constater que son nom est utilisé pour la promotion du film, à son insu, Freud constate avec amertume que ses adversaires lui reprochent d'avoir voulu se faire de la publicité. Ses amis découvrent le film avec consternation. Sachs se fera tancer : trois ou quatre mots de Freud prononcés à voix basse, des mots cruels auxquels il ne repense plus depuis qu'avec honte. La presse, elle, est flatteuse.

Elle n'est pas la seule. À Vienne, il est une aventurière qui se laisse entraîner avec délice par son jeune amant Victor Tausk aux séances du cinéma Urania : Lou Andreas-Salomé. Grande intellectuelle, cette native de Saint-Pétersbourg, fille du général tsariste Salomé, a passé sa vie à refouler des demandes en mariage qu'elle assimile à des tentatives de soumission, à quitter ses soupirants quand ils s'avèrent trop dépendants d'elle, à s'affirmer en femme libre et indépendante, iconoclaste déterminée à vivre selon ses idéaux sans se soucier de ce que pensent les autres. Cette femme fatale, collectionneuse de flirts avec des hommes célèbres (dont Nietzsche et Rilke), cultivant l'idéal d'une fraternité à trois (une femme, deux hommes), cohabitant volontiers avec un protecteur impuissant à l'empêcher d'être courtisée, a fini par épouser un orientaliste, Andreas, à condition que l'acte ne soit jamais consommé. À Göttingen où elle réside en fin de vie, les femmes du voisinage l'ont surnommée la Sorcière du Hainberg. Ne dit-on pas aussi que lorsqu'il a signé son histoire d'une insatiable dévoreuse d'hommes, l'obsédé sexuel Frank Wedekind a nommé son héroïne Loulou pour se venger de Lou qui s'était refusée à lui ?

Pour les nazis, Lou Andreas-Salomé est une sorcière parce qu'elle s'est ralliée à cette "science juive" qu'est la psychanalyse. Quelques jours après sa mort, un camion de police conduit par un fonctionnaire de la Gestapo viendra confisquer toute sa bibliothèque, bourrée d'auteurs juifs. Psychanalyste elle-même, l'amorale aux yeux bleus avides, cheveux blonds noués en chignon, fourrures et boas, joie de vivre arborée, était devenue la complice de Sigmund Freud, partageant avec lui la certitude du caractère déterminant des pulsions sexuelles. Il n'est qu'un point sur lequel elle diverge du docteur Freud, qui, atteint d'un cancer de la mâchoire, lui offrit l'une des cinq bagues qu'il avait fait sertir pour ses amis les plus fidèles : le pouvoir du cinéma. Elle se délecte des films muets, parmi eux des *Mystères d'une âme*, et prédit un grand avenir à cet art qui "enrichit nos sens d'une profusion d'images, de formes et d'impressions". À la sortie d'une séance, elle écrit dans son *Journal d'une année*, en 1913 : "Comment se fait-il que le cinéma ne joue absolument aucun rôle pour nous ?", sous-entendant que pour un psychanalyste, cette technique prodigue en accélérés, ralentis, séquences dramatiques, est habile à figurer la succession d'images mentales traquées par les explorateurs de l'inconscient.

Les excès de Zelle

À dix-neuf ans, rêvant de gloire mais sans ressources, Margaretha Zelle lit une petite annonce dans un journal : "Officier en permission servant aux Indes néerlandaises cherche femme de caractère agréable pour mariage." Elle a un faible pour les militaires, le capitaine Rudolph Mac Leod ne résiste pas aux filles à grands yeux noirs et longues jambes, et malgré leurs vingt ans d'écart, les tourtereaux convolent en justes noces. Ils filent à Java, ont un enfant puis deux, s'injurient, se déchirent, divorcent. La pudeur légendaire de celle qui va devenir l'emblème des espionnes peut s'expliquer par cet épisode de leurs bagarres conjugales : il l'aurait mordue lors d'une nuit particulièrement fiévreuse, lui arrachant le mamelon gauche d'un coup de dent avant de l'avaler.

L'aventurière refait sa vie à Paris, ici modèle pour peintres se refusant à poser nue, là prostituée pour clients n'exigeant pas qu'elle enlève le haut. Elle s'invente un pseudo, Mata Hari, une biographie, un statut. Secrètement mythomane, Lady Mac Leod se prétend veuve d'un officier, fille d'une prêtresse hindoue, élevée dans un temple, initiée aux mystères religieux. Vêtements superflus, cheveux en folie surmontés d'un diadème, seins couverts de cupules en métal, bracelets aux poignets, anneaux aux chevilles, elle exécute des danses rituelles dans les salons huppés, au musée

Guimet, à la lueur des bougies, au son d'une flûte. Elle improvise ces chorégraphies exhibitionnistes au cours desquelles ses voiles transparents tombent à terre un à un, passe du strip-tease à la constitution d'un carnet d'adresses auprès des messieurs prêts à s'offrir une nuit tarifée. Femme de lettres et actrice, subjuguée au point de l'imiter, Colette parle dans la presse d'"une femme nue sur un cheval blanc harnaché de turquoises", qui offre aux publics mondains "un torse délié dont elle cachait prudemment les seins, un dos fier et des lombes bien musclés, de longues cuisses et des genoux fins. La fin de sa danse, libérant Mata Hari de sa dernière ceinture, au moment où elle tombait avec modestie sur le ventre, menait tous les spectateurs – et bon nombre de spectatrices – à la limite décente de l'attention". Professionnel du théâtre vivant, André Antoine diagnostique qu'elle "joue comme un sabot".

Pupille de l'Aurore (traduction de Mata Hari, ce nom dont la baptisèrent les prêtres du temple de Randa Swany) gagne aussi sa vie par des séances de séduction chez Mmes Kiresky ou Tellier et par des mondanités privées chez des amants généreux, adeptes de palaces, le chef de police Max Griebel, le hussard Alfred Kiepert, le banquier Xavier Rousseau, pour n'en citer que trois. Ce n'est pas seulement par amour de l'art que Mata Hari se dépense sans compter, et les besoins d'argent de cette insatiable courtisane vont l'amener à devenir une marionnette entre les mains de services secrets rivaux. À La Haye, où l'un de ses "bienfaiteurs" a loué pour elle une maison, elle réside non loin du consul d'Allemagne Carl Krämer qui s'arrange pour l'aborder au hasard d'une promenade, prendre régulièrement de ses nouvelles et, la voyant en quête de rémunérations, la recruter, nom de code : H 21. Une escale à Londres la rend suspecte aux yeux des Anglais, qui transmettent leurs doutes aux Français, et finiront par la décréter indésirable sur leur territoire.

Mata Hari draguée par Céline

S'agit pas de raconter ça comme un manche ! À l'époque dont on cause Louis Ferdinand Céline crèche à Londres, couche à droite à gauche, dégote des championnes du charme au pays des Anglaises à thé, pimbêches fronçant du nez. Frenchman en mal de bacchanale, le lascar n'est pas rebelle à la fesse du tout. Avant de nicher à Soho et d'épouser la Suzanne Nebout, nom de guerre Janine, une entraîneuse de bar qui le transfuge hareng pour un temps, le futur auteur de *Voyage au bout de la nuit* loge dans Bloomsbury, un appart de Gower Street, flanqué d'un collègue et pote du même âge, Georges Geoffroy. Ils aiment aller se faire câliner la queue ensemble, les deux l'ont fort gaillarde. Éméchés, ils s'égaient one shot avec Mata Hari, rencontrée dans un cadre plus légal : affecté au consulat général de France en qualité d'agent au service des passeports, le futur Céline est sommé par sa hiérarchie d'accorder un visa à la gagneuse, en la faisant toutefois lanterner un certain temps. Scotland Yard a déjà l'aventurière à l'œil et a alerté ses collègues français qui la suivent à la trace. S'expliquent l'invitation de l'espionne, les larrons invités à dîner à l'hôtel Savoy, les deux salivant de tâter de la cuisse. La Hollandaise, comme il dit, Céline la trouve insignifiante, et amateur éclairé de rats d'opéra ou de souris de Broadway, il la juge piètre danseuse. Ses cuisses, par contre, ne le laissent pas indifférent, il lorgne tandis qu'elle est fascinée par ses mires bleus. Frisonne est l'autre p'tit nom qu'il lui donne. Elle déverse des souvenirs en hoquets, des photos d'elle en maillot collant et d'autres encore en ondulante de Sumatra, roucoulant des hanches au Bengale, frissonnant du cul à la javanaise, et lui, las de se dépiauter pour montrer ses cicatrices de guerre, défaille, la renifle, retrousse tout haut sa jupe, s'enhardit à lui mettre la main dans les jambes, sans chichis, lui glisse à l'oreille son inclination pour les chaudes lapines. Gnam ! gnam ! gnam !, il la veut toute crue, toute nue, la croquer, dévorer, savourer sur un plumard. Mais no question, la nana résiste aux papouilles, le refoule en mode verbal, "Damned, Mister Destouches, vous bourdonnez, éreintez, attigez…" Georges insiste, baroud d'ampleur, à faire le zèbre, il promet mille et une étoiles, elle est ivre, mais ce sera vain… selon les versions. Officially rien à faire pour obtenir cette nuit-là les faveurs de l'espionne. À Lucette toutefois, dans l'alcôve conjugale, Céline dira qu'ils ont couché à trois.

Agent H 21

Enrôlée par le consul Krämer, Margaretha Zelle Mac Leod est prise en charge par la succursale d'Anvers des services de renseignement que dirige une certaine Fräulein Doktor : une sorte de stage, au cours duquel on teste ses capacités, et qui se passe suffisamment mal pour que H 21 ne soit pas incorporée dans l'écurie de sa formatrice. "Cette demi-mondaine ne sera capable de nous rapporter que des ennuis" lâche cette dernière, excédée par le peu d'intérêt de la nouvelle recrue pour les astuces du métier, son incapacité à maîtriser la technique de l'encre sympathique, sa maladresse en matière de décryptage de documents, sa balourdise lorsqu'il s'agit d'improviser une filature.

Bien qu'ayant touché des services allemands une somme importante, H 21 n'est encore qu'une espionne postulante lorsqu'elle s'embarque pour l'Espagne après avoir été refoulée de Grande-Bretagne, et prouve qu'elle fait fi des enseignements reçus en matière de discrétion : après avoir jeté à la mer ses flacons d'encre sympathique, elle parade en première classe, fait sa coquette, se fait inviter aux tables de quiconque repère en elle l'illustre danseuse au nombril oriental. De Madrid où elle remplit ses malles d'emplettes, elle désire retourner à Paris, s'exhiber dans les salons, faire le tour des réceptions. Elle se montre tant et tant que les services secrets français la ferrent, via un certain lieutenant Hallaure qui a envie de la voir se produire aux Folies-Bergère. Lorsqu'elle se pique d'aller faire une cure à Vittel (peut-être est-ce lui qui le lui a suggéré) et qu'elle a besoin pour s'y rendre d'un sauf-conduit délivré par le Bureau militaire de la surveillance des étrangers, Hallaure se fait un plaisir de la guider vers le ministère de la Guerre, 282, boulevard Saint-Germain, où elle se retrouve face au capitaine Ladoux, chef du 5e Bureau.

Avec son physique de rond-de-cuir à tourner dans *Les Tontons flingueurs*, Ladoux est un rusé. Il sait toutes les allées et venues de Mata Hari, ses contacts avec les services allemands, il se méfie d'elle, bien qu'elle n'ait apparemment encore effectué aucune mission, et il lui met les cartes en main : un sauf-conduit, mais en échange de "quelques petits services" ! Ignorant tout ce que sait le flic, Mata Hari rit sous cape : après avoir touché plusieurs milliers de marks et s'être jouée de "la" Doktor, réussira-t-elle à soutirer des francs à ce ténébreux à barbiche ? De "petits services" bien rétribués ? Bien sûr bien sûr, répond le fonctionnaire parisien, mais vous aurez vos pépètes de retour de mission, si celle-ci a été remplie. Grognon, elle tarde à partir pour Vittel, en revient sans la moindre information ni scrupules, ayant passé l'essentiel de son séjour dans une chambre à coucher de la station thermale avec Vadime de Massloff, un jeune cavalier du tsar dont elle est tombée amoureuse. Ne doutant de rien, elle exige néanmoins un financement notable pour "services futurs" : déterminée à rester fidèle à son bel officier, l'ex-courtisane entend désormais que les services secrets assurent son confort. Et fait chou blanc.

Car la source des marks s'est tarie, Mata Hari ne peut plus contacter les Allemands dont elle a dilapidé le salaire sans rien leur fournir en contrepartie, et Georges Ladoux reste implacable. "Que pouvez-vous nous amener ?" Elle a une idée de génie : ensorceler l'adjoint du gouverneur de Belgique à Anvers : "Je lui propose de prendre une tasse de thé, je viens habillée comme une promesse, passe et repasse ma langue sur mes lèvres en le fixant, vous voyez, et par lui, de plages en gin-fizz aromatisés à la prunelle, de soupers tardifs en massages, je peux fréquenter tout l'état-major, je ne vous dis que ça. Tout cela induit quelques dépenses… – Humm, essayez, madame, essayez. Tenez-moi au courant. Nous verrons !" Ravalant sa rage, la voilà repartie pour les Pays-Bas, et comme tout navire transitant par la Manche, le *Hollandia* est arraisonné par les croiseurs britanniques et dérouté pour fouille et contrôles d'identité sur le port de Falmouth. Là, on la confond avec une autre espionne allemande, Clara Benedix, agent AF 05. Elle est transférée à Londres, pressée de questions, jusqu'à ce que l'Intelligence Service se rende compte de sa méprise. Mais elle reste suspecte, doit expliquer les raisons de ses perpétuels déplacements, et avec un petit air de défi, elle révèle qu'elle travaille pour les services secrets français. Interrogé par sir Basil Thomson qui dirige les services spéciaux de Scotland Yard, le sieur Ladoux reste évasif, et les British la refoulent vers l'Espagne, pays neutre, nid d'espions où tout le monde surveille tout le monde.

Celle que quelqu'un dépeindra plus tard comme une "espionne qui n'a jamais espionné personne" entreprend de séduire le major Kalle, attaché naval allemand, qui ne la repousse pas… pour mieux se servir d'elle, lui faire diffuser des informations erronées. La tête de Kalle lorsqu'il lit l'une des missives de sa fausse maîtresse expliquant aux lästigen Französisch* qu'elle le mène par le bout du nez : entre hilarité et rage vengeresse. Souper aux chandelles dans l'une des suites du Ritz où Kalle vient de lui sous-entendre que la nuit pourrait être propice à quelques confidences. "Il ne me reste plus qu'à vous embrasser", chuchote-t-elle en se levant, son verre à la main, et venant déposer sur les lèvres du major un long baiser. Les verres se remplissent et se vident, H 21 se dénude progressivement, faisant fi provisoirement de ses vœux de chasteté, se levant chaque fois pour ôter un vêtement contre un secret, revenant chaque fois embrasser l'heureux représentant du Reich après avoir refait de plus en plus dénudée le tour de la table où elle finit par s'allonger dans la tenue d'Ève. Elle croit tout savoir des manœuvres du sous-marin de son amant boche entre l'Espagne et le Maroc, des intrigues contre le roi de Grèce, des

* "Agaçants Français."

prétendues découvertes de nouvelles encres sympathiques in Deutschland, et s'empresse d'envoyer ces merveilles à Ladoux, via le colonel Denvignes.

Mata Hari est devenue une marionnette qu'agitent simultanément et cyniquement deux camps : les Allemands savent qu'elle joue double jeu et digèrent mal de l'avoir rémunérée pour rien, les Français connaissent son statut d'agent double et le manque de fiabilité de sa collaboration. Une partie d'échecs s'engage, dont l'enjeu est de piéger celle qui les a bernés, jugée "aussi inutile que dangereuse" ici, et là telle "un obus qui fait beaucoup de bruit mais ne tue pas". Machiavélique, Ladoux nie avoir reçu le moindre courrier d'elle, et c'est une femme sans le sou, anéantie par les faux serments d'amour de son amant russe qui est cueillie le 13 février 1917 par le commissaire de police Priolet, illico inculpée par le juge Bouchardon pour "espionnage et intelligence avec l'ennemi", et incarcérée à Saint-Lazare. De son côté, avant de disparaître, l'amant russe s'est fait offrir par l'idiote trois jours d'étreintes au Plaza Athénée entrecoupées de dégustation d'huîtres, homards, caviar et champagne. Bouchardon n'est pas partial ni raciste pour un sou : "Je vis une grande femme lippue à la peau cuivrée, le type de la sauvagesse, les yeux gros comme des œufs, globuleux, jaunes et striés de filaments rouges, le nez camard, la bouche fendue jusqu'aux oreilles, pour lèvres des bourrelets de Nègre, des dents larges comme des palettes. Féline, souple, artificieuse, sans scrupules, sans pitié, elle était l'espionne-née." À l'heure où la France défaite cherche des boucs émissaires, Mata Hari dite la Bochesse se défend mal à son procès et se voit renvoyée au rang de pute immorale, le juge lui jetant à la figure un stock de cartes de visite de ses amants retrouvées dans sa chambre d'hôtel. Condamnée à mort à l'unanimité du jury, elle est fusillée à Vincennes le 15 octobre 1917.

La vocation de Marlene

Une fille naquit en 1901, chez les Dietrich, au 53, Sedanstrasse à Berlin, désignée Marie Magdalene à l'état civil, que sa mère appellera parfois Lena et parfois Paul, en nostalgie du garçon qu'elle souhaitait et n'avait pas eu. Question rituelle, on demanda à Lena : "Qu'est-ce que tu feras quand tu seras grande ?" Elle répondit "Espionne ou actrice". Les années passent. Une nuit, dans un café d'artistes de la Rankestrasse, elle interpelle de sa voix rauque les jeunes filles qui l'entourent, en sortant son sein gauche pour le secouer : "Mais pourquoi faudrait-il absolument avoir une belle poitrine, ce n'est pas si mal quand les seins tombent un peu !" Elle a bu ? À son premier casting, elle se présente dans un vaste manteau de velours, un long renard enroulé autour du cou et le monocle de son père, officier prussien. Au fil des rôles, cette complexée se façonne un personnage de vamp embusquée. Ses consœurs jouent de ce qu'elles dévoilent, Marlene use de la surcharge vestimentaire pour cacher ce qu'elle n'assume pas : des seins épouvantables, des pieds immondes, des cuisses blanches énormes, un cul qu'un ponte de la UFA* qualifie de "juteux", des mains si inélégantes qu'elle n'a de cesse de glisser dans des gants ou dans les poches de ses pantalons. Ses costumes sont ses écrins, plumes, rubans, toque de vison, tailleur de velours, chemisier à jabot, zibeline, ornements

* Société de production cinématographique allemande.

clinquants, strass et jambes peintes en or. Abonnée aux gaines et dopée aux laxatifs, friande de lamés et de mitaines gaufrées, d'hermine et de mantilles, Marlene s'emploie, au moindre écart de goinfrerie, à se mettre le doigt dans la gorge pour aller dégueuler dans les toilettes, et s'active, dès qu'une caméra s'allume, à se planquer sous les voilettes.

X 27

En exergue de *Dishonored* (1931), film de Josef von Sternberg, titre français *Agent X 27*, cette phrase (misogyne) à méditer : "X 27 aurait pu être le plus grand espion de l'histoire, s'il n'avait pas été une femme." Le metteur en scène est furieux contre le titre imposé par Paramount, X 27 était son choix : son héroïne, "une péripatéticienne viennoise enrôlée dans les services d'espionnage" selon ses termes, n'est pas déshonorée mais fusillée, plaide-t-il. Ce n'est pas ce que dicte le scénario, où veuve de colonel contrainte de faire le trottoir sous une pluie battante (minable sous la ceinture avec son bas qui plisse, mais royale du haut avec chapeau cloche), débauchée par le chef des services secrets de sa chère patrie (inquisiteur à tête de fouine, moustache à la Conan Doyle, pébroque trempé), l'Autrichienne Marie Kolverer (son nom dans le film) se dit prête à devenir espionne pour prétendre à une mort honorable après une vie piteuse. En écho à ses choix déroutants, le procès juge une femme qui, après avoir démasqué le général von Hindau, vendu aux Russes et trahi par ses cigarettes, déshonore sa cause en faisant échapper H 14 l'ennemi narquois, et accepte sa sentence : "Une fin parfaite pour une vie imparfaite."

Marlene Dietrich est X 27. Comédienne d'instinct, séductrice en cape scintillante et casque à visière basse lors d'une soirée costumée masquée avec jungle de serpentins, lancers de confettis et duels de langues de belle-mère, ensorceleuse de casino, déguisée en paysanne avec tresses pudeurs et airs de sainte nitouche, moulée dans une combinaison de cuir d'aviateur, elle exerce donc "le métier le plus infâme du monde". Un métier qui, c'est souligné, nécessite des talents de pute. Chat angora noir aux yeux perçants, se confondant avec le manchon de fourrure de la femme qui promet pour mieux mentir, sabres, épées ou béquilles des mâles excités, vengeance du rival éconduit et frustré exigeant la reddition de sa proie ("Déshabillez-vous !", mais Marlene est une satanée poupée russe, à l'inépuisable réserve de jupons), aguicheuse manière pour l'Autrichienne de jouer avec son pistolet entre ses jambes écartées : *Dishonored* aligne allégories et symboles sexuels.

À quelques heures d'être passée par les armes, elle réclame un uniforme : son tailleur à col de plumes. Le jeune officier qui commande le peloton d'exécution dégaine son épée afin qu'elle puisse, en se mirant dans la lame, arranger sa coiffe. Dans la cour, face aux fusils, et s'opposant à ce qu'on lui bande les yeux, elle fait un signe de croix, et mains dans les poches, regarde en face ses tueurs. Profitant d'un sursis, lorsque l'officier refuse de la faire fusiller, elle se remet du rouge aux lèvres. Sternberg sera fustigé d'avoir lorgné les jambes gainées de soie et "la croupe revêtue de dentelle de la Dietrich, dont il a fait une salope de première classe", pour reprendre une formule lâchée dans un magazine féminin.

Lola Marlene

La Dietrich fait carrière. Elle vient de faire *Ange* avec Lubitsch (1937) quand l'écrivain Erich Maria Remarque la transforme en démon. Heures torrides en vie privée. Bras croisés sur sa poitrine, main tendue vers l'interrupteur, corps alangui, couchée, abandonnée. Les bras relevés au-dessus de sa tête, yeux fermés. Il s'empare de ses genoux, les sépare l'un de l'autre, goûte la bouche ensorceleuse. Elle se convulse, il prospecte tant qu'elle suffoque. Au catalogue de leurs plaisirs, des chevauchées érotiques au son des disques de Germaine Lubin, la cantatrice préférée de Hitler. "Schubert ou Wagner ? – Die Walküre, ist es Ihnen gefallen" ("*La Valkyrie*, vous l'avez tant aimée"). Elle abaisse le saphir du gramophone, s'agenouille devant lui, se cale au rythme du son claironnant, préliminaire du troisième acte. Ils aiment aller jusqu'au bout du prélude.

Les nazis traquent Erich Maria, brûlent ses livres. À la première de l'adaptation cinématographique d'*À l'ouest rien de nouveau* au cinéma Mozart de Berlin sur la Nollendorfplatz, Goebbels a fait lâcher des centaines de souris blanches, provoquant intentionnellement panique et interruption de séance. Dans *Arc de Triomphe* qui retrace leur idylle, l'écrivain utilise quelques-unes des lettres qu'il avait envoyées à Marie Magdalene. Cette dernière regrettera de se voir interprétée dix ans plus tard par Ingrid Bergman dans le film qu'en tire Lewis Milestone. Elle eût volontiers rejoué l'histoire, bien que l'ex-amant allemand soit alors en passe d'épouser Paulette Goddard. Fin 1936, alors qu'elle est à Londres, un émissaire de Goebbels nommé Alexander van der Heyde sollicite un rendez-vous ; il veut l'assurer, juré craché et yeux dans les yeux, que le pouvoir hitlérien fera stopper les calomnies répandues sur son compte dans la presse allemande si elle revient dans son pays natal, où elle sera proclamée "reine de la UFA". Elle régnera sur la production, choisira rôles et réalisateurs, estimera le chiffre de ses cachets. Elle refuse de le recevoir. Un an plus tard elle a besoin de faire renouveler son passeport, en passe d'être périmé. C'est à l'ambassade allemande à Paris qu'elle entreprend de faire remettre ses papiers en règle. Le baron Wolczek, ambassadeur, redéploie le tapis : si elle rejoint l'Allemagne, on lui promet une entrée triomphale à Berlin, via la porte de Brandebourg. Marlene ruse, fait mine d'être conquise, glisse une perfidie : "Mais… vous refusez toujours que Josef von Sternberg tourne un film en Allemagne, parce qu'il est juif ?" Silence glacé. Elle enchaîne : "Écoutez, je vais attendre le résultat de vos négociations avec Sternberg… en espérant que la presse changera aussi de ton avec lui…" Un passeport prolongé lui est livré dès le lendemain ; elle reste vague, prétend attendre la fin de ses contrats, et ne refoulera le sol allemand qu'en 1944. En attendant, opposée au régime nazi, Lola Lola paie de sa personne. Lors de tours de chant orchestrés pour recueillir des fonds, elle vient s'asseoir sur les genoux des généreux donateurs, flatter leur ivresse, le temps que les inspecteurs du Trésor vérifient qu'ils n'aient pas fait de chèques en bois. Franklin Roosevelt a vent de ses prestations antinazies et la convoque à la Maison Blanche : "On m'a raconté ce que vous faites pour vendre des Bons. Nous vous en sommes très reconnaissants, mais je vous interdis formellement de confondre le démarchage et la prostitution."

Pas de rancune chez Marlene qui reprend sa croisade, enregistre des chansons américaines traduites en allemand destinées à être diffusées sur ondes courtes de l'autre côté du Rhin, multiplie les concerts de bienfaisance, vend des baisers au bénéfice de la Croix-Rouge. Engagée dans l'armée américaine avec l'United Service, elle chante "Lili Marleen" pour les troupes. Avec un accordéoniste, sur une estrade en bois éclairée par les phares des jeeps, en uniforme GI, veste Eisenhower, rangers, calot sans paillettes ni pompons. En entendant les divagations de Goebbels à la radio elle le traite de "bon pour l'asile". Le chacal sait que Marlene a une grande sœur et pour empêcher la star d'œuvrer contre sa patrie, il interne Elisabeth Dietrich à Belsen. En 1945, engagée dans l'armée du général Patton durant la campagne de libération (elle a accepté de donner des récitals aux soldats sur la ligne de front), Marlene se retrouve menacée d'être capturée pendant la bataille des Ardennes, encerclée par la division blindée d'un officier allemand nommé Sepp Dietrich, probable cousin. Le général von Lüttwitz demande aux Américains de se rendre, le général McAuliffe fait répondre : "Des clous !" Un message dont les traducteurs cherchent deux heures durant les équivalents, des termes susceptibles d'en refléter l'esprit. Zorro est fort heureusement dans les parages en la personne du général James Gavin qui commande les forces aéroportées. Apprenant que la star est en fâcheuse posture, il vole à son secours, saute en parachute et vient s'agenouiller devant elle, assise dans la neige et crachant ses poumons. C'est à peu près à cette époque que Jean Gabin la supplie de revenir le retrouver, pour tourner un film avec lui et l'épouser. Elle ne dit pas non mais le quasi-homonyme de Gabin, ce Superman parachuté qui lui écrit en signant "Ton Jimmie", hante son esprit. C'est avec lui qu'elle veut fouiller le camp de Belsen et retrouver sa sœur parmi les squelettes qui respirent encore. Le héros de *Quai des brumes* étant jaloux, elle nie que celui qu'elle a surnommé Abélard soit son amant. Quelle mauvaise langue fait courir le bruit que le thé servi par Marlene à Gavin est filtré par ses soins dans des tissus de fortune, découpés dans ses culottes ?

Longtemps pendant la guerre résonna la rumeur que Hitler rêvait de Dietrich en star du Reich. Marlene confirme que le dictateur lui envoya maintes fois des officiers pour la convaincre de venir à lui, "mais la raison, c'est qu'il m'a vue en porte-jarretelles dans *L'Ange bleu* et qu'il a envie de savoir ce qui se passe sous cette culotte de dentelles".

Mata Hari, guerre de stars

Roulement de tambour ! Les studios Paramount présentent Marlene Dietrich dans le personnage de l'agent X 27, film éponyme de Josef von Sternberg. Les firmes concurrentes décident de riposter en sortant de l'ombre l'agent H 21. Star polonaise du cinéma muet adoubée à Hollywood, veuve virtuelle de Rudolph Valentino, Pola Negri va prendre une gifle : elle piaffe d'interpréter le rôle de Mata Hari pour la RKO, c'est Greta Garbo qui le lui chipe pour la Metro-Goldwyn-Mayer, plus rapide, avec Ramón Novarro dans la peau du lieutenant russe auquel l'espionne vole des documents militaires pour les Allemands. À l'écran, la mission menteuse est exécutée grâce à l'intimité acquise en alcôve, avec la pudeur exigée par l'actrice, autant que par les codes en vigueur dans cette industrie-là. À l'heure de (se) coucher avec l'officier Alexis Rosanoff, l'espionne se plaint qu'il y ait trop de lumière. À l'heure de dévêtir sa compagne d'une nuit, il éteint toutes les lampes, ne laissant qu'une bougie votive sous l'image de la Madone. "Éteignez ça aussi", exige à la fois une Mata Hari pudique et une Greta Garbo qui déteste les voyeurs.

À voir tout ce que Garbo arbore sur sa tête dans ce film de 1931, on mesure la conscience professionnelle du réalisateur George Fitzmaurice et de son staff costumier : celle dont Hollywood retrace l'histoire vraie, Margaretha Zelle, était fille de chapelier. Native des Pays-Bas, elle s'offrit elle-même plusieurs personnages, apprentie institutrice, épouse d'un officier colonial, danseuse orientale, cavalière, femme entretenue, avant de décrocher l'emploi d'agent secret qui lui vaut ce pseudonyme éternel, à la fois synonyme de femme fatale et d'espionne de haut vol fréquentant les milieux politiques, militaires, mondains. Celles que ce destin fascine peuvent à dessein parler de "Belle époque".

Le film étant muet, Garbo n'y dit pas un mot. Pour la sortie aux Pays-Bas et en Indonésie du *Mata Hari* de George Fitzmaurice, les services de publicité de la Metro-Goldwyn-Mayer promettent aux exploitants que Greta Garbo s'adressera elle-même au public le soir de la première, par liaison téléphonique. Un deal que la star refuse d'exécuter. Célèbre dans les couloirs du studio pour ses imitations de la voix de Garbo, une secrétaire, Mrs Pilkington, accepte sans trop se faire prier de procéder à ce doublage imprévu, de se faire passer pour la fameuse médiaphobe, et souhaite bonne projection aux spectateurs d'Amsterdam et de Java, qui ne doutent pas un instant d'avoir entendu celle dont la voix était si rare. Ce qu'on appelle un agent doublé.

Amoureux des mots s'il en est, l'écrivain Vladimir Nabokov donne, lui, dans *Regarde, regarde les arlequins*, le sobriquet de Mata Hari à un perroquet, ara bleu indigo au ventre jaune citron. Choix facétieux qu'il justifie par l'accent de l'animal, et par "son passé politique" ! Le volatile était passé par la Hollande et l'Allemagne.

Greta Garbo, herself

Par deux fois, Greta Garbo a joué un rôle d'espionne. Dans *The Mysterious Lady* de Fred Niblo en 1928, où elle est Tania, à Vienne, avant 14-18, chargée de séduire un capitaine autrichien pour le compte des services secrets russes afin d'obtenir des documents confidentiels. Elle y tombe amoureuse de sa proie. Et dans *Mata Hari* de George Fitzmaurice en 1931, au service de l'Allemagne cette fois, dans la peau de l'authentique espionne Margaretha Geertruida Zelle qui se faisait passer pour une danseuse. Le film la dépeint à Paris, chargée de s'emparer de documents sur les mouvements des troupes russes, possédés (ce qu'elle ignorait) par le lieutenant-colonel Rosanoff dont elle s'est éprise.

On a reproché à Garbo de ne pas s'engager dans les activités de soutien au moral des troupes et à la souscription des emprunts de guerre. La presse a critiqué son manque de patriotisme. Orson Welles a raconté qu'elle avait, sous ses yeux, refusé un autographe à un invalide de guerre. En 1943, elle aurait décliné la proposition d'enregistrer un message en suédois, pour exprimer l'estime des États-Unis à la Suède qui était restée neutre. Garbo a horreur d'être utilisée. On l'a dit indifférente à la politique, ou perturbée par les conflits internationaux, plus prompte à refouler sa terreur des blessures infligées aux peuples agressés qu'à intervenir. C'était faux. En décembre 1939, elle signe un chèque de 5 000 dollars à l'ordre du Fonds d'aide sociale finnois en faveur des orphelins victimes de la guerre russo-finlandaise, initiée par Staline. Et monnaye cette donation contre la certitude que son anonymat soit respecté. Elle est révoltée contre le cynisme de Louis B. Mayer qui, lorsqu'éclate la guerre, la convoque pour lui expliquer qu'il espère bien la voir tourner des films quoi qu'il arrive : "C'était vraiment l'homme d'affaires américain typique. Peu lui importait que des gens meurent à cause de Hitler. Tout ce qui l'intéressait, c'était le marché de ses films. Il comptait sur la difficulté des industries européennes pour envahir le marché." La montée au pouvoir de Hitler l'inquiète d'emblée. Le scénariste Walter Reisch raconte qu'en juin 1940, alors que Mussolini venait d'annoncer que l'Italie entrait en guerre, il était dans le bureau du producteur Gottfried Reinhardt pour écouter un discours de Roosevelt à l'université de Virginie. Greta Garbo est apparue, a demandé si elle pouvait entrer, s'est assise pour écouter le discours, et a fondu en larmes.

Adepte des lunettes noires, cette femme, two-faced woman née ascendant Gémeaux et dépeinte comme une nature indécise, joue pendant la Seconde Guerre mondiale un rôle déterminant. Dès 1939, elle entre en relation avec les services secrets britanniques, par l'intermédiaire du producteur Alexandre Korda, qui cherche à recruter des célébrités dans le cadre de l'effort de guerre. Korda a été chargé par Churchill d'ouvrir à Los Angeles et à New York des bureaux servant de couverture aux agents de l'Intelligence Service.

Garbo devient l'un des pivots des opérations d'évasions (celles du magnat Axel Johnson et des membres de la famille royale suédoise), de transferts (celui, du Danemark en Suède, du physicien Niels Bohr), et de renseignements dans les pays nordiques. Elle profite de voyages culturels, de missions prétendument apolitiques, pour collecter des informations et les transmettre au canadien William Stephenson, producteur au temps du muet devenu le bras droit occulte de Winston Churchill, responsable des services d'espionnage et de contre-espionnage de Sa Majesté britannique. En 1942, l'appartement qu'elle a acheté à Stockholm sert de pied-à-terre pour des agents alliés qui cherchent à quitter l'Europe occupée. Elle utilise de prétendus voyages payés par la Paramount et censés servir à recruter de futures vedettes pour établir des liens entre des groupes de résistance des pays baltes, et identifie des collaborateurs nazis résidents à Stockholm pour le compte d'agents britanniques. De par sa neutralité, la Suède, en effet, est devenue un nid d'espions de toutes nationalités. Et un enjeu crucial pour Hitler qui a besoin du concours de l'aciérie suédoise. Devenue amie et confidente, Susan Swinton, actrice hollywoodienne ayant elle aussi exercé des fonctions d'espionne, lui demanda un jour s'il était vrai qu'elle avait fréquenté Dag Hammarskjöld, diplomate suédois, secrétaire général des Nations unies, qui avait été un pilier des interventions secrètes des Alliés en Scandinavie. Elle n'a pas démenti. Juste répondu : "Nous nous sommes entretenus de choses qui se sont passées il y a longtemps… Mais je ne peux pas vous raconter cette histoire."

L'engagement de Garbo est d'autant plus méritoire que nombre de citoyens, en Suède et plus généralement en Scandinavie, baignent dans la dévotion à Hitler. Envoyé à seize ans dans une famille de pasteur en Thuringe, Ingmar Bergman a par exemple été endoctriné par ses hôtes qui lui avaient appris à tendre le bras, hurler, pousser son "Heil Hitler !", comme les autres. Il en est revenu déterminé à aimer cet homme d'État qui, lui avait-on expliqué, s'acharnait légitimement à construire un rempart contre le communisme, et à lutter contre les Juifs, qui sabotaient systématiquement ce rempart. Son frère est l'un des organisateurs du Parti national-socialiste suédois, pour lequel vote son père. Son professeur d'histoire rêve de la "vieille Allemagne", son professeur de gymnastique va tous les étés à des rencontres d'officiers en Bavière, quelques-uns des pasteurs de sa paroisse sont des crypto-nazis, des amis proches de la famille expriment leurs fortes sympathies pour l'"Allemagne nouvelle". Voilà le contexte où grandit le futur auteur de *Cris et chuchotements*.

Garbo, elle, a été résistante. Les activités "politiques" qu'elle a partagées avec Susan Swinton restent secrètes. C'est à Swinton qu'elle confia avoir envisagé d'assassiner Hitler : "Il s'était entiché de moi. Il adorait mes films, en particulier *Le Roman de Marguerite Gautier*, qu'il avait laissé projeter en Allemagne bien que Cukor soit juif. En 1935, le ministère de la Propagande a tenté de m'engager au sein d'une société cinématographique allemande pour me faire tourner une adaptation de *Pan*, du romancier Knut Hamsun. Je n'ai pas voulu. Hitler n'arrêtait pas de m'écrire pour m'inviter. J'ai hésité. À défaut de pouvoir le convaincre de stopper ses hostilités, j'aurais pu le descendre. J'aurais sorti un revolver de mon sac et je l'aurais tué. Je suis la seule personne qu'on n'aurait pas fouillée."

Swinton reverra Greta à Paris, à la fin des années 1960. C'est par elle, par les confidences qu'elle recueillit, que nous connaissons des épisodes de la vie de la célèbre Suédoise qui, très attachée à la famille Rothschild, séjourne plusieurs semaines par an dans la capitale française. Susan la retrouve au Plaza, chambre 347. Grillant majestueusement ses cigarettes Old Gold (grosse fumeuse depuis l'âge de douze ans, avoue-t-elle), ne lésinant pas sur le champagne ("Buvons un verre", propose-t-elle, elles vident deux bouteilles), cette star si jalouse de sa vie privée qu'elle ne donnait même pas son adresse à la MGM (seulement son numéro de téléphone) tire les rideaux, et propose à Susan de lui prodiguer un massage du dos. Elle jette son chemisier sur l'un des fauteuils, et allongée à plat ventre sur son canapé, tandis que les mains de Susan labourent sa peau, du bas de la colonne vertébrale aux omoplates, elle plaisante sur sa hantise de la maladie (elle est adepte des médecines douces), confie qu'elle est une cliente assidue des bains turcs, affirme qu'elle préfère être vue comme cela que dans son "pyjama de vieux bonhomme". "À propos de nudité…", elle évoque l'une de ses premières séances de poses, devant le fameux Arnold Genthe, lors de son arrivée à Hollywood. "Il voulait que je me déshabille entièrement pour photographier mon portrait. Et il se met à déboutonner mon chemisier. Je lui écarte les mains. Il fait un caprice. Pour avoir une vision parfaite de son modèle, déceler les influx qui traversent son corps et comprendre sur quels équilibres repose son mental, il a besoin de le voir nu, ce corps mythique. Il me montre les murs de son studio, où sont épinglées les photographies de toutes les femmes célèbres qui sont passées devant son objectif, il m'assure qu'aucune ne s'est opposée à sa méthode de travail. Toutes sauf vous, soupire-t-il en insistant, avec un regard de reproche. Mon visage suffira, croyez-moi sur parole, lui ai-je lancé en reboutonnant ma chemise." Elle tourne la tête, éclate de rire. Un rire d'enfant.

Susan et Greta se retrouvent plusieurs fois, cette année-là. La condition requise à ses confidences était de n'en point faire écho. Si Susan passait outre "je ne vous le pardonnerais jamais". Elle se sentirait trahie. "Ne me privez pas d'une amie, dit-elle. – Quelle amie ? – Vous !" Susan promit de taire l'essentiel, ne livrera plus tard que ce que Garbo lui avait avoué avoir déjà divulgué à d'autres. Ce qu'elle nommait "des broutilles". Sa décision, après *La Tentatrice*, de filtrer ses propositions ("Je ne veux pas être une tentatrice inepte, passer mon temps à aguicher les hommes dans des films me paraît tellement niais !"). Cette déclaration, à l'époque, lui avait valu la réponse cinglante d'un éditorialiste dans *Photoplay* : "Quand vous aurez appris à parler anglais, ma belle, renseignez-vous donc sur les innombrables filles, intelligentes et jolies, qui ont gâché leur avenir en interprétant d'honnêtes femmes avant d'avoir eu l'occasion de prouver leur talent dans un rôle de dévergondée. J'en connais qui renonceraient à un an de salaire si on leur offrait, ne serait-ce qu'une seule fois, un rôle à faire exploser la censure." Chaque fois qu'elle évoquait cet épisode, elle lâchait à l'adresse de ce dénommé James Quirk, un virulent "Fuck you !". Autres souvenirs, ses séjours sur la Côte méditerranéenne, au cap d'Agde, ou sur le yacht d'Aristote Onassis, qui intervint personnellement pour qu'on lui permette d'entrer au casino de Monte Carlo en pantalon, privilège que l'on avait refusé peu auparavant à Marlene Dietrich. Onassis avait donné un nom d'île grecque à chacune des cabines de son yacht ; elle a choisi de coucher dans celle nommée Lesbos. Swinton a droit au récit de ses vacances écourtées sur le yacht, l'année où le magnat de l'armement naval l'avait conviée en même temps que Winston Churchill : "Au début ce fut parfait. On jouait aux cartes, il me faisait valser, boire du cognac. Et puis, il s'est piqué de m'apprendre à peindre, et il en a profité pour essayer de me dénuder. Il m'a bloquée dans un coin, goguenard : « Je voudrais savoir à quoi ressemble la vraie Garbo ! Tout le monde me dit que vous n'avez pas de seins. Laissez-moi voir si c'est vrai ! » J'ai failli lui faire bouffer son cigare." Elle raconte son entrevue avec Salvador Dalí. "Il avait dit à Jack Warner qu'il rêvait de faire ma connaissance. Warner nous invita ensemble. Dalí s'est présenté en costume blanc, chemise de soie lilas, et moustaches cirées. Moi j'avais revêtu un jean et des chaussures de tennis. On nous a présentés, je l'ai toisé longuement, et j'ai lâché : « L'un de nous deux a tout faux ! » Puis je suis partie."

Un jour, alors qu'elle lui a ouvert la porte en soutien-gorge blanc, que les deux amies se racontent leurs missions secrètes, Susan risque une question sur l'importance, à ses yeux, de la séduction. "Je plais aux dames", réplique Garbo. Il y a un silence. Elle enchaîne : "Voulez-vous que nous allions au lit ?" Susan préférant ne pas la voir ôter son fuseau griffé de la rue du Faubourg-Saint-Honoré s'éclipse en proclamant doucement son irréductible hétérosexualité. Elle entend la voix tremblante de Greta : "Je suis une femme bizarre, je ne changerai pas."

Pourquoi les agents du London Section Controlling donnèrent-ils à l'agent double Juan Pujol Garcia le nom de code de “Garbo” lorsqu’ils l’utilisèrent en 1944 afin de faire croire aux Allemands que le débarquement aurait lieu en juillet dans le Pas-de-Calais, lors de ce que l’on a appelé l’opération *Fortitude* ? Il semble que ce soit Churchill qui ait choisi ce surnom, trouvant l’espion aussi bon acteur que celle qui n’avait pas voulu se dévoiler pour lui.

Le G de la dame

De source bien informée, on apprit en 1905 que le docteur viennois Heinrich Heibel avait fait une fille à sa femme de ménage Anna Niederauer. La petite fut affublée de deux noms : Henriette Margarethe Niederauer et Henny Heibel. Mais quand elle se lança dans la danse elle opta pour un pseudo, la Jana, pour dire son charme indi car elle était férue de vrilles exotiques. On peut s’étonner de la retrouver sur la scène du Chat Noir à Montmartre, repérée par Géza von Cziffra, un scénariste qui cherche une actrice pour interpréter Thérèse Raquin. Le rôle lui échappe mais la voilà à Berlin, geisha muette en 1926, dame sans voiles en 1927, offerte quasi nue sur un plateau d’argent en 1928, dans *Casanova*, puis maharani d’Eschnapur dans *Le Tigre du Bengale* de Richard Eichberg en 1938, d’après le roman de Thea von Harbou, puis encore Sitha, danseuse indienne dans la suite, *Le Tombeau hindou*.

Il est des vies qui multiplient leurs épisodes étranges, suspects à tout esprit rationnel d’avoir été inventés. Qui croira que le ss Cziffra, que la beauté de la Jana subjugua mais qui se plaignit qu’elle révèle autant d’intérêt pour le sexe qu’Emmanuel Kant, se retrouve peu après arrêté et emprisonné par la Gestapo pour avoir manifesté une attirance débordante à l'égard d'un restaurant tchèque où il se gavait sans utiliser de tickets de rationnement ? Qui croira aussi que la belle fut à ce point farouche au lit quand on sait qu'elle était courtisée par Hitler et intime d'un certain Joseph Goebbels qui l'avait contrainte de se produire très déshabillée durant l'hiver 1939 devant les soldats de la Wehrmacht. Plus stupéfiant encore : cette idylle, en 1931, avec Charlie Chaplin en voyage à Berlin. Un après-midi chaud à l'hôtel Adlon dans la suite de l'acteur, puis des sorties ensemble tous les soirs, y compris ce tango langoureux à l'issue duquel il lui confie être ébloui par l'étrange impact de la façon dont elle exprime sa solitude en dansant, ce qui attire une réplique émue de la dame qu'il appelle G dans ses Mémoires : "Charlie je vous adore. Nous risquons de ne plus nous revoir mais je le regrette déjà." La rupture est plus soudaine encore que prévu : le clown jette son dévolu sur l'actrice Betty Amann en apprenant que la Jana est la maîtresse de Wilhelm, prince héritier du royaume de Prusse. C'est donc Betty qui raccompagnera Chaplin à la gare, yeux mouillés, lèvres couvertes de baisers, tandis que l'héritier Hohenzollern, époux de la duchesse Cécilie de Mecklembourg depuis 1905, multiplie les conquêtes, l'une étant la chanteuse d'opéra américaine Geraldine Farrar que l'on a vue dans le *Jeanne d'Arc* de Cecil B. DeMille, et l'autre une aventurière nommée Mata Hari…

Clara l'intox

Lorsque l'inspecteur britannique George Grant interpelle Mata Hari sur le navire batave *Hollandia*, il est persuadé d'avoir pincé une autre espionne, Clara, qui l'obnubile. Grant croit voir cette jeune et jolie femme partout. Pour l'aventurière au CV de danseuse orientale c'est flatteur, car Clara Benedix, agent AF 05, a plusieurs exploits à son palmarès : avoir su convaincre le secrétaire particulier du Premier ministre hellène Skoldoulis d'être assez influent pour que soient favorisés les intérêts allemands en Grèce, puis avoir suggéré à un membre du cabinet du monarque espagnol Alphonse XIII que l'attaché naval allemand von Krohn, vampé par une espionne française, soit réaffecté à Berlin. Les deux fois Clara use de la même méthode, efficace et directe autant que cocasse : se faire passer pour une femme mariée, ensorceler sa cible jusqu'à devenir sa maîtresse, puis lui dicter des décisions stratégiques en matière politico-économiques mais présentées comme seuls moyens d'enfumer un mari vengeur. D'abord, rôder dans le quartier de l'élément ciblé, des semaines durant, jouant celle qui déploie son charme sans le savoir, de façon à lui devenir familière, l'intriguer, se faire désirer ; puis surgir un jour à l'improviste dans l'ascenseur de son immeuble d'habitation, à un étage imprévu. L'homme visé affiche sa surprise lorsque l'ascenseur s'arrête avant qu'il ait atteint son étage, que la porte s'ouvre sur Clara qui le rejoint dans la cabine, lui fait de beaux sourires en lui intimant de se taire par un doigt vertical sur la bouche, et se met à chantonner "Toi, ma p'tite folie, mon p'tit grain de fantaisie…" pendant que l'élévateur poursuit sa lente montée. Poursuivre le chant de Line Renaud lorsque l'ascenseur arrive à l'étage demandé ("Toi qui bouleverses, toi qui renverses… / Tout ce qui était ma vie"), le suivre jusque devant la porte de son appartement, entrouvrir suffisamment son manteau pour laisser percevoir une vue mirobolante, accepter l'invitation d'entrer et, d'emblée, arpenter les lieux comme un fauve, palper les rideaux, soulever les tableaux accrochés aux murs, inspecter chaque bibelot, avant de lâcher sur un ton enjoué et énigmatique : "Je n'ai pas trouvé de micros mais prenons nos précautions." En l'occurrence, continuer à ensorceler l'hôte éberlué en chantonnant ("Quand on reçoit tes copains, / Ils demandent sans malice, / Si le dîner a lieu dans l'office… ou dans la salle de bains"), et le traîner là, précisément, dans sa salle de bains, ouvrir à fond les robinets et lui parler, les lèvres collées à l'oreille : "Mon mari est parano, il est persuadé que je le trompe avec vous, à un point tel qu'il m'a incrusté l'idée, on ne pense plus qu'à ça lui et moi." Clara sachant s'y prendre avec talent, ni le Grec ni l'Espagnol ne la traitèrent de folle à lier, tous deux acceptèrent d'entrer dans son délire en commençant par se dépouiller l'un l'autre de leurs vêtements et se retrouver sous la douche, rituel adopté pour la suite, cascade de rendez-vous à la fois torrides et trempés au cours desquels Clara finit par faire avaler que son mari savait tout et que, diplomate ou militaire prêt à faire un scandale en haut lieu, il n'accepterait de fermer les yeux que si l'étalon grec arrangeait quelques coups commerciaux, si l'étalon catalan le débarrassait d'un chef de garnison odieux. Compte tenu de la surprenante perte de clairvoyance de mâles sexuellement harponnés, Clara est l'incarnation de l'efficacité des ruses les plus énormes.

Mademoiselle Docteur

Un temps chargée de surveiller Mata Hari qui semble peu fiable aux yeux de ses employeurs, Clara Benedix est l'une des recrues de l'écurie d'Elsbeth Schragmüller, connue sous le surnom de Mademoiselle Docteur. Élevée à la prussienne, économiste douée (d'où son surnom, imputable à ses titres universitaires), engagée dans le renseignement afin de couvrir les Balkans sous couverture de documentaliste, et vite promue chef de service, dirigeant le bureau d'Anvers, Elsbeth Schragmüller, la plus fameuse des espionnes allemandes, est aussi la plus mystérieuse. Un film lui est consacré en 1937, ou plutôt deux en un, tournés la même année, avec la même interprète, Dita Parlo. Réalisé en France par le cinéaste allemand Georg Wilhelm Pabst et alignant Louis Jouvet, Charles Dullin, Viviane Romance, Pierre Blanchar, Jean-Louis Barrault, Gaston Modot, *Salonique, nid d'espions* axe son scénario sur la manière dont l'héroïne séduit un officier français joué par Pierre Fresnay. Représentés par le producteur Max Schach qui est amoureux fou de Dita Parlo, Les Artistes Associés demandent à un cinéaste français habitué aux studios de la BIP à Elstree, Edmond T. Gréville, de tourner une version anglo-saxonne *(Under Secrets Orders)* où l'intrigue sentimentale réunit l'espionne et un colonel allemand pour lequel Gréville choisit Erich von Stroheim. Décision qui génère des conflits.

Deux rumeurs courent à Londres sur les rapports entre Dita Parlo et Max Schach : qu'elle transporte le producteur dans son sac à main (il est si petit qu'on le compare à un Pygmée), et qu'elle multiplie avec lui les entrevues "sur l'oreiller" pour obtenir que son rôle soit plus développé que celui du colonel. Sur le plateau, Gréville affronte rivalités et crises de jalousie. Ayant convaincu le cinéaste de faire habiller toutes les femmes en noir lors d'un bal d'ambassade, de façon que vêtue d'une robe immaculée, elle ait l'air d'une fleur de lumière parmi des tulipes noires, Dita Parlo voit arriver ce jour-là sur le plateau Stroheim tout de blanc vêtu, du dolman à la cape en passant par la casquette et les gants. Elle hurle à la trahison, se retire dans ses appartements. Tournage orageux donc, pimenté d'insinuations : en idylle avec Gréville, l'Américaine Claire Luce qui interprète la chanteuse de cabaret Gaby (jouée par Viviane Romance dans l'autre version) appartiendrait aux services de renseignement des États-Unis. Elle file d'ailleurs dès son rôle en boîte pour un énigmatique périple européen. De son côté, Dita Parlo traîne la sale réputation d'être un agent nazi. Il y aurait donc des espions partout ?

Dans un film comme dans l'autre, l'héroïne est nommée Anne-Marie Lesser, patronyme qui passe à tort pour être le véritable nom de Fräulein Doktor, par ailleurs identifiée en Miss Heinrichaen, Erna Zornig ou baronne Kretschmann, voire dite Fräulein Elsa, Mlle Rennmûller, la Femme blonde, Mlle Schwartz, Fair Lady, la Tigresse d'Anvers, le Monstre. Chignon blond, voix fluette mais ferme, parée de bijoux voyants, ne dédaignant pas séduire en croisant ses jambes de façon à les faire admirer, elle organise son réseau d'une manière extraordinairement efficace. Elle s'est forgé peu à peu ses compétences en forçant le destin. Une lettre de candidature étant restée sans réponse, elle s'arrange pour loger dans le même hôtel que le feld-maréchal von der Goltz, proximité qui l'aide à clamer son patriotisme et à solliciter un poste. Affectée à Bruxelles, elle est chargée de lire le courrier que les soldats belges du front envoient à leurs familles, d'y déceler pour la Kommandantur des informations susceptibles d'avoir une portée stratégique. En dépit de son handicap (être une femme, handicap mon cul dirait Zazie), elle gravit les échelons, fourmille d'idées, s'inquiète de l'état d'esprit de la classe ouvrière travaillant dans l'industrie de guerre (gagnée par la fièvre révolutionnaire ? susceptible de sabotages ?). Elle croit en l'étude psychologique de chaque agent et à l'art et la manière de dominer les plus méfiants, lance des recruteurs chez les déserteurs français. Symboliquement, on prête plusieurs exploits à cette démoniaque déesse du Mal : l'utilisation du gaz moutarde envoyé sur les lignes alliées près d'Ypres en 1915, les bombardements par zeppelins, ou la mort du ministre de la Guerre anglais lord Kitchener, torpillé alors qu'il voguait vers la Russie sur un croiseur de la Royal Navy (en fait, le vaisseau heurte une mine allemande, peu probablement posée par Miss Doktor). Elle a la main sur des Françaises converties : Antoinette Tichelly, Marguerite Francillard, Huguette Damiens, Irène de Langon, Yvonne Maerlfait, Jeanne Desormeaux, Jeanne Villard,

Une farouche rivalité l'oppose au capitaine Ladoux qui dirige le Bureau français. Un bras de fer dont elle triomphe indirectement lors de l'opération *Kiosk*, qu'elle est chargée de superviser. L'opération *Kiosk* est une riposte aux avions français qui larguent des tracts appelant les soldats allemands à déposer les armes. Il s'agit d'"acheter" des patrons de journaux français afin qu'ils diffusent la propagande du IIe Reich. Concernant *L'Excelsior* et *L'Illustration*, le plan tourne court : outrés, les patrons des deux journaux alertent les autorités militaires. Avec *Le Bonnet rouge* l'affaire tourne mal : après avoir publié des articles pacifistes dans plusieurs numéros, le directeur de ce journal satirique anarchisant est arrêté à la suite d'une enquête du 5e Bureau qui a retrouvé la piste d'un agent de Fräulein Doktor, l'Espagnol Evaristo Asencio. Ce dernier est fusillé pour avoir proposé 100 000 francs contre l'insertion d'articles favorables au peuple allemand. Le directeur, Miguel Almereyda, est retrouvé suicidé dans sa cellule de Fresnes, ses lacets ayant servi à s'étrangler ou à se pendre, selon les versions. Almereyda est le père du cinéaste Jean Vigo, le futur auteur de *Zéro de conduite* et de *L'Atalante* qui n'aura de cesse de faire réhabiliter son père en prouvant qu'il n'avait pas trahi et en démontrant avec le polémiste Léon Daudet qu'il avait été assassiné.

Dernier organe dans le collimateur de Fräulein Doktor : *Le Journal*, possession d'un industriel nommé Henri Letellier. L'espionne donne 10 millions à un mafieux marseillais nommé Marie-Paul Bolo dit Bolo Pacha, qui rachète *Le Journal* et qui, pour se débarrasser du récalcitrant rédacteur en chef Charles Humbert (irréductiblement anti-Boches), le dénonce anonymement pour "relations avec l'ennemi". Ladoux est sur le coup : il finit par boucler tout ce beau monde. Mais dans le contexte franco-français de la rivalité entre le va-t-en-guerre Clemenceau et ses ministres pacifistes Joseph Caillaux et Louis Malvy, ce remue-ménage a une conséquence inattendue : les magouilles politiciennes du droitier Léon Daudet, rédacteur en chef de *L'Action française*, qui voit des trahisons partout, aboutissent à l'arrestation de Caillaux et Malvy (ce dernier est accusé d'être entre autres l'amant de Mata Hari), pour intelligence avec l'ennemi ; les dénonciations qui, par contagion, prolifèrent dans les services secrets, compromettent Ladoux à son tour, suspect d'avoir trempé dans l'affaire du député Louis Turmel, accusé lui d'avoir transmis des renseignements politiques aux Allemands pour 25 000 francs. Ladoux sera lavé de tout soupçon, mais pendant qu'il écume de rage en prison, les souris d'Elisabeth Schragmüller dansent.

Pseudo : France

Jane Joséphine Anna Françoise Wittig est née à Hanovre, en 1893, fille d'un dentiste allemand et d'une Française. Cellule familiale brisée une première fois à la déclaration de guerre en 1914 : citoyen ennemi, son père est emprisonné, puis expulsé vers son pays d'origine. Exilée en Suisse avec sa mère, la jeune femme y rencontre un impresario, Pierre de Chilly, qui se remet à Genève d'une faiblesse générale lui ayant valu d'être réformé de son régiment de chasseurs, et l'épouse en 1917. Elle en divorce cinq ans plus tard, mais entre-temps, elle a acquis par son mariage la nationalité française, est devenue une actrice remarquée du cinéma muet, hautaine beauté blonde vouée aux rôles de femmes du monde, Delphine de Nucingen dans une adaptation du *Père Goriot* par Jean de Baroncelli, ailleurs comtesse, baronne, princesse, et Madame de Pompadour dans un *Fanfan la Tulipe* de 1925. Elle tourne une vingtaine de films de 1919 à 1928, dont *Violettes impériales*, et campe Lady Diana Winham dans *La Madone des sleepings* de Marco de Gastyne et Maurice Gleize.

Cette vedette des Années folles devient personnage d'un réel énigmatique lorsqu'elle est retrouvée morte chez elle, dans son hôtel particulier de la rue de la Faisanderie, pomponnée, maquillée, revêtue d'une robe noire à traîne. Elle a son collier de perles à double rang autour du cou. Le robinet d'un radiateur à gaz est resté ouvert. Un mot signé de sa main a été laissé à côté du corps : "Prenez soin du chien." Ses obsèques sont célébrées à Saint-Honoré d'Eylau. Elle est inhumée au cimetière de Boulogne-Billancourt. La presse s'interroge, égrène des hypothèses. Pour quel motif Jane Wittig, dite Claude France, aurait-elle pu vouloir se suicider ? L'un de ses metteurs en scène témoigne qu'elle était neurasthénique et que son logis était sinistre, "comme sorti de la cervelle d'un Conan Doyle". La dernière fois qu'on la vit en public, lors d'un cocktail offert par une firme cinématographique, elle était apparue "étrange, lointaine", faisant des efforts pour masquer un désarroi. Un ami l'avait croisée peu après, elle était nerveuse, bouleversée, avait fondu en larmes. Deux jours avant son geste fatal, elle avait trouvé sa fidèle servante morte, dans la cuisine, baignant dans son sang, terrassée par une hémoptysie. La veille de son suicide, elle avait reçu la visite d'un officier de l'état-major allemand…

Les thèses défilent. Claude France se droguait ; adepte de la cocaïne, elle pouvait avoir connu l'une des dépressions qui guettent les toxicomanes. Elle aurait eu un chagrin d'amour, soupirant pour un homme insensible à sa passion. Vouée au luxe et dépensière, elle aurait de gros soucis financiers. Amante d'un député de l'opposition, elle aurait été mêlée à une ténébreuse affaire politique. Plus sulfureux encore : Claude France ne s'est pas suicidée, elle aurait été suicidée ! Exécutée durant son sommeil ! Rappelez-vous : cette femme est née allemande, elle espionnait pour son pays d'origine ! Jean Durand, le dernier cinéaste avec lequel elle a tourné, annonce dans *Mon Ciné* qu'il prépare un film sur le destin tragique de son actrice. Il a confié le scénario à Pierre Benoit. Le film ne se fera pas plus que celui qu'envisage six ans plus tard Marcel L'Herbier, le premier cinéaste à l'avoir fait tourner, et qui voulait la faire interpréter par Natalie Paley.

Entre-temps, la vérité sur la mort de Claude France a été révélée. Parmi les élucubrations de la presse, une était vraie. Approchée par le 2e Bureau, Claude France était devenue espionne. On lui avait demandé de fréquenter Mata Hari, de glaner des informations. Efficace, elle avait permis de démasquer l'agent 468, un Français d'origine allemande qui travaillait pour l'Allemagne. Claude France n'avait jamais vu cet homme dont elle ne connaissait pas l'identité, mais ses renseignements avaient permis de le faire arrêter, et fusiller en octobre 1917 à Vincennes. Lorsqu'elle s'est suicidée, Claude France venait de recevoir des papiers, effets personnels de l'agent 468, "héritage" rendu à la famille. Et de comprendre que l'homme qu'elle avait contribué à museler et tuer était son propre frère, Albert Wittig.

Louise attaque

Cœur de Jésus, fournaise ardente de charité, aie pitié de nous. La congrégation de la Sainte Union des Sacrés-Cœurs fut fondée en 1826 dans le Nord de la France, c'est dans l'un de ses couvents, à Valenciennes, qu'Henri Maximilien de Bettignies et Julienne-Marie Mabille de Poncheville placèrent leur fille Louise pour y être éduquée et instruite. Blonde et frêle, la petite arbore des yeux endiablés, lorgnant de tous côtés, et un tempérament de feu, un sens têtu de la bougeotte. Chez les Bettignies, héritiers du patron d'une manufacture royale de porcelaine d'art, il faut savoir décliner les prières. Elle fera croisade mais à sa guise. Pour l'heure elle poursuit ses études supérieures en Angleterre, chez les ursulines, puis à Oxford. Pour finir à Lille, où elle revient en 1903 à la mort de son père. Parmi ses atouts, outre cette coiffure altière, cheveux remontés en chignon telle Marie de Régnier pour rester dans les salons de thé, ou façon Amélie Élie dite Casque d'or mode guinguettes, à ceci près que son casque est brun, elle manie les langues : le français dévot, mais aussi l'anglais, l'allemand et l'italien.

Son entrée dans la vie civile s'effectue comme préceptrice. Successivement, elle prend en main (culture générale, apprentissage des génuflexions) les enfants du comte Visconti di Modrone à Milan, puis ceux du comte Mikiewsky, du prince Carl Schwarzenberg, enfin de la princesse Elvira de Bavière en Autriche. Sa poigne de fer est très demandée, on lui propose d'entrer au service de l'archiduc François-Ferdinand, héritier du trône, mais elle préfère fouler à nouveau le sol français.

En automne 1914, quand Lille est encerclée par les Allemands, Louise de Bettignies, alors âgée de trente-quatre ans, est recrutée comme infirmière pour la Croix-Rouge avec sa sœur Germaine, et ravitaille les belligérants sous le feu, s'active à soigner les soldats qui résistent aux canonnades ennemies. Ce dévouement aux combattants des deux camps (elle panse aussi les plaies allemandes, et au chevet des mourants écrit sous leur dictée des lettres pour leurs familles) ne lui suffit pas. Les Britanniques ont compris avant les Français le potentiel des femmes en matière de renseignement.

Louise est recrutée outre-Atlantique, initiée aux rudiments de l'espionnage dans une petite ville portuaire du Kent, et placée en France libre, prétendue employée d'une société d'import-export. Pseudo : Alice Dubois.

Les réseaux sociaux de l'époque bruissent d'une rumeur. Dubois serait le nom d'un brancardier, prénommé Jean, dont elle aurait été éprise et dont elle se serait éloignée pour obéir à sa mère, le jeune homme n'étant pas digne de leur rang. Entrer au carmel a été une option. Elle a choisi le combat patriotique. Depuis son domicile lillois, cette Alice va diriger un réseau de 80 membres pour le compte de l'Intelligence Service, et prendre des risques insensés. Elle écume les tranchées d'Artois, crapahute pour franchir les frontières, se déguise, fait détruire 2 000 canons dont elle avait signalé l'emplacement, recopie sur ses jupons des centaines de messages, avec du jus de citron. Son bras droit est Léonie Van Houtte, une infirmière de Roubaix de condition modeste, pseudo Charlotte.

Le réseau Alice signalera le jour et l'heure du passage du train impérial transportant le kaiser Guillaume II sur le front. Info transmise aux avions bombardiers anglais qui, shit !, manquèrent la cible. Les Allemands la traquent, déplorant de sa part un abattage de corps d'armée. Ils finissent par l'arrêter en 1915, lors d'une tentative de passage vers la Belgique. Une patrouille fouille les voyageurs, exige que les femmes se déshabillent dans l'arrière-salle d'un café ; elle y est surprise en train d'avaler un message qu'elle avait caché sous sa chevalière, refuse d'absorber un vomitif, se débat et vitupère, reçoit un coup de crosse dans la poitrine. Condamnée à mort, peine commuée en travaux forcés à perpétuité, elle s'interdit de collaborer à un atelier qui fabrique des têtes de grenade. Mise à l'isolement dans un cachot humide, elle meurt des suites du coup porté lors de son arrestation, une pneumonie non soignée. Pour Mgr Charost, évêque de Lille, Louise est la "Jeanne d'Arc du Nord".

Native de Tournai, la Belge Gabrielle Petit a vécu de façon assez proche. Elle est abandonnée au couvent des Dames du Sacré-Cœur par son père clerc de notaire devenu veuf, récupérée par un oncle qui la confie aux Sœurs de l'Enfant-Jésus. Lorsque les Allemands envahissent la Belgique, elle s'engage comme infirmière à la Croix-Rouge, et enrôlée par les Britanniques, elle effectue plusieurs missions d'espionne sous le nom de Mlle Legrand : recueillir et transmettre aux états-majors alliés les positionnements et mouvements des troupes ennemies entre Lille et Maubeuge, distribuer la presse clandestine, transmettre du courrier aux soldats emprisonnés, faire passer la frontière française aux soldats hollandais. Arrêtée en janvier 1916, elle est fusillée trois ans plus tard.

Fille d'un prêtre anglican, la Britannique Edith Cavell a été nourrice à Bruxelles. Devenue directrice d'une école d'infirmière en Belgique, en même temps qu'espionne du Secret Intelligence Service, elle soigne les blessés lors de l'invasion de la Belgique et aide des centaines de soldats à passer de la Belgique occupée vers les Pays-Bas. Arrêtée, elle est exécutée pour haute trahison. La Grande-Bretagne la considère comme une martyre. Une polémique incrimine sir Reginald Hall, le patron du service dont dépendaient Edith Cavell, Louise de Bettignies et d'autres agents, toutes arrêtées brutalement en quelques mois, comme si les Allemands avaient disposé d'informations sur ces femmes.

Marthe l'Alouette

C'est ainsi que les femmes vivent. Tout est affaire de décor. Changer de lit, changer de corps. Changer de nom. Premier prix de Conservatoire et décolleté vertigineux, Cora Lynn qui débute au cinéma dans *Le Cordon bleu* en 1931 s'appelait en réalité Caroline Cunati, et devient Feuillère en épousant l'acteur Pierre Feuillère, troquant son prénom pour celui d'Edwige. Elle rechigne à tourner des scènes audacieuses mais coiffée de jolis bibis, elle incarnera l'espionne Marthe Richard dans le film de Raymond Bernard (1937) où Délia Col interprète Mata Hari. Marthe Richard, virgule, au service de la France. Sonnez trompettes.

Ailleurs que dans le quartier Hohenzollern, Louis Aragon aurait pu rencontrer Marthe Betenfeld. Elle était brune, elle était blanche, ses cheveux tombaient sur ses hanches, et la semaine et le dimanche elle ouvrait à tous ses bras nus. Interpellée pour racolage quand elle est mineure, éprise d'un bel Antonio qui la met sur le trottoir, puis sans amour ni demeure, elle occupe les canapés du bordel à soldats de Nancy, est fichée prostituée à dix-huit ans, change de standing, on la repère dans un établissement de bains de la rue Godot-de-Mauroy à Paris. Changer de nom, changer de décor. Marthe ferre un riche industriel, Henri Richer, l'épouse, devient une honorable bourgeoise de la Belle Époque. Marthe Richer se passionne pour l'aviation, fréquente les meetings aériens, d'où son surnom : l'Alouette. Elle aurait été qualifiée d'hirondelle si elle avait fréquenté les services anglo-saxons, où celle qui séduit sa cible, avale et gobe n'importe quel bobard, est ainsi qualifiée : “swallow”. Quand il publie des Mémoires romancés aux éditions du Masque, le patron du 5e Bureau,

Georges Ladoux, la rebaptise Marthe Richard, un patronyme plus sexy. Elle restera Marthe Richard à vie, après la mort d'Henri Richer à Verdun, et bien que veuve une seconde fois, d'un directeur financier de la fondation Rockefeller nommé Thomas Crompton. Veuve Joyeuse est un autre de ses surnoms alors qu'elle mène grand train dans les boîtes à la mode, adepte des charlestons endiablés.

Que vient faire Ladoux, ses services secrets et sa barbiche noire, dans la vie de Marthe ? Il se demande ce que fricote cette aviatrice, si elle travaille pour les Angliches ou les Allemands, et la fait surveiller par un glorieux sergent qui la côtoie sur les terrains d'aviation de Saint-Cyr ou de Plessis-Belleville. Demi-frère de Staline, cet exilé nommé Joseph Davrichewy, dit Zozo, et intronisé Jean Violan dans les services, tombe sous le charme, la ramène chez Ladoux qui l'embauche. Nom de code : Delorme. Un métier qu'elle exerce jusqu'au scandale déclenché par la révélation de ses liens avec l'Allemand von Krohn, virtuel neveu du maréchal Ludendorff et attaché naval de l'ambassade allemande à Madrid, à cause d'un accident de voiture dont la presse scandalisée se fait l'écho : dans la Mercedes écrabouillée, les corps étreints mais respirant encore du diplomate ennemi et de sa maîtresse en "service commandé", affublée du matricule S 22. Marthe a réponse à tout : c'est "sans aucun plaisir", et par pur patriotisme, qu'elle a couché avec ce baron von Krohn, soixantenaire à l'œil de verre et aux fausses dents, racontera-t-elle plus tard (en 1973) au mensuel *Marie Claire*, tempérant les impatiences du baron vicieux ("Ne soyez pas gourmand !") et assurant ne l'avoir jamais embrassé, comme toute pute qui se respecte.

Les médias sont friands de polémiques, et *France Dimanche* publie dès 1947 un témoignage de Violan qui qualifie Marthe d'"imposture. Ce n'est ni une héroïne nationale, ni une espionne de grande classe". Publiant à son tour ses Mémoires, et accréditant par son livre l'idée convenue qu'une espionne est une professionnelle, l'idée populiste que les espionnes sont recrutées de façon fantaisiste, elle démontre ses talents d'affabulatrice et de reine du roman-photo, orchestratrice d'une symphonie de mensonges dénoncés lors d'un *Dossiers de l'écran* de 1971 consacré à "Une femme et sa légende" par le commissaire Chenevier.

La vie de Marthe Richard est un roman. Descendue au Palace Hotel de Madrid, elle aurait croisé en sa voisine de palier une collègue, Mata Hari. Foutaises ! Les faits sont plus prosaïques : Mata Hari loge alors au Ritz, et lorsque Marthe émigre au Ritz, Mata Hari a troqué cette crémerie contre la prison Saint-Lazare. Il est probable que Marthe Richard soutire à von Krohn des éléments précieux. Il est fou d'elle, lui ouvre un salon de beauté à Madrid, baptisé comme il se doit Le Miroir aux Alouettes. Va savoir à partir de quand Marthe baratine. Quand elle ment à son casque à pointe en rut, quand elle élucubre ses exploits épiques, et va savoir quand votre serviteur lévite en hâbleur moqueur. Croix de bois, croix de fer, l'un des tomes des souvenirs gratifiants de cet oiseau peu disposé à se faire plumer fait état d'une première mission en Suède, un bide sur le plan stratégique (dépêchée pour se faire enrôler par les Boches, elle est démasquée et expulsée) mais un frisson sur le plan érotique (une complicité assez particulière avec une blonde teutonne prénommée Gerda).

Y croire, ou pas, telle est la question. Il y a des hasards abracadabrants, des rencontres impossibles à prouver, des fictions avérées, des bobards tentants, des fantasmes trop rocambolesques, des faits travestis. P't-être que la dame attige, un brin. Au catalogue de ses prouesses, une mirobolante virée à Casablanca, un trafic de charançons transités de Buenos Aires pour bouffer les réserves de blé alliées (qu'elle rend inoffensifs en les noyant, quoique dans la version Ladoux elle les crame en les entreposant près de la chaudière), une nuit d'ivresse dans le sous-marin UC-52 (édifiants cunnilingus après parcours titubant des coursives), insensé projet de capture du coffre-fort du Fritz qui a eu la folie d'en révéler le code (voir la nuit d'ivresse en profondeurs aquatiques), vaine transmission outre-Manche du plan *Tirpitz* qui prévoit un torpillage de la flotte anglaise, sans oublier les homériques allées et venues entre Paris et la capitale espagnole, via un passage clandestin dans les Pyrénées ou, au gré d'un alibi ténébreux, l'urgence d'aller se faire avorter in Frankreich.

Le panégyrique ingénu que constitue l'autobiographie de Mme Richard occulte entre autres zones d'ombre ses relations avec les journalistes anars et pacifistes du *Bonnet rouge* d'Almereyda, ses rapports troubles avec l'escroc Tricot rencontré au Maroc et proche des Allemands, ses parties fines en bande dans la Carlingue et le vol avec ces affreux d'un joli magot de bijoux chez la danseuse de cabaret Louise Cardot, dont Marthe est proche, si proche et si suspecte qu'elle se voit imposer un séjour à la Petite Roquette. Il y a plusieurs Marthe Richard, celle dont la rumeur attribue des liaisons avec Paul Painlevé et Édouard Herriot (qui lui obtient la Légion d'honneur), celle qui durant la Seconde Guerre se paye le culot de se présenter au 93, rue Lauriston pour demander pourquoi la Gestapo ne la surveille pas étroitement, elle qui fut si efficace en 14-18. Celle qui noue des relations avec l'entourage de Pierre Laval, qui a un béguin pour le douteux Eggenberger et qui se rapproche de mafieux marseillais collabos, celle qui reçoit chez elle des officiers de la Wehrmacht, tout en prétendant héberger des aviateurs alliés abattus par la DCA nazie et appartenir au réseau de résistance Darius où personne ne se souvient d'elle. Celle qui est élue conseillère du 4e arrondissement de Paris en 1945, sur la liste Résistance unifiée, et qui, de la petite à la grande vertu, dépose peu après devant le conseil municipal un projet pour la fermeture des maisons closes, héritant pour cette œuvre purificatrice d'un ultime pseudo, Veuve qui clôt.

Le retour de Fräulein Schragmüller

La légende s'est emparée de la célèbre Fräulein Doktor, rebaptisée fictivement Anne-Marie Lesser et annoncée morte en 1934 alors qu'elle aurait été soignée dans un asile d'aliénés. Revenue à la vie civile après la défaite allemande, Elsbeth Schragmüller est recontactée par les services hitlériens en 1933, après son adhésion au parti nazi. Elle est incorporée au Service de la sécurité SS chargé des renseignements relatifs à l'étranger après l'abominable Nuit des longs couteaux au cours de laquelle son frère a été exécuté. La campagne d'information à propos de son décès a été orchestrée pour accompagner son retour aux affaires. Mieux vaut faire croire qu'elle est morte (voire, comme le soutiendront des historiens, qu'elle n'a jamais existé, fruit de l'imagination des services alliés) au moment où Reinhard Heydrich lui demande de former une section d'agents secrets et d'indicateurs. Plus rien à son propos donc, jusqu'en 1940, nouvelle date d'une mort annoncée, de tuberculose. Dotée d'une identité secrète, sa tombe est introuvable. La mythologie de Miss Doktor est attisée par un paradoxe : elle forme elle-même ses disciples, les initiant à reconnaître les uniformes, à décrypter les plans, à déceler les emplacements de dépôts, montrant comment se comporter dans les villes de garnison, inviter les soldats à boire, multiplier les boîtes postales, mais hormis celles et ceux qui la côtoient comme supérieure hiérarchique, peu de gens l'ont vue. Son tailleur de style militaire, son goût pour les cigarettes russes et le cigare, et son comportement hautain, autoritaire, sadique même (elle manie le fouet), alimentent une réputation de lesbienne. Des yeux d'acier qui vous scrutent, vous transpercent, dit l'un. Une attitude provocante, menaçante, dit un autre qui la décrit jouant avec un revolver, ou caressant le pommeau d'une cravache d'une main lourdement baguée.

Amelia s'envoie en l'air

Charles Lindbergh est le premier homme à avoir traversé l'Atlantique en avion en solitaire, c'est entendu. Amelia Earhart, elle, est la première femme à rééditer cet exploit cinq ans plus tard. Ces deux as de l'aviation vont connaître des fortunes diverses. Lindbergh est marié à Anne Morrow, aviatrice elle aussi. Après le drame vécu par le couple (l'enlèvement et le meurtre après paiement de rançon de leur fils Charles Jr., relaté dans *Le Crime de l'Orient Express* d'Agatha Christie), le pilote du *Spirit of St. Louis* s'ingénie à salir sa réputation de héros national. Il qualifie Hitler de "grand homme", juge l'aviation allemande "invincible", dénonce les Britanniques, les Juifs et l'administration Roosevelt comme "bellicistes", et refuse de renvoyer à Hermann Goering la "médaille de honte" dont ce dernier l'avait décoré sur ordre du Führer, celle de la Croix de l'Aigle allemand. Il parle de "dilution par les races étrangères" et d'"infiltration d'un sang inférieur" dans la race blanche. Antisémite comme lui, sa chère et tendre épouse dénonce "cette idée strictement puritaine qui a cours chez nous, selon laquelle les dictatures sont forcément condamnables", et publiant des livres, trouve injuste que certains libraires juifs refusent de les commercialiser. Écologiste et consultant pour une compagnie aérienne, Charles Lindbergh voyage beaucoup, des Philippines aux îles Hawaï en passant par le Trégor, mais aussi par l'Allemagne et la Suisse où il répand sang et sperme pur en fréquentant trois maîtresses. Issue d'une vieille famille de la noblesse militaire prussienne, Valeska est son ancienne secrétaire ("particulière", disent les biographes). Brigitte Hesshaimer est une chapelière allemande, sa sœur Marietta plaît elle aussi à l'homme volant. Outre les six enfants de son union officielle, il en aura sept autres avec ces liaisons secrètes, vendanges tardives.

Et la blonde Amelia ? Elle disparaît en 1937 alors qu'elle tente de faire le tour du monde dans son bimoteur Lockheed Electra 10-E. Dernière trace : îles Phoenix dans l'océan Pacifique. Roosevelt lance dix navires et cinquante avions à sa recherche, en vain. L'appareil n'est pas retrouvé. Des messages auraient été prétendument perçus ici et là, de Hawaï à Saint-Pétersbourg, des os et une chaussure de femme auraient été retrouvés et envoyés à analyser aux îles Fidji, mais les uchronies qui projettent Charles Lindbergh en 33e président des États-Unis, allié de Hitler, sont moins exaltantes que les pistes élaborées pour expliquer la dissipation d'Amelia Earhart. Thèse numéro un : effectuant en réalité un vol d'espionnage pour le gouvernement américain, celle que l'on surnommait Millie ou Lady Lindy aurait été abattue par la DCA nippone alors qu'elle survolait les installations japonaises du Pacifique. Thèse numéro deux : repérée mais capturée, elle aurait été utilisée par les Japonais comme une Tokyo Rose. On désigne ainsi des prisonnières anglo-saxonnes transformées en armes de propagande sur des ondes radiophoniques diffusant du jazz et des songs appréciées par les engagés US, les speakerines minant le moral des troupes en leur susurrant que leurs compagnes se payent du bon temps en leur absence ou qu'elles ne reverront jamais le pays, implacablement utilisées comme chair à canon. Une troisième hypothèse l'imagine ayant atterri tant bien que mal sur une île dont les autochtones ignorent les termes de Juifs, nazis, traîtres et guerres. Elle aurait décidé d'y rester.

Tina torride

Carnassière, pasionaria, foutu destin ! Émigrée d'Italie pour San Francisco, où elle rejoint son père qui vient d'inventer une machine à faire des raviolis, la mannequin Tina Modotti est repérée par un dénicheur de talents, filmée à Hollywood, dans des rôles de "petite exotique", à une époque où les actrices sont censées apporter leurs propres costumes. C'est ainsi que, férue de mode, elle arbore dans *The Tiger's Coat* cape de satin, ensemble écossais, béret à plumes, sarouel et soutien-gorge chatoyant, pour nouer une sombre histoire d'amour sous une fausse identité. La tenue a été conçue par son mari, le poète Roubaix de l'Abrie Richey, dit Robo, qui arbore lui-même une moustache de mousquetaire. Le couple forme une secte d'artistes fréquentée par John Cowper Powys dont elle devient dévote, séduite par les vibrations psychiques. Tina se dit "au-delà du bien et du mal, née avant le péché originel". Bientôt, attirée par la provocation, elle est photographiée sous toutes les coutures par un adepte de la secte, un génie de la pellicule, modèle amante avide de fiestas et bacchanales. "Il me suffit de fermer les yeux pour te sentir ici, avec la saveur du vin sur les lèvres et ta bouche pressée sur la mienne", écrit-elle à celui qui la mitraille, Edward Weston, "grisée par le souvenir de la nuit passée". Plus brune que Tina tu meurs. Plus nue, on a rarement vu. Les photographies les plus intimes qu'a faites d'elle Weston, ses seins enivrants, son épaisse toison noire, sur une terrasse brûlante, celle de la maison de Tacubaya, la désignent torride au lit, icône désinhibée, couchée pour être submergée, dévoreuse.

Plus tard, après qu'elle vire à la militante révolutionnaire, qu'elle se soit armée jusqu'aux dents pour la révolution sandiniste, qu'elle ait participé à la campagne de soutien de Sacco et Vanzetti, et qu'elle ait fréquenté l'activiste cubain Julio Antonio Mella, abattu en pleine rue à ses côtés alors qu'ils sortaient du cinéma, ces clichés seront exhibés par les autorités mexicaines pour prouver son immoralité. Staline est un parano, acharné à purger le parti de tous ses ennemis de classe, à mener tout suspect à l'aveu, à confesse. Soupçonnée d'être une communiste dépravée, victime d'inquisitions et devenue photographe à son tour, en quête d'"instantanés parfaits", Tina, un temps Rosa Smith Saltarini, doit adopter l'identité de Carmen Ruiz. On l'aperçoit en France, à Melun, chez un proche de la famille Joliot-Curie, en Espagne, puis à New York, à moins qu'il ne s'agisse de Vera Cruz. Cette pasionaria aux noms d'emprunt est-elle, ou non, un agent de Moscou ? Transporte-t-elle ici et là messages codés et faux passeports ? On lit ceci dans *L'Excelsior* : "Tina Modotti est une femme qui enflamme son allumette dans la pénombre des chambres à coucher pleines de passion. Le drame l'accompagne, il est né avec elle et il mourra avec elle. Si le Mexique était un pays littéraire, d'éloquents petits volumes y circuleraient, reliés d'ombre, identiques à ces autres courts romans qui montent à l'assaut des rêves de celles qui voyagent en train à travers l'Europe et qui retracent la vraie histoire de la Mata Hari."

Probable exécuteur d'opposants à Staline, son nouvel amant est Vittorio Vidali, agent soviétique, peut-être aussi agent nazi disent certains, suspecté avec le peintre Diego Rivera de ne pas être étranger au meurtre de Mella, exclu du PC pour son adhésion aux thèses trotskistes. Il est aussi accusé d'avoir empoisonné Tina, trop insoumise aux diktats des PC. Rompue aux liquidations clandestines, Tina serait donc morte deux fois, car officiellement, c'est une crise cardiaque qui la terrasse dans un taxi, de retour d'un dîner chez des amis. Parmi ceux qu'elle a fascinés, Diego Rivera qui la peignit, seins généreux (il ne peint pas que des faucilles et des marteaux), trompant sa compagne Frida Kahlo dont il appréciait pourtant qu'elle soit "chienne sur les bords". Mais aussi le révolutionnaire Xavier Guerrero ; l'énigme B. Traven ; le cinéaste Sergueï Eisenstein dont le *Que Viva Mexico !* est influencé par ses photos, et qui les aurait fait exposer à l'université de Moscou.

Lída défie Magda

Le ministre de la Propagande allemand est un obsédé sexuel. Le cinéma fait partie de ses prérogatives. Les actrices figurent au nombre de ses proies. Il dresse à l'attention de son sous-secrétaire d'État une liste de trente-six noms pour les attirer dans sa toile. Jeunes inconnues, femmes du monde, comédiennes, secrétaires, vendeuses, caissières de cinéma : elles se laissent conquérir, impressionnées par son pouvoir, fascinées par son cynisme, ou touchées par la vulnérabilité que lui octroie sa jambe boiteuse, infirmité héritée d'une ostéomyélite contractée à sept ans. Veste de cuir et attirail orthopédique, Joseph Goebbels fait preuve d'une énergie frénétique pour séduire les femmes… ou les posséder sous la contrainte. À ce propos, le ministre de l'Intérieur Heinrich Himmler dispose d'un joli fichier de noms de femmes prêtes à témoigner contre lui. Et Hermann Goering se targue de l'avoir placé sur écoutes téléphoniques pour savourer les conversations libidineuses tenues avec les consentantes. Magda Goebbels se plaint à Mme Goering d'avoir épousé "le diable incarné".

Les yeux en amande et la voix aiguë de l'actrice tchèque Lída Baarová mettent Goebbels dans tous ses états. Depuis qu'il a été subjugué en visitant le studio où elle jouait la vamp vénitienne dans *Barcarole*, on ne peut plus le tenir. Il veille sur la carrière de sa protégée, il ne cesse de l'inviter chez lui, bien qu'elle soit en couple avec l'acteur Gustav Fröhlich qui a quitté pour elle femme et enfants, mais qui, par manque de discernement, tente de lui faire abandonner son job d'artiste et de la faire devenir femme d'intérieur. Plus subtil, Goebbels lui joue des sérénades au piano, l'initie au tir à l'arc, flatte son ego de comédienne. Insistant, très insistant, il la convainc de refuser un contrat lucratif de sept ans offert par Hollywood. Vedette de films de propagande (*Les Patriotes*, *Les Traîtres*), Lída continue de se montrer dans des films tchèques, par exemple *Virginité*, consacré au harcèlement sexuel. Leur liaison fait scandale. Fröhlich flanque une raclée à celui que Lída plonge dans une "ivresse de bacchanales", l'Allemagne s'indigne contre le coureur de jupons, l'actrice est insultée lors de la sortie de son film *Histoires d'amours prussiennes*, bientôt interdit. Mais les amants sont inséparables. Fou d'elle, Goebbels veut divorcer, renoncer à ses fonctions, et demande à Hitler de le nommer loin, ambassadeur au Japon, où il emmènerait Lída pour pouvoir vivre sa passion. Après avoir proposé un ménage à trois, option abandonnée après incompatibilité d'humeur entre les deux femmes, son épouse Magda (qui se console dans les bras de l'aide de camp de son mari durant la séquence) menace de divulguer leur correspondance, se plaint auprès de Hitler, qui sonne la fin de la récréation. Mise sur liste noire dans les studios allemands, Lída Baarová est sommée de déguerpir, revient travailler à Prague jusqu'à l'arrivée des troupes nazies, file en Italie.

L'après-guerre lui sera douloureux. Elle voit sa mère mourir d'une crise cardiaque durant un interrogatoire et sa sœur se suicider. Arrêtée par une unité américaine de contre-espionnage, accusée de collaboration, incarcérée, ses biens confisqués, exilée en Autriche, elle vit son idylle avec Goebbels en schizophrène, incapable de l'assumer, en livrant des versions contradictoires. "Amoureuse de son amour" dans un premier acte, elle renie son inclination : "Je ne l'aimais pas, il ne me plaisait pas, il me faisait peur, avec lui j'ai vécu l'enfer, j'ai déchiré toutes les photos de nous…"

Magda, dame du Reich

Elle fait peur, Maria Magdalena. Yeux de glace, langue de fiel. Le 30 avril 1945, pendant que Hitler et Eva Braun se suicident, Mme Goebbels, première dame du IIIe Reich, s'adonnera une dernière fois à son loisir favori, le jeu de cartes en solitaire, parfois appelé jeu de patience. Puis elle habillera ses six enfants de blanc, leur fera boire un somnifère, et leur glissera une ampoule de cyanure dans la bouche pendant qu'ils ronflent, avant d'avaler à son tour le poison fatal, après que son mari s'est donné la mort d'un coup de revolver.

À ses yeux, Joseph Goebbels est une crapule. Non pour ses idées, sa soumission au Führer, mais pour sa frénésie à la tromper, son idylle avec Lída Baarová, le regard libidineux qu'il jette sur les actrices, ses proies. On prête à son époux un bataillon de dociles, choisies dans le sérail des aspirantes au statut de star, dont Ruth Kucher envoyée ouvrir un institut de beauté à Pearl Harbor afin de laisser traîner ses oreilles et de préparer l'attaque aérienne de 1941, ou Jenny Lugo, coquette de comédies musicales dépeinte comme un "Chaplin en jupons", qui se fera offrir un avion, deux voitures, trois chevaux, un stock de bijoux et une villa près de Wiesbaden pour avoir tourné quelques courts métrages coquins dont raffole le Führer. Surnommé par cette dernière le "rat d'égout", le ministre de la

Propagande a même eu l'inélégance de choisir parmi ses maîtresses Ursula Quandt, l'ex-femme de l'un des beaux-fils du premier mari de Magda.

Au regard de l'Histoire, Magda Goebbels est une canaille. Divorcée de l'industriel Günther Quandt, de plus de vingt ans son aîné (elle s'était mariée à dix-neuf ans), elle ne s'est jamais opposée au dogme antisémite de ces fanatiques qui la considèrent comme la parfaite Aryenne : Joseph l'époux, Hitler le gourou devant lequel elle se pâme, prête à être sa pute, sa complice mystique, sa walkyrie. Célébré sous le culte d'Adolf l'enragé, le mariage avec le nabot claudicant à veste de cuir s'apparente à une messe noire, drapeau nazi étalé sur l'autel en guise de nappe, crucifix posé au centre de la croix gammée. Symboliquement, Magda s'y couche, convertie. Cuisses ouvertes ? Née Behrend, du nom de sa mère, employée de maison, elle a tourné le dos sans états d'âme à l'homme qui fut son père adoptif, le riche commerçant juif Richard Friedländer. On lui saura aussi quelques infidélités conjugales, durant ses deux mariages. L'une, en particulier, constitue un énorme reniement.

Au lycée, à Berlin, Magda s'est liée avec Lisa Arlozoroff. Cette fille d'émigrés ukrainiens rescapés des pogroms a un frère dont elle tombe amoureuse. Viktor Haïm est juif, sioniste. Pour lui, elle apprend l'hébreu, porte l'étoile de David qu'il lui a offert, participe à des débats sur l'avenir de la Palestine. C'est fou, torride, elle a quinze ans, lui dix-sept. Leurs routes se séparent, il finira par s'installer en Israël, mais Viktor et Magda se retrouveront à plusieurs reprises, chaque fois qu'elle a des contrariétés conjugales, quand elle sera Mme Quandt puis Mme Goebbels, quand elle aura divorcé du premier, ou quand, leader du parti travailliste Mapaï, conférencier, ministre des Affaires étrangères d'un État encore sans territoire, il sera revenu à Berlin afin de négocier avec les nazis une immigration de Juifs d'Allemagne en Palestine.

Arlozoroff est un intellectuel athée qui plaît aux femmes. Surnommé le Baron Rouge, socialiste prônant une conquête de terrains destinés à la création d'une nation juive, il est assassiné le 16 juin 1933 sur une plage de Tel-Aviv alors qu'il se promène avec celle qu'il a épousée, Sima. Jaloux des écarts de sa femme qu'il fait suivre par un détective, Joseph Goebbels a-t-il supprimé cet amant régulier ? Dévouée corps et âme à Hitler, Magda lui a-t-elle offert la peau d'un Juif ? Arlozoroff a-t-il fait les frais d'une agression sexuelle contre sa femme par deux Arabes ? Cette thèse foireuse est balayée par Sima, qui affirme avoir entendu l'assassin parler hébreu. L'enquête se tournera vers un révisionniste, membre du Betar, Abraham Stavsky, condamné à mort puis acquitté. Le mystère reste entier.

Leni, l'alpiniste

Évoquant sa fréquentation de Montparnasse à la fin des années 1920, le cinéaste Edmond Thonger Gréville se souvient d'une boîte de nuit nommée La Jungle où défilaient le tout-peinture et le tout-cinéma d'avant-garde, et où une Allemande "un peu délirante et saoule de vodka" voulait enlever sa robe en dansant : Leni Riefenstahl. Elle a des qualités, cette Leni Riefenstahl, elle sait tout faire, nageuse, gymnaste, peintre, danseuse, alpiniste, actrice. Son physique ne gâte rien, c'est bien ce qui transporte Joseph Goebbels. Une actrice ! Cette grâce, ce charme. Et puis, ce bon goût :

Leni admire Hitler, qui ne cache d'ailleurs pas qu'il la désire. Goebbels est un type qui fonce. "Avouez, vous êtes amoureuse du Führer !", lui lance-t-il tout de go. Leni pouffe : "Absurde ! Il m'impressionne, mais je ne pourrais jamais être amoureuse de lui." Goebbels théâtral, sanglotant, à genoux : "Alors il faut que vous deveniez ma maîtresse, sans vous ma vie est un supplice, je vous aime." Leni toise le nabot : "Partez, vous êtes cinglé !" Tout le monde le craint, tout le monde le dit : Goebbels est un personnage ridicule. Il multiplie les maîtresses en appelant son épouse "Ma reine". Magda le confie volontiers à ses amies : elle n'a épousé Joseph que pour pouvoir approcher Hitler le plus souvent possible. Dans le cadre de ses activités politiques, Goebbels est effrayant. Éconduit par une femme, Goebbels est burlesque. Il insiste, il attend, transi, devant chez elle, sous la pluie qui tombe à torrents, son chapeau à larges bords enfoncé sur ses yeux. Leni n'a pas plus envie d'être vue avec lui qu'il n'a envie d'être vu avec elle, et les voilà partis en Mercedes, Leni au volant. Dans leur volonté commune d'éviter les regards indiscrets, ils arrivent aux abords de la forêt de Grunewald, la pluie tambourinant sur le pare-brise, les roues faisant jaillir des gerbes d'eau, lorsque "Jo" se risque à la prendre par la taille. Pied de nez au destin ? C'est cet instant précis que choisit la voiture pour stopper net, bloquée… Fin de l'escapade. Contraints d'abandonner l'automobile enlisée, Leni et Joseph s'en vont chacun de leur côté, cols relevés, à la recherche d'un téléphone…

Pourtant, Goebbels ne se décourage jamais. Il lit dans un rapport que Leni Riefenstahl projette de tourner un film sur Arnold Fanck, ce géologue promu cinéaste, spécialiste des films de montagne, devenu très proche de Mademoiselle Docteur. Quel beau prétexte pour convoquer la dame, déjà rescapée à deux reprises de ses assauts fougueux, et qui cette fois déclenche une sonnerie lorsqu'il la plaque contre un mur, lui touche les seins, essaye de l'embrasser, en vociférant "Vous savez que je vous désire ! Votre résistance me plaît, vous sortez de l'ordinaire, je ne cesserai de lutter pour vous avoir…".

Méprisante méprisable

L'affreux Joseph Goebbels n'aime pas la scandaleuse de Berlin, qu'il accuse d'être hystérique envers lui, trop à cheval sur les principes pour être réceptive à ses avances, trop encline à flirter avec Goering, trop empressée de cajoler Hitler. Leni Riefenstahl a pourtant dîné chez lui, le 17 novembre 1932, et si la discussion fut passionnée c'est parce qu'ils parlèrent de l'espionne Mademoiselle Docteur qu'elle rêve d'incarner au cinéma, elle qui, devant la caméra, n'était qu'une actrice de films de montagne, alpiniste et skieuse avant tout. Actrice de films alpestres, c'est une catégorie non récompensée aux Oscars, mais il faut savoir reconnaître celles qui ont la grâce. Adolf Hitler dit : "La plus belle chose que je n'ai jamais vue au cinéma a été la danse de « la Riefenstahl » devant la mer dans *La Montagne sacrée*." Après être tombé sous le charme de ce film d'Arnold Fanck, le cinéphile pointu du Reich s'est empressé de visionner tout Leni, et il pourra lui dire au cours de ce souper intime qu'ils partagent en 1932 : "Mon impression la plus forte m'est venue de votre film *La Lumière bleue*. Surtout parce qu'il est peu ordinaire qu'une jeune femme parvienne à s'imposer contre les résistances et les goûts établis de l'industrie du cinéma." C'est bien dit. Et pour ces spectateurs en uniforme, il y a injustice à ne pas voir considérer Leni à sa juste place dans les "histoires du cinéma". Pour Goebbels, le coup de foudre vient de cet autre film d'Arnold Fanck qu'est *L'Enfer blanc du Piz Palü* (1929) : révélation d'une "merveilleuse enfant".

"La" Riefenstahl trace sa route dans sa patrie, mais Hollywood la rejette et la Ligue antinazie s'indigne de sa présence aux États-Unis lorsqu'elle vient présenter *Les Dieux du stade* au public américain en 1938, juste au lendemain de la Nuit de cristal. Elle est harcelée par les médias sur la rumeur de sa liaison avec le Führer, mais aussi sur ce qui se passe en Allemagne, la mise à sac des boutiques tenues par des Juifs, les incendies dans les synagogues. Une campagne se déclenche contre elle : "Il n'y a pas de place à Hollywood pour Leni Riefenstahl." Rentré enthousiaste d'une visite en Allemagne, Gary Cooper l'invite à passer une soirée avec lui, s'apprête à lui envoyer une voiture pour la prendre à son hôtel, se ravise. La soirée est annulée, pour cause d'urgence. A-t-il subi des pressions ? Walt Disney, lui, veut la rencontrer quoi qu'en sifflent les cancans. Il devra, pour s'en justifier, prétendre qu'il ignorait qui elle était. Suivie par des détectives privés chargés d'empêcher tous contacts avec acteurs ou metteurs en scène, Leni est persona non grata.

L'un des producteurs travaillant pour la Metro-Goldwyn-Mayer, Mr Sheehan, aimerait exploiter le film de Leni Riefenstahl, en vain. Son épouse, la grande cantatrice viennoise Maria Jeritza, avertit l'Allemande : Leni court un grand danger, trahie par quelqu'un de son entourage qui fait un rapport sur ses faits et gestes et se fait payer en dollars. De qui s'agit-il ? Celle que l'on surnomme la Pompadour du IIIe Reich est alors espionnée par son propre attaché de presse, le bon Herr Ernst Jäger, qui est en relation avec la Ligue antinazie. Informée par ses soins, la Ligue fait annuler toutes les offres de contrats qu'elle reçoit. Jäger fait aussi des copies des lettres qu'elle envoie en Allemagne, il a l'intention de sortir une feuille à scandale où on trouvera tous les ragots sur le compte de Riefenstahl, descriptions de ses sous-vêtements de dentelles, racontars sur ses jeux sexuels avec Hitler, Goering et Goebbels. Jäger n'a guère l'intention de revenir en Allemagne avec son employeuse, il s'applique à l'exploiter autant que possible, puisant par ailleurs sur son compte en banque.

On peut se risquer à affirmer que Quentin Tarantino connaît mieux le cinéma qu'Adolf Hitler. Quand il réalise *Inglourious Basterds* en 2009, farce uchronique dans laquelle un commando de Juifs américains casse du nazi comme dans un jeu vidéo, les scalpant et leur défonçant le crâne à coups de batte de base-ball par jouissance compensatoire, il n'omet pas de ressusciter l'égérie tant aimée, encombrant fantôme. D'abord par le biais d'une allusion : trahi par son accent quand il parle allemand, un agent britannique se faisant passer pour un officier ss tente de donner le change en évoquant un dialecte de la vallée du Piz Palü, ce sommet des Alpes situé entre l'Italie et la Suisse… et dont il serait originaire. Tarantino enfonce le clou : il fait mettre à l'affiche *L'Enfer blanc du Piz Palü* par Shosanna Dreyfus, Juive rescapée du massacre de sa famille et devenue directrice d'une salle de cinéma parisienne. Goebbels a réquisitionné cette salle pour la projection en avant-première d'un film à la gloire d'un sniper allemand, *La Fierté de la nation*, en présence de Hitler. Shosanna a prévu de transformer ce soir-là sa salle en brasier, afin de faire périr Hitler et sa clique. Ultime clin d'œil : amoureux de Shosanna et projectionniste de cette salle, Marcel est un Noir, allusion à la dévotion de Leni Riefenstahl pour Jesse Owens dans son film sur les Jeux olympiques de Berlin, pour les tribus nouba du Soudan qu'elle filma et photographia à la fin de sa vie. Ultime pied de nez : lors de l'incendie final, Tarantino surimpressionne le visage en noir et blanc et gros plan de Mélanie Laurent (qui interprète Shosanna Dreyfus), léché par les flammes, sur celui de Leni Riefenstahl dans *La Lumière bleue*, effaçant les traits de l'Aryenne en pâmoison, éclairée par la pleine lune, au profit de la Juive extasiée par sa vengeance accomplie. Shosanna est à la fois une Jeanne d'Arc juive et une diablesse, celle qui a le dernier mot.

Mme Goering, noces aryennes

En réalisant en 1935 ce coûteux film de prestige qu'est *Les dieux s'amusent* d'après Plaute, le cinéaste Reinhold Schünzel distille un zeste d'insolence, nimbant de mélodies à la mode ses allusions satiriques. La censure laisse filer une vacherie proférée à l'égard de Junon. Il n'est rien de très sulfureux à entendre traiter l'épouse de Jupiter de "vénérée madame", si ce n'est que l'expression sarcastique vise plus contemporaine que la reine au paon, l'une des comédiennes du film nommée Emmy Sonnemann, qu'un certain Hermann Goering vient d'épouser. Plus toute svelte, les nattes tressées blondes volontiers roulées en macarons sur les oreilles, Emmy a croisé Goering au Kuchenkaiser Cafe où l'officier veuf était venu dîner avec Hitler. La walkyrie se donne au fougueux chef de la Luftwaffe qui la ramène chez lui, en croyant céder à Goebbels. "Joseph !", tente-t-elle de protester, rétive, quand il déboutonne son chemisier de soie blanche, la débarrasse de la tasse de thé qu'elle tient encore entre les doigts pour la déposer sur la table basse, palpe doucement sa poitrine d'épouse adultère de quarante ans, type aryen, République de Weimar. Hermann grogne. Impatient, craignant de la voir revenue de sa méprise, il lui laisse ses gants de velours et le collier trois rangs qui cliquette sur sa peau, la couche, écarte les rideaux satinés de sa longue jupe fendue, lui ouvre les cuisses, lèche. "Was Gust Ist* !" soupire Emmy, haletante, essoufflée, cabrée… bientôt divorcée et mariée en cathédrale, Hitler pour témoin et une escadrille d'avions de chasse en fanfreluches célestes. Trônant dans un carrosse de tôles estampillé Mercedes-Benz entre tulipes et narcisses, le couple sort en ville devant une haie de soldats. Emmy annonce qu'elle met fin à sa carrière d'artiste, Hermann engrange des ambitions de pilleur d'œuvres d'art. Après avoir été présentée par Goering comme sa secrétaire, avoir dû accepter de renoncer à son art, avoir admis que son cher Hermann continue à vouer un culte sacré pour sa première épouse, décédée d'une crise cardiaque, lui consacrant une pièce musée dans leur appartement, sanctuaire où lui seul peut entrer, Emmy devient maîtresse de cérémonie pour les réceptions officielles données par Adolf Hitler. M. et Mme Goering ont une fille qu'ils prénomment Edda, pour faire écho à la fille aînée de Benito Mussolini. Des lionceaux s'ébattent dans le parc du château familial.

* "Que c'est bon !"

Journal intime

Au premier rang des fantasmes de l'employé lambda du FBI, la femme d'à côté est une salope. Vous entendez son lit grincer, puis c'est l'envolée du muezzin, cette plainte douce qui s'insinue lancinante dans votre tympan à l'affût, de plus en plus aiguë, d'apparence désespérée, jusqu'au cri, au râle, à l'appel déchiré, au paroxysme du sanglot. Divorcée de Lincoln Steffens, suspect de sympathies communistes, l'écrivain Ella Winter est une femme d'autant plus louche qu'elle a réépousé Donald Ogden Stewart, l'un des leaders du mouvement communiste dans l'industrie cinématographique, scénariste de *The Philadelphia Story* de George Cukor, rebaptisé, ironie du sort, *Indiscrétions* en France. Donald Ogden Stewart est l'organisateur de manifestations contre la visite de Leni Riefenstahl ou contre celle de Vittorio Mussolini, le fils du Duce qu'avait invité la Metro-Goldwyn-Mayer. Infatigable militant aux côtés de Dorothy Parker et de Dashiell Hammett, plus tard blacklisté après la déposition à charge du cinéaste Sam Wood, il est espionné par le FBI qui a soudoyé la femme de chambre et le coursier d'une entreprise de nettoyage ainsi que divers "observateurs" pour se faire consigner l'heure du coucher du couple (23 h 45), de leur lever (8 h 15), de la promenade du chien (9 h 20, un setter brun et blanc), des emplettes à l'épicerie du coin (11 heures). Se doutant d'être surveillés 24 heures sur 24, les époux conviennent entre eux d'un code pour brouiller la lecture des censeurs. Dans ses écrits, Ella Winter porte un regard acerbe sur la gauche caviar hollywoodienne, la manière dont les stars conjuguent mondanités et politique, à l'image de Miriam Hopkins préférant les bas de coton pour boycotter la soie japonaise, ou de Norma Shearer portant un toast aux glorieuses bannières de la victorieuse Armée rouge à un banquet où smokings et robes du soir à paillettes sont de rigueur. Le diagnostic des espions du FBI est moins technique que voyeur, partial : ayant confisqué le journal intime d'Ella, ils l'analysent comme étant "cinglant", "obscène". C'est celui qui le dit qui l'est.

Dévergonder l'ennemie

Jeune fille prude, née aux environs de Cologne, à Heimbach précisément, et cinéphile tendance midinette, Margarethe Vogel travaille aux bureaux de la UFA, la société de production cinématographique allemande, dans les bâtiments administratifs de la Dönhoffplatz, aux portes extérieures désormais surmontées de drapeaux à croix gammée. L'un des films préférés de Margarethe est *On a arrêté Sherlock Holmes*, de Karl Hartl, parodie burlesque des enquêtes du fameux détective londonien, mais ce qu'elle aime par-dessus tout ce sont les films de Lilian Harvey, sa star favorite, qui forma avec Willy Fritsch "le couple de rêve" dans des comédies musicales inspirées de celles de Hollywood, en particulier *Glückskinder* de Paul Martin. Margarethe se targue d'avoir un petit quelque chose de son idole blonde, ce cocktail de naïveté et de coquetterie, avec un zeste de mélancolie.

Bien placée au carrefour des départements production et propagande, Mlle Vogel voit passer des rapports secrets sur la résistance de certaines populations des pays occupés aux films imposés par le Reich, et même sur le comportement de certains spectateurs allemands en métropole. Dans certaines salles, le public réagit aux images des actualités officielles avec une fougue imprévue. Il faut y envoyer des surveillants chargés de repérer les trublions et de les arrêter, voire endiguer un début de manifestation antifasciste. Certains espaces de projection sont fermés, car visiblement fréquentés par des insoumis. Il existe également des enquêtes sur des artistes ou techniciens soupçonnés de judéité, tôt ou tard menacés, tôt ou tard contraints de se cacher, fuir, s'exiler. La UFA déménage par ailleurs de temps à autre ses laboratoires de tirage, ses salles de montage, afin de déjouer les plans des bombardements alliés visant à appauvrir l'approvisionnement des films de propagande. Savoir où frapper pour anéantir des stocks de pellicules à visées d'endoctrinement serait un privilège pour l'ennemi.

Depuis l'Antiquité, il n'y a pas trente-six méthodes pour un espion ou une espionne qui cherche à obtenir des secrets d'État auxquels a accès une personne du sexe opposé : la séduire. Concernant Margarethe ce n'est pas gagné d'avance. Élevée dans une famille catholique on ne peut plus braquée sur la morale, elle ne rêve que de rencontrer son âme sœur et rechigne à l'acte de chair hors du mariage. Au très britannique MI5, un Roméo lui est désigné, auquel on donne le prénom fictif de Sven car il a le look nordique. De son vrai nom Rob Haskell, acteur de profession, ce beau blond accepte cette mission comme un test théâtral. Il aborde un jour Margarethe, alors qu'elle sort de son bureau, pour lui demander comment rencontrer le cinéaste Detlef Sierck, qu'il admire tant, s'il lui faut tenter sa chance en essayant de s'introduire aux studios de Babelsberg ou si, "Sehr geehrte Lady*", une belle

* "Très chère Lady."

âme travaillant dans cette glorieuse maison pourrait l'aider à lui transmettre une lettre. Margarethe a vu *La Habanera* de Sierck, avec Zarah Leander, les voilà qui fredonnent un air du film, Sven ose "L'amour est un oiseau rebelle…", Margarethe reprend : "… que nul ne peut apprivoiser". Les jeunes gens vont prendre un verre, sympathisent, décident de se revoir, le dimanche suivant il lui prend la main, elle rougit, elle lui signifie sa détermination à ne se donner qu'à celui qui sera son époux, il pose ses lèvres sur ses doigts tremblants. Le soupirant joue bien son rôle. Il a noté qu'un mot leste risque de la faire rougir, qu'elle garde les genoux serrés, baisse sa jupe à chaque instant, s'offusque presque s'il veut lui baiser la nuque. Sven ne la lâche plus, lui envoie des lettres enflammées, auxquelles elle répond par des promesses ardentes, "Wenn ich dich liebe, kümmert sich um Sie* !". Lors d'un week-end, il la demande en mariage, lui promet la vie dont elle rêve avec des enfants qui auront ses yeux à lui, son sourire à elle, elle fond en larmes, ils scellent leurs fiançailles, et à force de caresses et de baisers, il endort ses scrupules, défait son linge, la met en état de grâce… lui confie "son" secret : acteur il l'est, et veut le rester, mais il lui faut amasser quelques économies avant d'entamer leur aventure conjugale. Il avoue travailler dans ce but pour les services secrets danois, la rassure ("Nos deux pays ont signé un pacte de non-agression et entretiennent une relation privilégiée"), lui dépeint les lenteurs de l'administration, attire son attention sur les faveurs dont il bénéficierait de la part de ses supérieurs s'il pouvait se targuer de leur procurer ces documents confidentiels qui mettent de longs mois à

* "Si je t'aime, prends soin de toi !"

leur parvenir… et qui sont à portée de main de Margarethe.

Pour la jeune femme c'est un dilemme. Sven la comble, Sven est son assurance-belle vie, mais non, elle ne le fera pas, ni photocopies, ni photographies, ni emprunts de paperasses, c'est hors de question. Margarethe est toute chamboulée. Elle se demande déjà si Dieu lui pardonnera d'avoir violé son serment de chasteté, transgresser la loi est au-dessus de ses forces. Confondue par le regard grave, triste, déçu de Sven, elle consent un compromis : le laisser prendre des notes quand elle lui fait le compte rendu oral de ces fameux documents. "Danke mein Schatz*", sourit-il, et de s'entendre dire "Chérie", d'avoir craint quelques minutes de le perdre, elle s'émeut, lui prend la main pour la plaquer sur son sein, sa peau exquise qu'elle laisse caresser désormais sans retenue. L'idylle reste sereine jusqu'au jour où, hantée par sa culpabilité, Margarethe confie à Sven qu'elle a besoin de se confesser à un prêtre. Promue secrétaire de Goebbels, elle voit maintenant passer des "secrets-défense" qui dépassent largement le cadre des activités cinématographiques du Reich. Le MI5 s'inquiète. Secret de la confession ou pas, la laisser déballer ses forfaits à un ecclésiastique est trop risqué pour les services secrets ennemis. L'homme en soutane pourrait lui suggérer qu'elle est manipulée.

Alors Sven sort le grand jeu, avec le concours des membres de son réseau, qui sont aussi les gens de sa troupe. Une mise en scène grandiose est conçue, une des plus belles mystifications de l'histoire de l'espionnage. "D'accord, lui dit Sven, tu vas te confesser, mais

* "Merci, ma chérie."

fais-le dans dix jours, chez moi, au Danemark, où je t'avais préparé une surprise. Je voulais te présenter ma mère qui insiste depuis un moment pour connaître ma fiancée, ainsi que mon chef qui tient à te féliciter pour ta discrète collaboration." Ce petit séjour touristique enchante Margarethe qui découvre les (prétendus) lieux d'enfance de Sven, découvre en la (prétendue) mère et le (prétendu) chef de Sven (des comédiens, de cheville avec son suborneur) des gens incroyablement sympathiques, et en profite pour soulager sa conscience devant le quatrième acteur (en grande forme) de cette comédie dont elle est la dupe : le faux prêtre, extraordinairement disposé à lui donner l'absolution après quelques chapelets, ses péchés sexuels étant véniels puisque lavés par un prochain mariage, sa façon personnelle de transmettre des informations secrètes étant louables puisque susceptible d'améliorer la diplomatie entre "nos pays bien-aimés". Superbe, l'homme de religion ajoute un conseil, plus qu'une prière : "Ne parlez de tout cela à personne, sous peine de nuire à ce louable projet." Margarethe divulgue alors les informations confidentielles, en toute pré-conjugalité. Sven parvient durant deux ans à repousser leur mariage, puis annonce à sa hiérarchie qu'il désire mettre fin à sa mission, ce que celle-ci accepte à condition qu'il briefe son successeur. Prétendant une longue tournée théâtrale en Amérique latine, il convainc Margarethe de continuer à transmettre ses informations à un certain Nils, dans les bras duquel elle se jettera lorsque Sven aura envoyé de Lima une lettre de rupture. Quelque temps plus tard elle aura oublié vœux et illusions conjugales avec le remplaçant de son remplaçant pour le supplier, désormais plus vamp que Lola Lola : "Enfile-moi, mon lapin."

Janet croque Lydia

Oui, certes, Janet est homosexuelle, et copine à ce titre avec sa consœur Solita Solano, qui travaille, elle, pour le *New York Tribune*. Mais si Harold Ross, son rédacteur en chef au *New Yorker*, a décidé qu'elle signerait Genet ses chroniques envoyées de Paris, ce n'est pas par clin d'œil à l'écrivain français, accessoirement auteur des *Nègres*, non, il pense sincèrement que tel est l'équivalent tricolore de son prénom, Janet. Logée à l'hôtel Continental, Janet Flanner a la fibre culturelle. Frustrée de n'avoir pu être l'une des sœurs Brontë, jalouse de Hemingway, déterminée à compenser sa frustration littéraire par une notoriété journalistique, et prompte à rendre hommage aux artistes, de Rilke à Cocteau en passant par Erik Satie et Isadora Duncan, vigilante sur la création féminine (elle ne rate pas la sortie du journal de cinéma édité par Germaine Dulac, *Schémas*, et regrette que le prix Femina couronne rarement une femme), cette plume incisive est politiquement engagée. La vie politique l'intéresse autant que la vie mondaine. Elle dénonce pêle-mêle la mise à l'écart des femmes, des Juifs et des cinéastes d'avant-garde. À ses yeux, Fritz Lang est un nazi.

Solidaire de Léon Blum et des républicains espagnols, militante contre l'antisémitisme et le fascisme, elle signe des articles mordants sur Hitler (impardonnable "chef d'un parti qui renforce la soumission des femmes à l'autorité naturelle des hommes, illustrée par les héros wagnériens"), et un portrait complice de Leni Riefenstahl, qui, lors d'une parade nationale socialiste, est "non seulement le seul metteur en scène de cinéma mais encore la seule femme sur la vaste esplanade, femme dans l'exercice de sa profession, évoluant librement en jupe de lin blanc devant cinquante-quatre mille hommes en vert, marchant au pas de l'oie."

Contrainte de regagner les États-Unis en 1939, Janet Flanner consacre l'une de ses chroniques à l'arrestation de l'espionne Lydia Stahl, née Tcherkaloff : une Russe ayant épousé un baron terrien de Crimée, divorcée de lui à Constantinople, obtenu une licence d'histoire de l'art à Columbia et un doctorat de droit à la Sorbonne. Polyglotte, parlant anglais, français, allemand, russe, un peu finnois, dotée d'une érudition peu commune, Lydia Stahl vit à Paris, préparant officiellement une thèse sur la culture confucéenne, et exerçant en réalité des activités d'espionne. Spécialisée en armements navals et terrestres ainsi qu'en politique économique, elle s'est choisi un amant expert des décodages au ministère de la Marine. Roux, adepte du sombrero et des costumes couleur moutarde, l'étrange Louis Martin n'adresse jamais la parole aux gens de l'hôtel de la Rive gauche où il occupe la même chambre (second étage, fenêtre sur cour) durant cinq ans. Ce M. Martin est la seule personne qu'elle admet connaître après avoir été épinglée boulevard du Montparnasse, niant tout rapport avec les autres membres de son réseau : Français, Roumains, Polonais, Américains, Serbes, exerçant les professions d'institutrice de banlieue, professeur, sculpteur, dentiste, médecin, biologiste, journaliste, quincaillier, chaudronnier, aviateur. Jusqu'alors, Lydia Stahl a régulièrement échappé à ses limiers en faisant ses courses aux Trois Quartiers. Janet Flanner connaît la boutique : "Elle entrait par la porte du boulevard de la Madeleine, elle semait un inspecteur au rayon des parapluies, en lâchait un autre à la maroquinerie, puis s'éclipsait par le rayon des rouges à lèvres et des parfums pour sortir par la rue Duphot."

La femme à abattre

Les noms vont et viennent, certains sont oubliés, d'autres effacés. La "vieille baronne Lydia Stahl" est citée par Patrick Modiano parmi les "individus douteux" de *La Place de l'Étoile*, ainsi que Sophie Knout. Ces deux affreuses resurgissent dans *La Ronde de nuit*. Partie dansante et arrosée entre collabos décadents, du côté de l'avenue Kléber, pénombre moite, parfums égyptiens, femmes aimantées les unes aux autres sur canapés de velours. "Die Nacht, Die Musik, Und dein Mund*", chantonne Lydia Stahl qui a la fibre sentimentale, l'autre a les yeux clos, affalée, puis sort de sa torpeur pour valser, solitaire, et tendre une coupe de champagne à la baronne. Sophie Knout a changé de patronyme, au milieu de ces comparses interlopes aux masques d'Otto Dix que sont Lucie Onstein dite Frau Sultana la danseuse, Simone Bouquereau du One-Two-Two, Magda d'Andurian la mondaine, Euphrosine Mourousi toxico. Son vrai nom est Violette Morris. Championne de poids et haltères, elle s'habille de costumes d'homme, veste croisée, chapeau de feutre, cheveux en brosse parfois. Visez le profil : sportive émérite (boxe, football, water-polo, moto, lancer de poids, disque et javelot, en sus de l'haltérophilie, et fière d'avoir terminé quatrième du Paris-Pontoise cycliste de 1913, seule femme dans un peloton mâle), cette lesbienne s'est vu refuser par la Fédération française la licence nécessaire pour participer aux Jeux olympiques de 1936 à Berlin, pour atteinte aux bonnes mœurs (elle drague les nymphettes dans les vestiaires) et pour port du pantalon dans la rue. Elle fume trois

* "La nuit, la musique et ta bouche."

paquets de clopes par jour, impose son vocabulaire de charretier, clame son slogan : “Ce qu’un homme fait, Violette peut le faire.” Raoul Paoli, athlète, rugbyman et catcheur, l’a quittée quand elle s’est pratiqué une mastectomie bilatérale pour tenir sans entraves le volant de sa voiture de course. Elle est repérée par une ancienne championne et ex-rivale, Gertrud Hannecker, qui continue à hanter les stades comme journaliste tout en travaillant pour Mademoiselle Docteur. La tchèque Carla Capek, autre vedette de l’athlétisme devenue journaliste, et charmant bras armé de Gertrud, est chargée de séduire Violette. Cela se passe dans un stade, alors que Violette finit de se rhabiller. Carla hausse un sourcil en lui faisant son nœud de cravate. “J’aime les belles plantes. Tu sais que je ferais bien l’opération inverse ? – Non ? T’es pas là pour mes exploits ? – Pas ceux que tu crois chérie.” Invitée d’honneur d’Adolf Hitler aux Jeux olympiques que la France lui refuse, spectatrice en tribune présidentielle, elle en profite pour amener dans sa valise une partie des plans de la ligne Maginot. Pour les services allemands elle dégotte le nom des usines travaillant pour l’armée, et, renouant avec Clotilde Debucourt, copine d’adolescence à voile et à vapeur mariée à l’héritier d’un trust, l’amène à entretenir des ébats triangulaires avec un couple d’agents du SD de Heydrich, le fameux Sicherheitsdienst, de façon à être tuyautée sur les minerais du Tanganyika.

Elle en impose depuis qu’à un gueuleton de truands, elle a mis KO Jean-Michel Chaves dit Nez-de-braise qui l’avait traitée de gouine. Après avoir retiré sa veste, un coup dans la tronche, trois crochets et un direct du genou sous le menton. Violette a la réplique prompte. Elle tue de trois balles de revolver le sieur Joseph Le

Cam qui se précipitait vers elle avec un couteau à cran d'arrêt, furibard qu'elle ait dévoilé à son mari sa liaison avec Simone de Trobriand. Tombeuse de pin-up (on parlera de Mistinguett, et même de Joséphine Baker avec laquelle elle s'exhibe dans une décapotable rouge sang), Violette Morris aime la scène (chant et piano), reçoit dans la péniche *La Mouette*, qu'elle s'est dégottée sur un quai de Seine près de Neuilly, et où elle héberge Jean Cocteau, qu'elle déplace vite dans un petit yacht adjacent, *Le Scarabée*, pour pouvoir recevoir ses amies tranquille, verser du champagne à gogo, distribuer des cigarettes américaines, avec larbins en bas blancs.

Gérée par Roger Duquesnoy, de la Gestapo, son mécanicien et garde du corps, la péniche accueille aussi des Allemands, et les sbires que l'on devine, sachant ses accointances avec les services secrets de Vichy, le Parti franciste pour lequel elle est suspectée de recruter garçons et filles à des fins de prostitution, et de conduire les escadrons de la mort qui terrorisent les campagnes de l'Eure et du Loir-et-Cher au volant de voitures vrombissantes lancées à fond de train avec des équipes spéciales armées jusqu'aux dents. À Cannes, elle loge au Carlton, réquisitionné par la Gestapo. À Nice, elle organise des soirées libertines villa Montfleury, autre siège de la Gestapo qui y détient des résistants dans la cave. À Paris, elle parade au volant de sa 15CV Citroën, flingue en poche et cibiche aux lèvres. Elle conduit elle-même le véhicule avec lequel elle traque les résistants, pour les torturer (elle se charge des femmes elle-même), les exécuter, aidée par Paulo la Gamberge, Abel Danos dit le Mammouth, Feufeu dit Riton, Adolphe Cornet dit Frédo-la-Terreur, l'ex-inspecteur de police Bony et le bourreau Rachid

Zulgadar dit King Kong. Une note du BCRA* stipule qu'elle est "la femme à abattre", ce dont s'occupe un groupe de maquisards qui, à la suite d'écoutes téléphoniques, apprend qu'elle va se rendre à Beuzeville. Traquenard. Sa Citroën est repérée sur la départementale 27, entre Épaignes et Lieurey. Mais elle roule si vite que le commandant Leclerc chargé de l'opération renonce à ordonner d'ouvrir le feu. Ce n'est que partie remise. Elle sera abattue peu après dans sa traction par le maquis Surcouf, sur une route de campagne de l'Eure.

Ruth von Kuehn, Susie Q

De la comédienne Marie Dorval, Victor Hugo disait qu'elle n'était pas jolie, elle était pire. Ruth von Kuehn est de cette engeance. Elle n'est pas belle belle, ni de mine ni de corps, mais elle insiste, c'est sa vocation, elle supplie, elle veut être actrice. Recommandée par son père, Bernard Julius Otto, l'un des agents de Joseph Goebbels, elle débauche et nargue. "Je vois bien que vous regardez mes seins là ! Vous voulez les toucher ?" À la deuxième ou troisième de ses visites, Goebbels lui a demandé de se déshabiller, sur le ton d'un professionnel effectuant un ultime contrôle de diplômes avant la signature d'un contrat de travail. Examen intégral obligatoire. Ruth a demandé en souriant : "Vous aimez que je retire mes fringues ?", s'est mise toute nue, sans inhibition, a fait le geste de se relever les cheveux en prenant une pose de pin-up. Il a grogné.

* Bureau central de renseignements et d'action, créé par le général de Gaulle.

Elle a voulu savoir s'il souhaitait qu'elle tourne nue. C'était non. Pas d'images dégénérées dans le cinéma du Reich. Ruth s'est mise à rire et s'est jetée à ses pieds, et défaisant la ceinture du nazi, en ingénue perverse : "Seigneur, je ne suis pas digne de te recevoir, mais dis seulement une parole, et je serai…" Goebbels n'a pas voulu qu'elle achève sa prière. Ils se sont revus. Ruth von Kuehn (le "von" est contesté par les généalogistes) devient la maîtresse de Joseph Goebbels à dix-sept ans, sa "Susie". Puis Ruth part faire du cinéma sur le terrain. Envoyée par la Gestapo avec père, mère et frère à Hawaï, elle ouvre un salon de beauté, sur l'île d'O'ahu, y reçoit le gratin des épouses de militaires américains de la base de Pearl Harbor. Ces dames jacassent sur les activités de leurs maris, autant d'infos recueillies par Ruth, qui les transmet aux Japonais. Un émissaire du consulat nippon capte ses signaux : quand la lumière de sa maison clignote, le porte-avions US est en repérages. Ruth use aussi du stratagème inventé par Anne Strong (agent A 355) durant la guerre de Sécession : le nombre de mouchoirs accrochés à sa corde à linge indique celle des baies où mouillent les navires ennemis. L'attaque japonaise, dévastatrice, se déroule en décembre 1941. À la consternation des Américains, qui n'avaient pas pris très au sérieux les alertes d'un agent double, Dušan Popov.

Sybille Matheron, légiste

On se souvient peut-être qu'en 1942, les journaux de Paris annoncèrent que des sirènes avaient été découvertes sur les bords du lac Chauvet, dans le Puy-de-Dôme. Les pêcheurs du dimanche les ayant découvertes une fin d'été indien parlaient une langue digne d'Audiberti, évoquant d'oblongues douceurs à forme de poissons surgies d'une sulfureuse nappe phréatique, les nudités incomplètes de ces déesses douées pour les vertiges, leurs toisons d'aisselles et fruits mammaires, et le désir qu'elles suscitaient de leur faire heurter du chignon le toit du monde. Il s'avéra que la liqueur de gentiane n'était pas étrangère à ces motivantes apparitions, et c'est à cause de ce contestable fait divers que Sybille Matheron, engagée dans les services secrets depuis peu, fut surnommée la Sirène. Native d'Aigueperse, sous le signe zodiacal de la nymphomanie, cette jolie rousse étudiante en médecine s'était spécialisée dans la science légiste et draguait volontiers en plaisantant sur l'idée fixe de ses confrères masculins : "Vous voulez voir le corps ?"

Ses partenaires n'ont jamais gardé le souvenir d'être en chambre froide avec elle, qui aimait se faire inviter dans un palace de ville thermale, avec ses kilomètres de couloirs aux tapis élimés et ses relents de verveine, mélisse et menthe poivrée. Sentir trembler des mains sur ses hanches, savourer l'art avec lequel l'ennemi la dévêt en même temps qu'à son insu elle le détrousse, frissonner au contact des mains qui s'enhardissent sur le sentier des flammes, s'éterniser en cabrioles sur le lit grinçant. Pierre Laronche, mercenaire de la Gestapo, est prêt à danser jusqu'à cinq plombes du matin en vidant verre sur verre pour la voir gémir et rouler sous ses reins, battre l'air de la tête, hurler comme une égorgée jusqu'au spasme royal ; elle attend le sommeil post-coïtal de son étalon épuisé pour sortir de sa poche la liste des villages et familles visés par une fouille prochaine. Spécialisée dans l'ensorcellement des chasseurs de Juifs formés par Reinhard Heydrich, la volcanique Sybille joue de ses appétits sexuels pour capter des confidences dans l'intimité des boudoirs. Usant de la crédulité de ces officiers du SD autant que de leur gourmandise, Mlle Matheron se targue pour griser ses proies d'être antisémite et sauve des dizaines d'hommes et de femmes condamnés à la déportation en exigeant que leurs noms soient scandés durant ses bacchanales et leurs préliminaires. L'une des ruses de Sybille est de ligoter ses amants à croix gammée, et de leur faire lâcher un nom à chaque progression érotique. Croyant expédier tous ces gens à la mort en jetant leurs noms en pâture pour le bon plaisir de cette diablesse infâme, s'imaginant monnayer la fin d'untel ou untel contre un vêtement arraché, une perversion permise, ces bourreaux leur évitent l'horreur.

Marie Bell, Sa Majesté nickel

D'évidence, *Le Grand Jeu* de Jacques Feyder (1934) est un film qui mérite bien son titre si l'on se polarise sur l'actrice Marie Bell. Elle y joue deux rôles, Florence et Irma, la fiancée d'un légionnaire et son sosie, prostituée. Comme le sosie est censé avoir une voix différente, c'est une seconde actrice qui la double, Claude Marcy, qui, dans la vie, est l'épouse d'Henri Jeanson. Marie Bell, le double jeu, elle connaît. Elle s'est liée d'amitié avec Céline l'année où elle tournait ce film, l'écrivain caressant de son côté l'espoir de voir Abel Gance adapter *Le Voyage au bout de la nuit* à l'écran. Marie Bell doit faire partie de la distribution, avec Junie Astor. Le film tombe à l'eau, les sentiments demeurent, même quand Céline doit filer en exil. Il lui écrit, entre gratitude et fantasmes : "Je voudrais bien une place de petit chien chez toi. Je te lècherais quand tu serais triste, ma chérie…" C'est une époque où mieux vaut savoir où on va, et qui on fréquente. Junie Astor intègre le groupe d'acteurs partis visiter les studios de Berlin en 1942, invités par le docteur Dietrich, chef du service de la Propaganda-Abteilung de Paris. Marie Bell se trouve plusieurs fois en présence d'officiels et d'officiers allemands. Goering et Goebbels l'adulent. C'est sans ambiguïté. Car majestueuse, élégante, parfois diva, cette Bordelaise en qui coule du sang irlandais (son nom est Marie-Jeanne Bellon-Downey) sera informatrice des services secrets français durant la guerre. Elle (nom de code : Elisabeth) assure le secrétariat du réseau Confrérie Notre-Dame-Castille fondé par le colonel Rémy. Elle trie, code les informations destinées à être transmises à Londres, rédige des courriers, renseigne sur les opérations de l'occupant, héberge des patriotes menacés. Elle est arrêtée par la Gestapo avec sa sœur Isabelle, reste inflexible aux interrogatoires, est déportée à Ravensbrück. Libérée, elle est membre de la Commission d'épuration de la Comédie-Française conduite par Pierre Dux. Elle finira grande sociétaire honoraire. En 1937, le cinéaste Henri Decoin avait écrit dans *Pour vous* ces lignes visionnaires : "Quand je l'ai vue de très près et pour la première fois, j'ai pensé : c'est sûrement à cause de ces femmes-femmes que nous avons tenu à Verdun."

Bentley, reine rouge

À trente ans, Elizabeth Bentley trouve un job dans une librairie new-yorkaise et se rend compte que la boutique sert de couverture à un bureau de propagande fasciste. Poussée par ses convictions politiques, elle va de son propre chef offrir au parti communiste américain d'espionner son employeur. Un certain Jacob Golos est désigné pour être son agent de liaison. Membre de la police politique de Staline (le NKVD), Jacob Reizen a adopté ce nom de Golos en émigrant aux États-Unis en 1912. Officiellement directeur d'une agence de voyages proposant des séjours touristiques en URSS, il achemine des recrues vers l'Est et facilite le déplacement de quelques visiteurs clandestins. Arborant costume usé, chaussures avachies, chapeau de feutre déchiré, Jacob n'est pas l'élégance incarnée. Il ne dédaigne pourtant pas la présence de cette petite bonne femme ne payant pas de mine qui, poussée par un besoin de confier sa vie à un complice, finit par demander tout de go à son patron : "Dites-moi, Timmy, à quelle sensualité êtes-vous sensible ?"

Celle que dégage Elizabeth convient au sieur Timmy. Oubliant la mauvaise impression qu'il lui avait faite au départ, elle rougit lorsqu'un soir il lui demande d'enlever sa robe. Elle se met debout en tremblant. Jacob fait glisser la fermeture éclair de la nuque aux reins, déleste Lizzy d'un coup, enfile directement ses doigts sous l'élastique du jupon qu'il descend, invitant implicitement sa propriétaire à lever les pieds l'un après l'autre. Elle esquisse un geste de refus en le sentant baisser sa culotte le long de ses jambes ("This is direct !"), il moque son sursaut de pudeur ("This is Trotskyist"), achève de la mettre entièrement nue en dégrafant son soutien-gorge d'une pichenette. Vite, elle vire du soupir au tremblement, saute au cri long, violent, impudique. Entendre jouir Lizzy fait jouir Jacob, rauque. Ils resteront amants durant cinq ans, elle sera surveillée par le FBI quand Golos sera jugé coupable d'avoir fourni un faux passeport au chef du PC américain Earl Browder. Après la mort de Golos en 1943, Elizabeth Bentley se repent, vient raconter au FBI ses années d'espionnage pour les Soviétiques, héritant dans la presse du glorieux surnom de Red Spy Queen, plus flatteur que cet autre, Mata Hari à la noix de muscade. Transfuge, elle livre les noms des quatre-vingts personnes résidant sur le sol des États-Unis qui, à des titres divers dont celui d'employé du gouvernement, sont ou furent en relation avec le service d'espionnage soviétique. Hollywood tremble en cette ère maccarthyste. J. Edgar Hoover garantira ses allégations devant le Sénat après les avoir authentifiées.

Vénus noire

Joséphine Baker ne tient pas en place. *La Revue nègre* où, à peine vêtue d'un pagne de bananes, elle danse le charleston, en a fait l'égérie des cubistes. Ex-tailleur de pierre, prétendu comte et prétendu mari (jaloux), son mentor Pepito Abatino désapprouve ses fréquentations lesbiennes et supporte mal qu'elle se déshabille, tant sur la scène du Casino de Paris que sur le plateau de tournage de *Princesse Tam-Tam* (1935) où elle joue Aouïna, jeune métisse introduite dans la bonne société parisienne. Joséphine est assez pudique mais ne transige pas avec le boulot. Lors d'une scène où elle se met à danser une conga endiablée dans une soirée snob et collet monté, il lui faut jeter sa robe à terre et se déchaîner nue, seins à l'air, ce qui n'est pas du goût du pygmalion hurlant : "Arrêtez ! Arrêtez !" L'actrice fait preuve de conscience professionnelle : "Pendant le film, j'appartiens à M. Gréville." Pepito ne l'entend pas ainsi et sermonne le cinéaste : "Yosephina est peut-être à vous, mais ses nichons sont à moi !"

Naturalisée française en 1937, cette native des Appalaches trépigne en effectuant des tournées sur la ligne Maginot ("Qu'est-ce qu'on attend pour foncer contre Hitler ?"), et se retrouve dans les services secrets par l'intermédiaire de son impresario, également engagé, Daniel Marouani. Dans le show-business, il y a des Marouani partout, c'est une dynastie de Juifs tunisiens, les frères prolifèrent d'une génération à l'autre, Eddy s'occupe de Marlene et Daniel de Tino Rossi, Piaf et Maurice Chevalier. Dépêchée auprès d'un attaché militaire du Duce, Joséphine obtient des confidences contre faveurs, fière d'utiliser son expérience de comédienne : "C'est un peu comme au cinéma, on joue son rôle avec le plus de naturel possible et ça passe. Mon expérience dans les studios me facilite la tâche." Via l'ambassade portugaise qui l'héberge, elle apprend que les Allemands aimeraient mouiller des sous-marins à Lisbonne, et ses tournées (le "Baker Circus") lui servent d'alibi pour aligner Marrakech, Alger, Tunis, Tripoli, Jérusalem, Beyrouth, Le Caire. Un petit homme moustachu l'accompagne dans ses voyages, portant ses bagages et lui tenant lieu de secrétaire : Jacques-François Hébert est en fait Maurice Abtey, officier du renseignement. Une septicémie la ramène en France, où elle continue un temps à œuvrer au bénéfice de la Résistance.

La loi de Coco

Extrait d'une intervention de l'historienne Rebecca Sanderson au colloque "Mode et Guerre, guerres des modes", tenu en mars 2013 à Milan au Mico Milano Congressi.

"Lorsque j'ai choisi Gabrielle Chanel pour tenter l'analyse d'une compromission occultée, c'est avec l'arrière-pensée de m'offrir cette irrévérente insinuation : la grande dame de la mode n'a pas toujours été un modèle d'élégance. Je rappellerai l'origine du surnom qui s'est imposé à elle : Coco. En référence à ce succès du répertoire grivois de l'époque, qu'avec une trivialité aguichante elle chantait dans un beuglant de garnison à Vichy, à vingt-quatre ans, avec l'espoir de devenir gommeuse de caf'conc'. En musique (façon de parler), elle cherchait son chien, à la manière dont Suzy Delair, dans *Quai des orfèvres*, d'Henri-Georges Clouzot, arborera son « tra-la-la » : « Vous n'auriez pas vu Coco ? / Coco dans l'Trocadéro / Co dans l'Tro / Co dans l'Tro / Coco dans l'Trocadéro… » (Pardonnez-moi de ne pas y mettre la mélodie.) Les officiers du 10e régiment de chasseurs à cheval appellent donc Coco cette Gabrielle Chasnel (première orthographe de son nom) à l'affût d'un chien « D'la Bastille à l'hippodrome », et qui en trouvera un premier en la personne du riche Étienne Balsan, officier, homme du monde qui vient de quitter l'armée pour se consacrer à l'élevage de chevaux et aux courses. Or savez-vous, mesdames, messieurs, ce que rêver d'un chien signifie, en termes psychanalytiques ? Vous l'avez deviné. Outre qu'il renvoie à un besoin symbolique d'animal de compagnie, à la fois protecteur et trompeur de solitude, rêver d'un chien revient à rêver d'apprivoiser, à rêver de domestiquer. Nous verrons au chapitre 3 de mon intervention jusqu'où pousser cette interprétation, compte tenu des études freudiennes qui insistent sur la nécessité pour certains sujets de domestiquer leur inconscient.

Je citerai également dans mon introduction, en piste de réflexions, cette attitude hostile de Coco Chanel à l'égard du *Cyrano de Bergerac* d'Edmond Rostand qu'elle vient voir en 1964 au Théâtre-Français. Son attitude dans la salle fait l'objet d'insistantes réprobations, on lui intime l'ordre de se taire, les « Chut ! » fusent autour d'elle, tant elle multiplie commentaires et quolibets contre ce qu'elle qualifie de « vers de mirlitons », de « mauvais goût », tant le cocorico du héros est assimilable pour elle à un « patriotisme de concierge ». J'insinuerai que, par hasard ?, elle fut la compagne du dessinateur et patron de presse Paul Iribe, antisémite notoire.

Enfin, et c'est le vif de notre étude, je m'attarderai particulièrement sur ce que ses biographes appellent ses « années allemandes ». Coco Chanel niera avoir collaboré avec l'ennemi, bien que maîtresse du diplomate allemand Hans Günther von Dincklage, dit Spatz, un divorcé aux cheveux blonds plaqués, qui avait pris un appartement donnant sur le Champ-de-Mars et très vite suspect aux yeux des services secrets français, à juste titre puisque s'il se prétendait attaché de presse à l'ambassade, il était en réalité aux ordres de Goebbels, dès 1937, chargé de la propagande nazie. Certes, l'homme est habillé en civil, certes elle a le goût des idylles secrètes, et certes les amants se voient-ils discrètement dans une chambre au-dessus de la boutique de la rue Cambon, où ce bon danseur se contente peut-être, hormis des baisers fougueux, de lui susurrer des chants au piano, conformément au droit de quiconque à des passions privées (tout cela est tellement romantique !), mais comment expliquer que cette femme qui aimait tant le mensonge (n'a-t-elle pas passé sa vie à forger sa légende, reniant ses origines parce qu'elle trouvait indigne d'être la fille d'un menuisier, s'inventant un père aventurier, négociant en vins, parti faire fortune à New York d'où il lui aurait envoyé de somptueux cadeaux ?), comment, donc, cette mythomane se retrouva-t-elle à disposer d'un appartement au septième étage du Ritz, un hôtel réservé aux amis du Reich et dont entrées et sorties de service donnent sur la rue Cambon ?

Selon certaines sources, Coco Chanel fut recrutée comme espionne nazie en 1940. Si l'on admet que son « adhésion » a pu n'être motivée que par son souci de faire libérer André Palace d'un stalag (le mystère demeure à ce jour sur son lien de parenté avec ce dernier : neveu, fils caché ?) en échange de quelques renseignements sensibles, plus troublante est sa participation à l'opération *Modellhut*, visant à profiter de son amitié avec Winston Churchill pour négocier un accord de paix entre les Alliés et les Allemands. Coco Chanel aurait rencontré à Berlin l'homme de confiance de Himmler, Schellenberg. C'est à Madrid qu'elle aurait rencontré cet autre vieil ami qu'était sir Samuel Hoare, ambassadeur en Espagne, afin de lui suggérer de convaincre Churchill qu'il était urgent d'éviter que l'Allemagne tombe entre les mains des Soviétiques. Une paix aurait été envisageable après le renversement de Hitler par un complot de dignitaires nazis.

Elle était désignée à l'Abwehr sous le numéro d'agent F 7124, pseudo Westminster, allusion à sa liaison de 1924 à 1930 avec cet autre grand blond aryen qu'était

Hugh Richard Arthur Grosvenor, duc de Westminster, dit Bendor, ce buveur de chartreuse verte qui fumait la pipe en peignoir et lui fit profiter de son château de Saint-Saëns, sa chaumière de Mimizan, sa maison de pêche en Écosse et du yacht avec lequel il traversait la Manche avec ses chiens de chasse. Grand farceur, ce Westminster : il avait revisité le concept de la petite souris, cachant des diamants sous l'oreiller de ses maîtresses. Ceci pour le registre conte de fées.

En dernier lieu, que dire de cette complicité avec Westminster consistant à dénigrer les « youpins », que dire de ces repas où elle invita des délateurs de Juifs à festoyer, que dire de sa frénésie à récupérer sa société vendue aux frères Wertheimer en spéculant sur la spoliation des propriétaires juifs ? Coco Chanel fit intervenir une relation, le dandy grassouillet Vautreland, lui-même alertant le prince Ernst Ratibor-Corvey, afin de solliciter le docteur Kurt Blanke, qui supervisait la confiscation des biens juifs de son bureau de l'hôtel Majestic. Un modèle d'élégance donc.

Mais qu'attendre de la part de celle qui, lors d'un déjeuner enregistré en 1943 sur la Côte d'Azur, consultable dans les archives des renseignements à Londres, lâchait : « La France a eu ce qu'elle méritait. » La logique, en somme, pour cette femme qui avait confié : « Je veux être de ce qui va arriver. J'irai pour cela où il faudra. Je suis prête à crever sous moi des sociétés entières, comme on crève un cheval. » Ou un chien.

Elsa Wagener, à son insu

Dès le début de la guerre, les réseaux secrets britanniques soupçonnent la filiale locale de l'entreprise allemande Siemens d'activités douteuses. Un espion britannique nommé Jack King a pour mission de jouer les agents doubles. L'adhésion à un club de correspondance lui permet d'approcher une certaine Elsa Wagener, allemande, dont le frère travaillant chez Siemens a été soupçonné d'activités hostiles à la Grande-Bretagne et interné à l'île de Man. Elle est pronazie, antisémite, prête à tout pour aider Hitler. Jack King entame une procédure de séduction. "J'ai eu l'impression que vous n'aimez pas les Juifs, lui écrit-il, si vous saviez…" Elle tombe amoureuse, il en profite pour se faire présenter ses complices, dont Marita Perigoe, épouse germano-suédoise d'un membre de la British Union of Fascists, interné lui aussi. Marita devient la figure de proue des traîtres de cette cinquième colonne qu'en prétendu représentant anglais de la Gestapo, King recrute auprès des milieux pronazis britanniques. Grâce à cette ruse, ces hommes et ces femmes déterminés à faire fuiter des secrets militaires au profit du IIIe Reich travaillent… pour le MI5. Le réseau comprend des ingénieurs, une ouvrière dans une usine de munitions, un astrologue, un prêtre catholique, et leurs informations concernent les systèmes de radars, les moteurs d'avions Rolls-Royce, les plans de défense de la ville de Hastings… Il s'avérera que Siemens faisait travailler des déportés, l'une de ses usines étant installée au sein même du camp d'Auschwitz.

Nazi Pride

Les soldats vert-de-gris arpentent une première fois les Champs-Élysées le 14 juin 1940, Adolf Hitler vient passer en revue les troupes de la Wehrmacht le 18 juin. Le drapeau à croix gammée flotte sur l'Arc de Triomphe. Trois ans plus tard, en guise d'anniversaire, désœuvrée par la fermeture de sa maison de couture, Gabrielle Chanel organise de sa suite du Ritz un défilé sur l'avenue, devenue boulevard du crépuscule. Des haut-parleurs diffusent des chœurs solennels, échos de chevauchées wagnériennes et fureurs de cuivres ou d'orgues, qui laissent place lorsque débute la procession à une cantate à grandiloquence primitive, calquant ses rythmes sur les cadences des êtres et des véhicules, marche somnambulique, trottinement de type faubourg Saint-Honoré, pas de course de péripatéticienne affolée par l'orage, ralenti de noceuse pâmée au milieu de jeunes jeteuses de confettis en svastika, file de motos chevauchées par des archanges diaboliques en cuir ébène, majorettes à guêpière en patins à roulettes et maniant l'encensoir, revue de paresseuses ou d'impotentes transportées en chaises à porteur et jetant des épines de rose à la foule.

Chars de carnaval et voitures de luxe fournissent l'essentiel de ce carrousel vénéneux, rutilants carrosses modernes sur lesquels paradent en ordre de bataille les égéries parisiennes du glamour nazi. Comtesses de la Gestapo, espionnes mondaines et catins de la sacristie collaborationniste sont parfois envoyées d'outre-Rhin pour exercer leurs missions de vampires. S'exhiber devant les oriflammes qui claquent au furtif vent de printemps est essentiel à qui se revendique de la clique du dictateur et de ses démons arrogants. Dames empanachées sur chariot de bastringue, stars d'opérette et monstresses de cirque décadent, sorcières d'aristocraties païennes et harems de bacchantes corsetées, princesses déclassées et poules en mal de frasques, elles s'offrent fièrement à la figuration rituelle du triomphe de la Mort, entourées de part et d'autre de leur phaéton funèbre par une escorte de chevaux noirs.

En tête du cortège, Sylve est debout dans sa Torpédo décapotable, quasi nue, en deux pièces brodées à l'orientale, ondulant des hanches, bras levés, nuque raide. Ex-tentatrice du Cercle Hausmann, un temps pipeuse en tandem avec une Marocaine dans les tripots où se brandissent des queues de billard, cette rousse potelée qui caresse négligemment un irish setter de la couleur de ses cheveux est devenue marquise d'Abrantès, noces déçues. Mythomane, à genoux devant Henri Lafont le caïd de la rue Lauriston, elle se prend pour Mata Hari, arbore les bracelets scintillants et boucles d'oreilles à saphirs soutirés au diamantaire Pansard. Elle vit dans une garçonnière appartenant à Lionel de Wiet, fils de diplomate, canaille de la haute pègre. Son chauffeur a le privilège de ses faveurs, il lui met le pied à l'étrier chaque fois qu'elle va au Bois, et amoche le nez des journalistes qui sous-entendent que la patrie de sa maîtresse "c'est partout où il y a un lit et ses accessoires".

Affalée sur le siège arrière du cabriolet capote ouverte de sa Panhard Dyna X, Evanne Euphrosine Mourousi mime l'odalisque à voilette en grillage égyptien, jouant au gin-rummy avec Jeanne von Geelen Wigande de la Porte, mégère en jodhpurs et bottes de cuir flanquée d'un pékinois grognon. L'arrogante descendante d'aristos de Constantinople et la tigresse boursouflée du marché noir couchent ensemble. Vendue aux services allemands après son renvoi du 2e Bureau français, la Mourousi polyglotte et fantasque fricote avec une amie d'enfance devenue complice du prospecteur d'œuvres d'art destinées à Hitler, Goering ou Bormann. Son refuge est l'hôtel George V. En remerciement de ses dénonciations de Russes juifs dont elle s'empare du mobilier, des ausweis lui sont renouvelés à la pelle, accompagnés de courbettes et claquements de talons, par le docteur Fischer, amant d'une secrétaire de direction à la Luftwaffe qu'Evanne avait connue avant-guerre, "dans le cinéma". À côté de la voiture chemine un poney zèbre, monté par un môme en bayadère, son fils Yves.

Suit une Delahaye Malmaison aubergine frottée à la peau de chamois par un ss de dix-sept ans accroupi sur le marchepied, physique de blond damné. À l'intérieur, couverte d'une pelisse de renard argenté, se prélasse la comtesse Mara Tchernycheff-Bezobrazoff, fournisseuse attitrée des alcools livrés dans les Kommandaturs. Moscovite d'origine, cette fille de la noblesse russe émigrée s'est lancée dans la vente black après sa rupture avec l'acteur Henri Garat, idole gominée des midinettes, cocaïnomane borgne depuis une bagarre avec un croupier. Sous le pseudonyme d'Illa Meery, la comtesse avait été figurante dans un érotique d'Alexis Granowsky tiré d'un roman de Pierre Louÿs, *Les Aventures du roi Pausole* (1933), avec Edwige Feuillère et Josette Day (rayon vedettes), la miss basque Gin Etchehandia et Tea Worth de Carpentras (rayon petites tenues). Suite de carrière chez Schiaparelli, comme mannequin puis vendeuse, avant de revenir au cinéma par la grande porte : *Lac aux dames* de Marc Allégret, produit par son amant, le mondain Vladimir Barjansky. Elle y campe une comtesse russe impatiente de se glisser dans le lit du maître-nageur Jean-Pierre Aumont (elle déboule dans sa chambre toute trempée, frigorifiée, retire ses bas, se dénippe du haut). Scène suffisamment appréciée (la svelte blonde filasse y est seins à l'air sans chichis) pour qu'elle côtoie Joséphine Baker dans *Zouzou* (en chanteuse de music-hall à la voix exécrable), et Arletty dans *Pension Mimosas* de Jacques Feyder (en femme légère fréquentant les cercles de jeu). Pas de rôles de composition, donc, pour cette vipérine réplique d'Alice Faye qui, à l'époque, s'affiche avec l'escroc roumain Joseph Goldstein et qui se retrouve logiquement suspectée d'être un agent du renseignement soviétique, car lui en est un. Le marchepied suivant chante "Y a pas mieux, pour s'donner l'grand frisson, qu'un mauvais garçon" : c'est Garat rencontré dans un tripot, qu'elle trompe, dont elle divorce, avant d'entrer en relation avec Max Stoecklin (champagnes, cognacs, etc.), un gars branché sur tout ce qui brille, et en cheville avec l'Abwehr. Logiquement, avec ce gangster élégant, Mara passe au service de l'espionnage allemand, et s'acoquine avec Henri Chamberlin dit Lafont, le patron de la Gestapo française de la rue Lauriston. Versée, au fil des mois et des opportunités, dans le trafic des sous-vêtements, de tissu ou de chocolat, à l'affût du mobilier à récupérer chez un couple juif en fuite ou de l'argenterie piquée à l'ambassade des États-Unis, elle joint l'utile à l'agréable, désignant pour ses rapports intimes Hans Leimer, gradé ss chargé de débloquer les marchandises réquisitionnées par la Wehrmacht pour les expédier en Allemagne.

S'avance une Rolls-Royce Silver Wraith, celle d'Ilse, comtesse von Seckendorff, pantalon et chemisier de satin noir, connue dans les hautes sphères du renseignement sous le nom de code Mercedes 312. Officiellement journaliste luxembourgeoise, elle reçoit beaucoup de monde dans son logis de la rue de la Pompe, à l'affût des rumeurs et des contacts susceptibles d'échanger un papotage déterminant contre une faveur, de faciliter la diffusion d'une information, de glaner des indicateurs. Les potins l'ont glissée dans le lit de tout un état-major boche, de l'officier Muller à l'amiral Raeder en passant par le commandant Zimmer, pour l'heure elle s'éclate avec André Lafoy, patron de Cinzano, rendez-vous torrides qui l'imposent en dominatrice, revolver au poing. Car c'est menaçante qu'elle s'offre, à ses intimes conditions, exigeant de son étalon qu'il dénoue sa cravate et l'utilise pour frotter ses escarpins, qu'il se rase la barbe de près avant l'acte, soucieuse qu'elle est de ne pas avoir l'intérieur des cuisses irrité.

Bruits de tam-tam pour l'irruption d'un char sur lequel s'agitent à croupetons des girls à perruques crépues et slips panthère, armées de lances et tenant en chaîne un gorille avachi qui, dans une parodie de strip-tease dansant, King Kong en bikini sur une scène de Broadway, ôte langoureusement ses manches de fourrure, les fait tournoyer comme il le ferait de gants brandis après un effeuillage voluptueux. Le déguisement camoufle une femme aux yeux fous, qui, son masque arraché, sort entièrement de la peau du singe. Sonia Irène Blache se prend depuis des lustres pour une star, elle cumule les noms d'emprunt, de rêves, de personnages : Marie Olinska quand elle déclame sur scène, Mme Dorne dans l'appartement de Malakoff où elle reçoit des officiers allemands, Mme Lifar depuis que le fameux danseur étoile s'est installé chez elle. Oubliant pour une fois ses tenues blanches, l'autoproclamée comtesse n'a voulu laisser personne d'autre effectuer cette exhibition simiesque révélant une blonde vénus à corset enrubanné qui, les poings sur les hanches, moque la Marlene de Hollywood et s'affuble d'une tignasse bouclée albinos à la Harpo Marx. Vénale et transcendée chaque jour par sa piqûre de morphine, elle délire volontiers sur le destin prédestiné de sa fille Bijou dont elle entend faire la Shirley Temple du IIIe Reich. En échange de la drogue qu'elle lui fournit à mesure de ses besoins, la Gestapo attend d'elle des rapports réguliers sur les fournisseurs et utilisateurs de stupéfiants, qu'ils fassent partie du staff militaire ou des coulisses du cinoche.

Brune gironde, bibi à voilette, Olla, baronne Beck de Beaufort, est tout sourire dans sa Jaguar XK rouge dont les cuirs sont couverts de couvre-pieds en zibelines blanches. Dans les cabarets parisiens hantés par sa silhouette, il se dit qu'elle ramena chez elle le conseiller d'ambassade Max Fuchs, qu'elle commença à se dévêtir lorsque ce dernier la regarda droit dans les yeux et lui dit, pensant l'avoir démasquée : "Espionne !" Vive et déjà quasi nue, elle répliqua "Non, putain ! Comment l'aimez-vous, sucée, frappée, glacée ?". Un nuage d'encens entoure cette habituée des champs de courses, ex-épouse d'un boxeur, ex-amante d'un baron dont elle usurpe le nom, récemment journaliste à *Paris-Soir* et fraîchement revenue de mission pour le compte des Allemands.

Poussée sur une chaise roulante par des nonnes à cornettes hérissées en torches incendiaires, la vieille comtesse de Bernardi, corbeau à gorge profonde de la rue Lauriston : on ne sait si elle perd son maquillage ou si c'est la cire du mannequin qui coule, rimmels d'une marionnette de Grévin confite dans les toiles d'araignée. Lui fait suite, à renfort de castagnettes andalouses, une éminente figure du clergé hitlérien, hautaine et froide, tirée dans un sulky or et pourpre par des dogues géants : Maria Angustias Nunez del Prado, marquise de San Carlos de Pedroso, venin incarné en sorcière goyesque. Encadrée d'une clique de larbins brandissant des vautours empaillés, toute bagues et tout scintillants colliers, Mme Hubert dite comtesse de Thucé trône sur un fauteuil juché au centre d'une estrade roulante, déguisée en elephant woman du vol et recel d'objets d'art. Melita Mutafalo, du nom du producteur de films Alexis Mutafalo, le souteneur mondain qu'elle épousa, a les honneurs d'une baudelairienne calèche, mi-corbillard mi-vitrine pour dame tarifée, encerclée par une milice de blondes décolorées à brassards portant sur des écriteaux brandis par-dessus têtes les noms sous lesquels elle berna ses proies, mêlés à ceux des victimes, Mme Meyer, Miss Hopkins, Anastasia Caryanides, Olga Galitzine.

Lolas à chapeau claque dispersées sur le pavé, bataillons casqués claquant leurs bottes entre deux attractions, bouffons à longs couteaux, poules en porte-jarretelles soufflant dans des langues de belle-mère à trompette, gradés SS domptant des mégères échevelées à coups de fouet, veuves blafardes et lascives alanguies sur canapés de moires à roulettes, matrones en bas nylon poussées en brouettes, femme à bec d'aigle, trot de rombières excitées de la coke à profil d'autruche, patibulaires porteurs de chandeliers rapatriés des châteaux de Bavière, ballet mécanique des ambassadrices du musée de la chair teutonne, diablesses à lèvres de braises et potins, petites putes dédaigneuses sur toboggans poudrés, et fin de cortège fanfaronnant égayé par deux indicatrices convulsives, la « boîte à lettres » Mabel Béatrix de Forest épouse du tennisman Jean Borotra et Marga d'Andurain née Jeanne Clérisse, cette dernière poursuivie par les cancans maléfiques dont se gargarisent les perverties de la mondanité. Des gradins une légende accuse cette aventurière, comtesse elle aussi c'est inévitable, d'avoir trouvé son premier mari assassiné dans sa baignoire, épousé un chamelier arabe au Proche-Orient avant de l'avoir empoisonné, connu Henri Lafont par l'intermédiaire de son troisième homme, le mage Ivanoff, paillard bulgare chez qui s'orchestrent des orgies à l'issue de séances de paneurythmie, ces danses sacrées effectuées à partir d'un cercle d'intimes en quête d'harmonie. De la boîte à gants de son Alfa Romeo blanche, cette chipie fauve sort des myriades d'étoiles jaunes qu'elle lance en l'air par poignées, donnant le signal du ball-trap clôturant la journée.

Sur un char hérissé de caméras en carton-pâte s'exhibent quelques-unes de celles qui trustent les écrans allemands. Sybille Schmitz, que l'on vit mordue dans le *Vampyr* de Dreyer et qui joua les séductrices à frange roulée noire dans un *Titanic* teuton, star anticonformiste ayant repoussé les avances de Peter Lorre et du satan Goebbels. Kirsten Heiberg, la Gilda du Rhin, propulsée en chanteuse de beuglant, sanglée dans une robe noire au dos nu, mordillant un fume-cigarette, mais sans gants à ôter. Brigitte Horney au timbre érotique et la chipie Camilla Horn, blondasse en robe résille transparente. Lil Dagover qu'adore Hitler, actrice d'État depuis 1937, se vautre sur le plus haut des fauteuils satinés, près d'Olga Tchekhova, garce des films de propagande, plus tard soupçonnée d'avoir espionné pour le NKVD. Jenny Hugo, Magda Schneider, Paula Wessely, Ilse Werner et Hannelore Schroth font la ronde autour de Kristina Söderbaum, symbole de la femme aryenne et épouse de Veit Harlan. Dans une cage factice, tressée de svastikas, Marika Rökk dandine du popotin en brandissant un écriteau au nom de Marika Hari (un bruit courut que cette Hongroise née au Caire était une seconde Mata Hari). Le concert des pistolets s'essouffle au coucher du soleil. Cravache à la main, un clone de Hitler mène une file ultime de clownesses, cependant que les chapeaux volent, que sont agitées en salut les capelines hérissées de plumes d'autruche.

Kathe, la fouille

Berlin, gare centrale. Une femme attend la sortie des voyageurs qui descendent du train en provenance de Moscou. Elle s'approche de Nastasia Winieska, trente-deux ans, drapée dans un manteau de fourrure, physique très séduisant, clone vraisemblable d'Anna Karénine, demande à voir sa carte d'identité qu'elle scrute minutieusement puis laisse tomber d'une voix mécanique : "Je suis Kathe Holzberg, inspectrice du service des douanes et contrôles de papiers, je vous prie de me suivre s'il vous plaît." La Russe s'étonne : "Pourquoi donc ? Je suis en règle." La fonctionnaire insiste : "Quelqu'un vous a signalée comme dotée d'une fausse identité. C'est la routine, je suis obligée de vérifier. – Qu'est-ce que c'est que cette histoire ? Je vais contacter mon ambassade… – Inutile, c'est déjà fait. Quelqu'un de votre ambassade arrive avec une photocopie de votre acte de naissance. En attendant je dois vous fouiller. – Vous perdez votre temps et me faites perdre le mien. Je n'ai rien à déclarer. – Nous verrons, madame, par ici s'il vous plaît !"

Les deux femmes sont isolées dans un obscur local, près de la consigne. Kathe Holzberg est glaciale : "On vous a dénoncée comme étant quelqu'un d'autre que celle que vous dites être, madame. Vous travaillez pour les services secrets ? – Vous êtes ridicule ! – Madame, veuillez vous déshabiller. – Vous plaisantez ? – Je regrette, c'est le règlement. Voulez-vous que j'appelle des collègues masculins ?" Altière, Nastasia toise son interlocutrice avec mépris, et ôte sa zibeline. Holzberg s'empresse d'en faire les poches et d'en palper les doublures. "La suite !", lâche-t-elle imperturbable. L'autre hausse les épaules et se défait de sa veste, de sa jupe, et c'est folle de rage qu'elle se voit imposée de se dévêtir entièrement… en vertu du règlement. "Je n'ai pas pour habitude de me mettre ainsi nue devant n'importe qui ! rugit-elle. – Je suppose que vous n'avez pas non plus pour habitude de vous faire dévêtir de force par plusieurs hommes musclés ? menace l'autre, cinglante. Quand arrive l'employé de l'ambassade ? vocifère la voyageuse en posant soutien-gorge et slip sur la chaise. Vous souhaitez l'attendre ainsi ?" ironise Fräulein Holzberg en face de sa victime qui dissimule tant bien que mal des seins appétissants derrière ses bras croisés tout en essayant de soustraire son sexe au regard en se penchant légèrement en avant, un genou relevé de biais dans une pose d'échassier. Yeux furibards. Jamais l'élégante dame Winieska n'a été humiliée de la sorte, elle se promet d'ailleurs de se plaindre… dès que l'employé de son ambassade arrivera avec la preuve irréfutable qu'elle est victime d'une méprise. Sortant avec la fourrure, le tailleur, corsage et les sous-vêtements, sans oublier le sac à main avec portefeuille et bijoux, Holzberg la dévisage encore avec suspicion : "Je vais passer vos effets aux rayons X afin de vérifier qu'aucun document n'y soit camouflé." Winieska en bafouille de rage : "Mais…" Et c'est dans le plus simple appareil qu'elle attend, dix minutes, puis vingt, trente… Le temps passe, la contrôleuse ne revient pas. Mme Winieska appelle, "Il y a quelqu'un ?", finit par entrouvrir la porte en protégeant sa nudité du mieux qu'elle peut : personne dans le couloir. Le rouge au front, elle se risque à sortir afin d'être entendue. Rien ! Cette aile de bâtiment a l'air déserte. Alerté par ses cris, un homme finit par arriver, éberlué de trouver une femme nue en ce lieu. Mortifiée par la situation, elle explique très vite, au bord des larmes, qu'elle cherche Frau Holzberg du service des douanes qui vient de la fouiller… Incrédule, l'homme bredouille : "Les bureaux de la douane ne sont pas ici, ni les locaux de la fouille." Décontenancée, vulnérable jusqu'aux larmes, Nastasia Winieska voit arriver un peu plus tard un officier de la Gestapo qui lui apprend qu'elle a été trompée et dévalisée par unc voleuse. Kathe Holzberg est recherchée depuis des mois. Proche des services spéciaux britanniques, elle recycle auprès d'espions itinérants les papiers d'identité dérobés.

Zarah Leander, une voix

Interné à Auschwitz de 1942 à 1944, prisonnier politique à cause de sa fréquentation du parti communiste et de son engagement en Espagne, l'Autrichien Hermann Langbein s'y voit confier l'emploi de secrétaire du SS-standortarzt (SS médecin de la place). De ce poste, il observe les officiers SS pour le compte d'une organisation résistante qu'il codirige clandestinement, tente de déceler chez eux des divergences, voir ce qui serait susceptible de modifier leur comportement. Dans le camp, les faits de résistance vont du partage de pain avec un ami à la mise en place d'une évasion, et englobent tout ce qui peut enrayer la machine d'extermination, nourrir des affamés, soigner des malades avec des médicaments passés en contrebande, cacher quelqu'un avant une sélection, protéger des vies. Langbein consigne toutes ses observations sur la vie quotidienne dans l'enceinte des martyres. Il raconte qu'un jour les autorités du camp se mettent à organiser des séances de cinéma pour les détenus non juifs. Derrière ces réseaux de barbelés électrifiés, dans une salle bondée et une atmosphère indescriptible, ces derniers se voient offrir le spectacle des charmes replets de Zarah Leander, égérie du régime nazi. Dotée d'un timbre vocal de basse, "la Garbo du IIIe Reich", comme on la surnomme, incarne des femmes fatales malmenées par le destin. La vérité de Sara Stina Hedberg dite Zarah Leander est ténébreuse : star de la UFA, choyée par Hitler qui lui offre une Mercedes-Benz, l'actrice est surveillée par Goebbels qui désapprouve ses fréquentations (elle a des amis juifs et homosexuels), regrette qu'elle refuse d'adopter la nationalité allemande, et insiste pour qu'elle inscrive son fils aux Jeunesses hitlériennes. En 1943, à la suite de la destruction de sa villa par une bombe, elle rejoint sa Suède natale. Selon l'agent secret Pavel Sudoplatov, elle espionne l'Allemagne pour le compte des Russes depuis le début de la guerre sous le nom de code Rose-Marie. Engagement gracieux, motivé par son adhésion secrète au parti communiste suédois.

Lily, facéties

Lily Richards a de la chance. Passer de mannequin au job de scénariste pour la Warner est de l'ordre de la consécration pour cette fille d'agriculteurs du Nevada. Lily est une plume servile, peu avide de notoriété, qui repatine anonymement les scripts dans l'esprit souhaité par le studio. Elle accepte sans sourciller les aménagements réclamés par un boss inquiet des réactions du Hay's Office. C'est aussi une boute-en-train appréciée par ses camarades de travail, une farceuse de premier ordre dont la spécialité est de se faire passer pour quelqu'un d'autre afin de déclencher des situations inconfortables et burlesques. Elle adore improviser à partir d'un quiproquo, par exemple lorsque quelqu'un téléphone par erreur : ravie d'endosser la personnalité de celle à laquelle son interlocuteur ou interlocutrice croit parler, elle se défoule. Assez peu bégueule, elle est prompte à lui lancer qu'ils "n'ont pas baisé depuis la saint-glinglin" et à lui demander quand il compte remédier à cette situation.

Son jeu favori est d'aborder un couple lambda dans la rue, de préférence très fusionnel, se tenant par la main ou échangeant de furtives caresses. Lily s'arrête pile devant l'homme, qu'elle n'a jamais vu de sa vie, et se lance dans une prestation d'actrice accomplie : "Toi ? Cela fait plaisir de te voir après tous ces jours sans nouvelles !" Sans laisser le temps à sa proie de réagir, elle poursuit sa diatribe : "J'ai eu mal, tu sais ! Mais… tu me plais toujours va, petit saligaud !" Elle fixe trois secondes sa prétendue rivale, et reprend le type à la gorge : "Ah c'est elle, la fille dont tu m'as parlé ? Tu exagères un peu, elle n'est pas aussi nunuche que tu le disais. Et puis, si elle te plaît… En tout cas tu sais où me trouver, je suis toujours au même endroit. Je suppose que tu veux voir une photo de ton fils ? Il a grandi, tu sais ! Non ? Tu fais comme tu veux. Je tenterai de lui expliquer… Je te laisse ! La vie est cruelle…" Elle s'éloigne en faisant mine de sangloter. Pour la petite cour de copains planqués près de là, le suc du spectacle réside dans l'épilogue : la femme défaite, soudain très distante, et l'homme abasourdi protestant de son innocence, gémissant "Je te jure que je n'ai jamais vu cette femme de ma vie".

De même qu'il emploie des psychiatres suffisamment habiles pour convertir des patients en dénonciateurs, le FBI prospecte à Hollywood pour y trouver des "fishing lure" ou "trap meet"*, expertes en appâts et pièges. Bien que n'ayant jamais fréquenté le moindre cours de comédie, Miss Richards est parfaite dans le rôle de la fausse complice, celle qui prétend être une camarade idéologique et qui obtient des confidences assez probantes pour mettre à jour les fiches d'Edgar Hoover où la lettre X signale un ou une communiste.

Garbo est un homme

L'être humain est un joueur inné, adepte du simulacre, éduqué aux rites sociaux, soucieux de séduire, tenté de se faire autre, de s'essayer différent, un coup recto un coup verso, c'est une impulsion primitive, liée au goût de la compétition, voire à la soif de domination, en tout cas imputable au refus de se conformer, de se soumettre aux normes. Se faire passer pour quelqu'un

* Respectivement "appâts" et "traquenards".

d'autre est un plaisir transgressif, comme de se projeter dans une vie qui n'est pas la nôtre. Vous connaissez sans doute l'histoire de cette femme, Sigrun Solvason, qui se vivait en doublure de Greta Garbo, habitée par le désir fou de prendre la place de la star adulée, hystérisée par la volupté de mimer celle qu'elle rêvait d'être, pour s'approprier un peu de ce pouvoir que l'on prêtait à la Suédoise divinisée. Un jour de mai 1934, cette fausse Garbo avala du poison et se laissa mourir devant un miroir où elle se vit agoniser, laissant une lettre où elle expliquait son désespoir de n'être pas la vraie, celle dont elle avait tapissé son appartement de photos, mêlées aux siennes. Garbo, la vraie, Greta Lovisa Gustafsson, que Louis B. Mayer la voyant débarquer à Hollywood avait surnommée "la grosse vache nordique", s'était elle-même dédoublée, femme aux deux visages usant du cinéma comme d'un miroir embellissant et troublant, imposant l'image d'une femme bisexuelle, à la fois relax et glamour, ténébreuse et marrante, séductrice et sportive, émancipée et mère, cultivant l'exhibition comme la clandestinité.

Il y eut plus détonnant encore. Selon Winston Churchill le "meilleur acteur de la Seconde Guerre mondiale" est un certain Juan Pujol, qui doit l'essentiel de sa célébrité à ce surnom, Garbo, en hommage à ses talents de comédien. Cet homme a été capable d'animer un réseau de personnages virtuels, tous joués par lui-même. Petit bonhomme à barbe de Landru et lunettes à la Fernando Pessoa, il incarne l'espion féru d'hétéronymie, expert en signatures diverses. De son pays d'origine verrouillé par Franco, ce Catalan volubile fait de vaines offres de service à l'Intelligence Service en 1940, avant d'aller tenter sa chance chez les Allemands qui l'embauchent. Agent secret du

IIIe Reich sous le nom d'Arabal, s'inventant des séjours à Madrid, Lisbonne ou Londres, il anime une équipe imaginaire censée le seconder et dont il connaît les profils, les répertoires, les styles d'écriture volontiers lyriques avec d'autant plus d'aisance qu'il en est le créateur, le dialoguiste, l'interprète. Marionnettiste, il fait croire aux existences de Carvalho, voyageur de commerce portugais sillonnant le Sud-Est de l'Angleterre en repérant les emplacements de camps militaires, de William Gerbers aux pulsions germanophiles, de plusieurs autres, censés envoyer leurs rapports de l'autre côté du Rhin. Bientôt les Anglais qui l'ont localisé et ont détecté son sens de l'affabulation reviennent vers lui, et Arabal devient Garbo pour le MI5, prétendu employé à la BBC puis au ministère, espion british dont la mission est de duper les Allemands en leur faisant parvenir des bobards. La plus spectaculaire de ses supercheries s'effectue en 1944, lorsqu'il avertit l'Abwehr que le débarquement des Alliés n'aura pas lieu en Normandie mais dans le Pas-de-Calais, persuadant la Wehrmacht d'envoyer ses divisions près de Dunkerque. Garbo restera crédible jusqu'au bout auprès des Allemands, qu'il a alertés du changement de plan ennemi à la dernière minute, avec les cibles géographiques de l'opération *Fortitude* du 6 juin de Barfleur à Villerville, mais suffisamment tard pour qu'aucun revirement de trajectoire des forces nazies ne soit possible. En Angleterre c'est la Victoria Cross qui glorifie son action, avant que ce clandestin aux vingt visages ne soit contraint de se voir organiser sa mise en sommeil. Car son épouse Araceli ne supporte plus d'être cantonnée à Londres et le menace d'aller révéler ses troubles activités à l'ambassade d'Espagne. Garbo s'en confesse à ses supérieurs. Les services secrets ne s'affolent jamais, ils ripostent. Voilà Araceli convoquée par le MI5, qui, pour l'intimider, la faire taire, lui fait croire que Garbo a été arrêté et qu'elle va être elle-même placée en résidence surveillée. Une visite quelques jours plus tard dans la cellule de Garbo achève de la calmer. Elle jure de rester tranquille, muette sur le job secret de son époux, qui réintègre peu après le logis conjugal. Mais en haut lieu, décision est prise, par sécurité, de faire disparaître Garbo. Les services secrets prétendront à Araceli qu'il est invité par le Premier ministre à une chasse en Angola, en remerciement de ses bons et loyaux services ; puis qu'il y a été officiellement victime d'un accident, piétiné par un troupeau de buffles, corps disparu en Afrique. En réalité, poussé dans un vol pour New York, puis Miami et Caracas. Installé au bord du lac Maracaibo au Venezuela, Garbo refait sa vie, ouvre une librairie, et, selon certains, une salle de cinéma.

L'histoire de Juan Pujol, celle d'un homme donné pour mort auprès de son épouse alors qu'il restait bien vivant, a fasciné chaque fois qu'elle s'est reproduite. Ce fut celle de Martin Guerre, ce paysan du comté de Foix qui quitta femme et village pour remplir le rôle de laquais d'un cardinal espagnol, à Burgos, avant de participer à une bataille le laissant amputé d'une jambe, puis revint huit ans plus tard et porta plainte pour usurpation d'identité contre Arnaud de Tilh qui l'avait remplacé dans le lit de son épouse Bertrande de Rols. En 1560, l'imposteur fut déclaré coupable et promis à la pendaison lors du procès au parlement de Toulouse auquel assiste Michel de Montaigne, qui se moquera du magistrat Jean de Coras. “La cour n'y entend rien”, écrit ce dernier dans les *Essais* (livre III, “Des boiteux”), convenant que l'art déployé par celui qui s'était fait passer pour un autre ne relevait pas de la "magie" comme le prétendait Coras mais d'un jeu extraordinaire. Et que constatant la possible conformité entre vérité et mensonge, du point de vue des visages, du port, de l'allure, jusqu'à rendre possible la confusion, il serait plus élégant de reconnaître une erreur possible. Jugeant Coras compétent et impartial, l'historienne américaine Natalie Zemon Davis plaide un avis inverse. Alexandre Dumas évoque *Guerre et Tilh* dans son roman *Les Deux Diane* (1846), John Updike avoue que le personnage de Harry Rabbit pour lequel il eut le prix Pulitzer en 1990 *(Rabbit en paix)* lui fut inspiré par ce cas de trouble d'identité. Daniel Vigne en fera un film en 1982 avec Gérard Depardieu *(Le Retour de Martin Guerre)*, dont Jon Amiel tournera un remake en 1993 avec Richard Gere *(Sommersby)*, transposant l'histoire durant la guerre de Sécession.

En 1844, Honoré de Balzac imagine une destinée analogue au colonel Chabert, soldat napoléonien ayant épousé une fille de joie nommée Rose Chapotel avant de partir en guerre et d'être déclaré mort à la bataille d'Eylau en 1807. En vérité, Hyacinthe Chabert se releva de dessous un monceau de cadavres et quand il revint chez lui, tel Ulysse à Ithaque, après moult détours, pour faire reconnaître ses droits, sa "veuve" avait épousé un comte Ferraud, désargenté ragaillardi par la fortune du "faux défunt", ce ressuscité pouvait arborer sur son visage la preuve que l'imposteur ce n'était pas lui : la cicatrice d'un coup de sabre, pour Martin Guerre c'était la jambe de bois.

N'est-ce pas à Garbo, à Juan Pujol, que pense Javier Marias lorsqu'il écrit *Berta Isla* (2019), où une Madrilène pur-sang épouse un brillant étudiant d'Oxford, bientôt débauché par les services secrets londoniens, et disparaissant des radars conjugaux au profit de l'armée des ombres, jusqu'à ce que Berta en finisse par douter de qui est son mari, et par se demander s'il est encore vivant ?

Atmosphères, atmosphères

Robe à fermeture éclair ou tailleur à carreaux, sac à main et mini-fourrure autour du cou quand elle est près du canal Saint-Martin, aguicheuse en robe à pois quand elle prépare un fric-frac, Arletty, pour ce qu'elle fit durant l'Occupation, mérite des circonstances atténuantes. Voilà les faits. Léonie Bathiat est née avec la voix narquoise, le gazouillis moqueur de l'oiseau du faubourg. Forte en gouaille et en liaisons dangereuses, libre de son corps, insoumise, elle croise deux des grands amours de sa vie en trois ans. Antoinette d'Harcourt d'abord. C'est lors d'un souper chez Helena Rubinstein (cosmétiques et ombrelle) qu'elle se retrouve assise au côté de cette femme racée, cheveux courts, fumeuse d'opium, sans tabous, duchesse depuis son mariage avec François-Charles d'Harcourt. Arletty n'a jamais été attirée par une femme à ce point, celle-ci, élégance distinguée, d'apparence réservée, réveille en elle des ardeurs secrètes, elle sera sa passion, nommée "La" pour dire qu'il n'y a qu'elle, ou "Fleur de lit" pour signifier qu'elles s'éclatent. Elles s'embrassent à pleine bouche. "Vous voyez, ce n'est pas compliqué. – C'est si simple. Je peux toucher vos seins ? – Vous pouvez toucher tout ce que vous voulez." Antoinette est militante, cela lui vaudra un an de prison à Fresnes, après une arrestation mitraillette au poing. Elle glane des renseignements utiles auprès de sommités allemandes qui fréquentent le salon de Coco Chanel, cette couturière qui profite de sa liaison avec un officier teuton pour tirer avantage de l'aryanisation ambiante, récupérer sa société de parfums détenue par des Juifs. Œuvrant aux Sections sanitaires automobiles, peloton de dames à particule et à fortune qui transportent des blessés du front, Antoinette d'Harcourt adhère surtout à la Synarchie, une société secrète plus proche de Pétain que de la Résistance, qui complote pour le maintien au pouvoir de la haute finance.

En 1941, nouveau coup de foudre. Arletty est au concert, son amie la comtesse Josée de Chambrun lui présente un fringant officier allemand, Hans Jürgen Soehring. Il sera son "Faune", elle sera sa "Servante au grand cœur". 1941 est aussi l'année où elle fait la connaissance de Louis-Ferdinand Céline par l'entremise de Josée Laval, la fille du collabo, mariée à l'avocat René de Chambrun. Grande rencontre. Elle adore *Voyage au bout de la nuit*, et puis surtout, ils se découvrent natifs de la même commune : "Courbevoie, Courbevoie, est-ce que j'ai une gueule de Courbevoie ?" Ben oui. Amitié enclenchée, rien de plus qu'une amitié fidèle bien qu'il l'appelle sa "payse", fiancée, promise. Il écrit un scénario pour elle en 1948, "Arletty, jeune fille dauphinoise", décrite "mutine, sex-appeal du tonnerre", l'histoire d'une chouette nana que son pasteur de mari "genre Armée du salut" emmène autour du monde pour la soustraire aux ouvriers, aux coquins de banlieue. Après-guerre, Arletty tente de briser le mur du silence qui s'est bâti autour de l'écrivain antisémite, elle fait des lectures publiques de ses romans.

Arletty est une femme. Bisexuelle. Elle n'est pas gaulliste, elle est gauloise. Son cœur est français, son cul est international. Elle profite, c'te blague ! Quand Roger Richebé, pendant le tournage de *Madame Sans-Gêne*, lui demande d'intervenir auprès de Soehring pour obtenir l'autorisation de tourner dans le château de Grosbois, près de Paris, elle le fait ni une ni deux. Oui elle participe à un festin en l'honneur de Goering, oui elle soupe chez Ledoyen avec Alfred Greven, le patron de la Continental. Elle est aussi des dîners donnés par Fernand de Brinon, cofondateur du Comité France-Allemagne, nommé par Pierre Laval délégué général du gouvernement français dans les territoires occupés, et qui, profitant des spoliations de biens juifs, s'est fait attribuer l'hôtel particulier de la princesse de Faucigny-Lucinge, née Ephrussi, un 2 500 mètres carrés au coin de l'avenue Foch et de la rue Rude. Pendant ce temps, elle tourne *Les Enfants du paradis*, où elle interprète Garance, femme libre, métaphore de la France défaite, fantôme d'elle-même, mélancolique, vendue au puissant comte de Montray, séparée de l'homme qu'elle aime qui, lui, a dû épouser l'acariâtre Nathalie, épouse et mère, incarnation de la Famille, de cette famille qu'aime Vichy. Les décors sont d'Alexandre Trauner qui doit renoncer à les signer au générique en raison de son statut de Juif. Dans le rôle de Jericho, le colporteur marchand d'habits, probable indicateur de police, l'acteur Pierre Renoir remplace Robert Le Vigan, collabo antisémite obligé de fuir avec Céline lors de la débâcle.

Lors des dîners qu'Arletty donne chez elle quai Conti vient plusieurs fois une jeune débutante nommée Simone Signoret, figurante dans *Les Visiteurs du soir* de Marcel Carné. Demi-juive, née Simone Kaminker, Mlle Signoret aime côtoyer et contempler les stars qu'elle croise, Jules Berry, Fernand Ledoux,

Marcel Herrand. Elle a hâte de tester ses dons. Elle adore se déguiser, jouer double jeu. Lorsque, le jour de la première, éclate la cabale contre *Voulez-vous jouer avec moâ ?* qu'Arletty joue au théâtre, l'actrice, dans le charivari (huées, sifflets, "Remboursez !"), voit entrer dans sa loge à l'entracte cette jeune femme essoufflée, venue l'encourager, et lui dire qu'elle paie de sa personne pour la défendre, faisant le coup de poing avec les fauteurs de troubles. "Elle joue très mal son rôle", note Arletty qui, d'une autre source, apprend que la jeune femme en question est de ceux qui orchestrent le chahut.

Cette ventriloque serait celle-là même dont Arletty est quasi certaine d'avoir reconnu la voix, quand elle reçoit un étrange coup de fil une nuit, dans les derniers mois de l'Occupation, lui donnant rendez-vous sans tarder sur le pont des Arts. La voix tente d'imiter celle de Soehring. Arletty vérifie, appelle Soehring qui infirme, dément : non, ce n'est pas lui qui l'a appelée, et il lui recommande de ne pas bouger. Pour Arletty, qui faillit cette nuit-là être jetée à la Seine lors d'une agression maquillée en suicide, cela ne fait aucun doute. C'était la voix de Simone… qui aima tant se faire passer pour la bonne Espagnole lorsque, des années plus tard, on téléphonait à la Roulotte, chez Signoret/Montand.

Mme Klein

Ces années-là, 1940-1945, il faut imaginer la traque antisémite, l'épidémie de délations, l'angoisse d'être prise dans les filets de la Gestapo. Un berger allemand dans les jambes, Rachel Klein rase les murs, bibi à voilette agrafé dans ses cheveux noirs, œil aux aguets, l'esprit hanté par ce que lui a relaté un jeune amant doté des beaux yeux bleus de Max Ernst. Étudiant aux Beaux-Arts gagnant quelques sous comme brancardier occasionnel à l'hôpital, le bel Adrien a été témoin d'une consultation médicale dégradante. Exhibée autant qu'auscultée, une femme nue y subit l'examen anthropométrique d'un toubib à frustrations vétérinaires qui juge le degré de judéité de la patiente par ses attributs physiques (nez, front, hanches…) : "Notez l'expression générale du faciès judaïque, cette manifestation de prognathisme osseux commune aux races non européennes ! J'estime que le sujet pourrait appartenir à la peuplade de la race sémite d'ascendance soit judaïque, soit arménienne, soit arabe…" Paris suffoque sous le soupçon, la menace, les citadins ont l'impression d'être dévisagés à chaque coin de rue. Les Juives sont recensées à la préfecture, où Rachel Klein est venue en vain dénouer l'imbroglio qui la confond avec un homonyme, cette autre Rachel Klein abonnée aux *Informations juives*, dont elle a trouvé un exemplaire sur son paillasson. Impures ou non, toutes les Rachel Klein intriguent la police.

Rachel Klein, l'experte en art moderne, repère et achète des œuvres à bas prix pour Peggy Guggenheim, une milliardaire qui, depuis le début de l'occupation allemande, a caché sa collection sous les bottes de foin d'une grange près de Vichy, puis au musée de

Grenoble, avant de filer aux États-Unis avec l'aide de Varian Fry. Elle est française, d'origine alsacienne, d'une bonne famille catholique depuis Louis XIV, ses papiers sont en règle, quoique… le certificat de naissance de ses aïeux est devenu nécessaire, crucial. L'autre Rachel Klein, l'invisible, l'anonyme, a brouillé les pistes, déclenché la machine infernale. Semé le trouble. Y a-t-il une vraie Rachel Klein et une fausse Rachel Klein ? Elles ont toutes deux la même passion des toiles abstraites, une fascination commune pour *Moby Dick*. D'ailleurs on les confond ! "Même taille, mêmes cheveux, même allure", affirme la concierge de celle qui se dissimule dans la ville occupée. "Même avec le visage caché, on la reconnaît !", assure un voisin. S'agit-il d'une seule et même personne ?

Emportée dans le dédale du cauchemar identitaire, sur la piste de son double, en même temps que détective d'elle-même, Rachel Klein est arrêtée lors de la rafle du Vélodrome d'Hiver. Dans l'enceinte sportive, Rachel Klein sait qu'elle côtoie Rachel Klein, la cherche dans la foule, puis dans le train qui mène à Auschwitz. Mais Rachel Klein ignore le visage de Rachel Klein. Elle disparaît pour avoir fini par s'identifier à celle qui, de son point de vue, n'existait pas, à peine une ombre, une silhouette, transparente.

La baronne

Conseil de prestidigitateur : pour devenir espionne, il faut épouser un homme qui disparaît au plus vite, mort ou vif. On ne compte plus celles qui, avant d'œuvrer pour les services secrets, deviennent veuves ou dont le mari se fait jeter, évaporé à l'étranger. Maria

Ignatievna Zakrevskaïa, dite Moura, s'est séparée de son second époux quasiment le lendemain de son mariage. Le temps de devenir baronne. Le premier, Johan von Beckendorff, un diplomate qu'elle trompe allègrement, avait été tué en Allemagne par un paysan lors d'une jacquerie. Elle doit son titre de baronne à Nikolaus von Budberg-Bönninghausen, ensorcelé par la passion… du jeu. Bloquée à Petrograd par la révolution d'Octobre, elle suit des cours d'infirmière, devient sœur de la charité dans un hôpital militaire, s'éprend d'un diplomate anglais, Bruce Lockhart, proche de Trotski. Elle espionne avec lui, pour lui. Lockhart est un agent secret, dont le but est de faire converger les intérêts britanniques et bolcheviques contre l'Allemagne. Mission aventureuse, car Churchill soutient l'Armée blanche. Les sentiments de Moura à l'égard de Lockhart sont réciproques. Il voit en elle une aristocrate qui aurait pu devenir communiste, "bourgeoise jamais". Il admire son aisance, apprécie son accent anglais, sa culture (très artificielle). Elle tient à lui, lui aussi tient à elle mais il est marié.

On dit que dans un couple, il y en a toujours un qui est plus amoureux que l'autre. Libéré de prison après avoir été accusé de vouloir faire assassiner Lénine, il est rapatrié chez lui, la laissant défaite, seule avec ses deux enfants. Sans un sou, elle vend ses bijoux. L'écrivain Maxime Gorki cherche une traductrice pour publier ses livres en anglais. Elle est engagée comme secrétaire, se rend indispensable : elle lui lit son courrier, classe les chapitres de ses manuscrits dans des chemises, dispose feuilles blanches et stylos sur son bureau, tape à la machine les feuillets griffonnés la veille, et pas que. "Madame Budberg ? – Appelez-moi Moura ! – Vous êtes nue sous votre peignoir ?

– Qu'aimeriez-vous ? – J'ai une heure devant moi. – Ce n'est pas très sérieux, peut-on oser ? – S'il vous plaît ! – Soit !" Elle ne change pas son style, austère et robuste, cheveux longs ramassés en bas de la nuque, robes modestes, tête nue dehors, sans bagues ni colliers, une montre d'homme à son poignet, les doigts tachés d'encre. Elle change de statut : agent littéraire, intendante, maîtresse de maison, maîtresse tout court. Lockhart réapparaît, elle lui fournit des tas d'informations, l'initie aux coulisses artistiques et politiques de l'Union soviétique. Lorsque l'ingrat British écrit ses *Mémoires d'un agent britannique en Russie* et lui montre son manuscrit, elle exige des corrections. "Elle est aussi conformiste qu'une vieille fille victorienne, note-t-il dans son journal. Et pourquoi ? Parce que j'ai écrit qu'il y a quatorze ans elle portait des cheveux ondulés alors qu'ils étaient « droits comme ceux d'une Ukrainienne » avait-elle corrigé. Donc mon récit est faux, superficiel, etc. Et il est clair que notre aventure n'a rien signifié pour moi ! C'est pourquoi elle veut que je raconte toute l'histoire de notre amour, ou rien du tout !"

Samuel Goldwyn produit un film adapté du livre : *Un agent britannique*, filmé par Michael Curtiz. Lockhart est interprété par Leslie Howard, Moura par Kay Francis. Synopsis : un agent britannique sauve la vie d'Elena, jeune aristocrate russe engagée. Une romance naît, semée de troubles quand Elena apprend que Stephen est recherché pour ses activités d'espion. Lockhart est invité à une projection privée, il invite Moura à l'y accompagner. Il n'y a qu'eux deux dans la salle. Là, citons Nina Berberova, auteur d'une biographie de Moura : "Ils s'assirent au milieu d'une petite salle qui leur sembla d'abord immense parce qu'elle était vide. Dans ce vide, cette obscurité, ce silence, elle revécut son passé, n'osant pas toucher sa main, craignant sans doute de le perdre pour toujours si elle le faisait. Sans doute regretta-t-il de l'avoir invitée avec lui, il aurait dû se douter que ce serait pénible pour elle, mais la joie et la fierté de voir qu'un bon film avait été réalisé d'après son bon livre flattaient sa vanité. À la fin, elle détourna son visage et une fois dehors, chacun partit de son côté."

Un second écrivain va entrer dans la vie de Moura : le Britannique H. G Wells qui vient rendre visite à Gorki et qui, la nuit précédant son départ, rejoint la baronne dans sa chambre. "Ce n'est qu'une bagatelle", jure-t-il à son épouse Rebecca West en avouant son infidélité à son retour. En 1921, quand Gorki exilé en Italie projette de regagner sa patrie russe, Moura s'installe à Londres et devient la maîtresse de Wells. "Je resterai avec toi le temps que tu voudras, dit-elle à l'auteur de *La Guerre des mondes*, mais je ne t'épouserai jamais" (de toute façon, Wells mourra sans avoir divorcé d'Amy Catherine Robbins, épousée en 1895 !). Pour les soixante dix ans du "Jules Verne anglais", elle organise une réception au Savoy Hotel, sous les auspices du Pen Club, invitant une trentaine d'amis à "un banquet de noces". Ce soir-là, elle réplique à Enid Bagnold qui la félicite : "Je ne l'épouse pas. Il se l'imagine. Je ne suis pas si bête ! Que Marjorie continue à s'occuper du ménage !" (Marjorie est le prénom de la belle-fille de Wells, gérante des soucis matériels). Au milieu du repas, elle demande la parole : "Mes amis, tout ceci n'est qu'une plaisanterie. Nous vous avons joué un tour. Nous ne nous sommes pas mariés aujourd'hui, et nous n'avons aucune intention de le faire."

Considérée comme un agent secret à la solde de l'Angleterre quand elle vivait en Russie, comme une espionne soviétique quand elle s'installe quelque temps en Estonie, comme un agent allemand quand elle transite en France, Moura Budberg est soupçonnée d'être une espionne russe depuis qu'elle est à Londres. Que cache son sourire énigmatique ? Son amie Nina Berberova affirme qu'elle a joué toute sa vie avec cette légende, pour exciter les hommes dont elle avait envie : "Elle avait faim, ils étaient troublés de la savoir espionne." Rien de résolu. Faisait-elle croire qu'elle espionnait pour séduire, ou espionnait-elle pour aller au lit ? Devenu journaliste (elle lui reproche d'être désormais le laquais de son rédacteur en chef, il a fini par la surnommer "la tsarine"), Lockhart l'envoie en effet de temps à autre à Moscou, afin qu'elle lui ramène des informations, l'invite à le rejoindre quand il est à Paris, pour une soirée chaude dans un cabaret russe (leur préférence va à celui de la rue Fondary, où résonnent des chants tziganes). Et si elle était agent double, reliée aux Britanniques autant qu'aux Soviétiques ?

Elle affiche cette double casquette dans l'univers du cinéma où elle a été introduite par Lockhart, et poussée par Wells auprès d'Alexandre Korda et d'Arthur Rank. Les deux producteurs font appel à elle comme experte des questions russes. Consultée, parfois assistante, elle donne des avis sur *Catherine de Russie* de Paul Czinner (1934), *Le Chevalier sans armure* de Jacques Feyder (1937) (tiré d'un roman de James Hilton mais présentant de troublantes similitudes avec l'idylle entre Moura Budberg et Lockhart), elle sera scénariste adaptatrice de Tchekhov, des *Trois sœurs* de Laurence Olivier et de *La Mouette* de Sidney Lumet, donnera un coup de main sur *Nicolas et Alexandra* de Franklin Schaffner.

Invétéré coureur de jupons ("Je n'ai jamais été un grand romantique"), Wells n'en est pas moins jaloux, et n'a de cesse de savoir si sa compagne a, oui ou non, été la maîtresse de Gorki. Question déjà posée lors de sa visite à Saint-Pétersbourg, en 1920, quand elle lui avait servi de guide : "Bien sûr que non" avait-elle affirmé, lui indiquant implicitement, les yeux brillants, qu'elle serait seule cette nuit-là. Il insiste après le séjour de Moura auprès de Gorki en 1935 : "Gorki est impuissant depuis des années", soupire-t-elle. Elle a alors quarante-trois ans, et Wells soixante-neuf.

Sans jalousie aucune, quiconque sonde la vie de Moura se pose la question. Elle aurait confié à Wells qu'elle n'avait eu que cinq amants dans sa vie. Si on la croit, si on ajoute ses deux maris à Lockhart, Gorki et Wells, on se dit qu'elle a beaucoup fait fantasmer. Et qu'elle n'a peut-être espionné personne.

Carnet de notes

*Extraits d'un carnet tenu par Hannah Skirkova, espionne russe retrouvée assassinée dans un transat, sur une plage de la mer Adriatique, près de Dubrovnik, Croatie, en 1948. Âgée de trente-deux ans, la jeune femme, disciple de l'écrivain Ivo Andrić, semble avoir été liquidée par l'*UDBA*, la police secrète yougoslave. Elle consignait des notes, à dessein semble-t-il de publier un jour des Mémoires.*

"Depuis que je remplis des missions plus ou moins longues, je vis surtout dans des hôtels. J'ai appris à m'y méfier des clients qui y séjournent en même temps que moi, ces anonymes soucieux d'établir des liens de pure politesse, autant que des employés de maison obséquieux, prompts à me rendre des services à peine formulés… Je dois apprendre à arborer en toutes circonstances le sourire insouciant d'une touriste à l'affût des beautés secrètes du site. Et arrêter de me crisper dès que quelqu'un semble vouloir s'intéresser à moi. Abordée cet après-midi, sur la terrasse où je prenais un café, par un importun qui ne cessait de m'interroger sur mes plans d'excursions et mon apparente solitude, j'ai affiché la froideur décourageante d'une célibataire draguée. Avais-je la mine adéquate d'une femme sérieuse cramponnée par un homme aux arrière-pensées libertines, ou celle d'une professionnelle du renseignement agacée que l'on puisse être en train de lui soutirer des informations ? J'aimerais être certaine de jouer à la perfection le rôle de la première, plutôt que de rabâcher celui de la seconde, au risque d'éveiller des soupçons."

"Au comble de mes inquiétudes, il m'est arrivé cet épisode cocasse, de ceux dont rêvent les hommes ! J'étais couchée lorsque j'ai vu une silhouette entrer dans ma chambre, et s'avancer dans l'obscurité. Le cœur battant à se rompre, je glissais une main sous mon oreiller pour saisir mon pistolet, prête à bondir et curieuse de comprendre ce que cette ombre était venue fouiller, subtiliser. Un froissement m'a surprise… j'ai compris qu'il s'agissait d'une femme et qu'elle se déshabillait, dégrafait sa robe, son soutien-gorge, se baissait pour ôter sa culotte. Sur le moment, on reste interloquée, incertaine sur l'attitude à adopter ! Le réflexe ne joue pas, c'est l'émotion qui vous tient, mes formateurs des services en seraient désolés, je restais figée, tétanisée ! Une femme se trompait de chambre et je ne déclenchais aucun mécanisme de défense ! Elle a défait ses cheveux, déposé une pince sur la commode, et a contourné le lit pour soulever le drap du côté opposé au mien et se faufiler près de moi. J'ai tourné la tête de son côté. C'est là que j'ai compris que si cette intrusion n'avait à priori rien à voir avec mes activités secrètes, elle n'était pas le fruit d'une méprise. Elle me regardait, souriante, et je reconnus la piquante et pulpeuse Scandinave avec laquelle j'avais échangé regards tacites et propos implicites depuis quelques jours. Je cachais mon arme sous le matelas et vérifiais que faire plaisir m'éblouit. Je ris aujourd'hui de songer que si ma compagne nocturne s'était introduite chez moi, c'était bel et bien pour faire sien l'un de mes secrets, celui que je partage avec volupté, crime consenti."

"Ce que j'avais imaginé cette nuit-là, quasi certaine que tous faits et gestes perpétrés à mon encontre ne pouvaient qu'avoir un rapport étroit avec mes activités politiques clandestines, s'est réellement produit quelques années plus tard. J'étais sur la côte italienne. Je répugne à me baigner dans l'immédiate proximité du rivage, là où barbotent la majeure partie des estivants. Je nageais donc suffisamment pour m'éloigner de quelques centaines de mètres de la plage, puis reprenais mon souffle lorsque j'ai vu s'approcher une femme à la brasse, me regarder radieuse, entamer une conversation. De banalités sur le temps exceptionnel, la vue imprenable sur les montagnes, la douceur de l'eau, ce parasite finit par avouer qu'elle résidait dans mon hôtel, qu'elle m'avait repérée, qu'elle me désirait, m'avait suivie. Brune, dotée d'une fascinante ressemblance avec l'actrice Eleonora Rossi Drago et d'un sex-appeal incontestable, la dame disait n'avoir qu'un temps trop bref à m'accorder. Elle parlait franc, et cru : s'il devait se passer quelque chose entre elle et moi, ce devait être ici, et maintenant. Elle s'est mise à retirer son maillot une pièce et à le nouer à son poignet, à arborer ses seins nus, sa toison noire, à venir plaquer son corps contre le mien et à commencer à me dénuder à mon tour. « Si ! si ! si ! si ! » l'entendais-je rire, la mystérieuse baigneuse se moquait, avec son accent transalpin : « Tu fais ta timide ? » Et comme je me cabrais, reculais, elle changea de ton. « *The Velvet Glove* » *(Le Gant de velours)*, lâcha-t-elle tout à coup, oubliant sa stratégie (on l'avait donc briefée sur moi, mon goût des femmes !). J'en restai incrédule. Le nom de cette nouvelle de Henry James est l'un des mots de passe utilisés entre les réseaux auxquels j'étais reliée. Dotée du nom de code Pandora, cette intrépide sirène avait jugé que l'occasion était trop belle de me contacter. Loin de la foule, elle pouvait à la fois tenter de me séduire et m'introduire là où elle brûlait de mettre sa main un document secret, minuscule image de microfilm prête à adhérer à la peau interne comme une ventouse. Elle me donna le nom et l'adresse slovène du destinataire de ce message, je lui indiquai poliment que je préférais cacher moi-même ledit document. Et regagnai la plage en nage indienne."

"Mon activité professionnelle ne repose pas seulement sur la transformation, l'art de me dédoubler, elle fait appel à l'imagination. Elle repose sur ma faculté à fuir un quotidien qui m'ennuie pour m'évader hors de moi-même, à trouver une énergie vitale dans l'identification à une image mentale à priori fictive que je vais personnaliser. À travers mon rôle d'espionne, j'explore un monde caché, un monde de l'ombre, abri de transgressions, j'imagine une Hannah Skirkova à la fois ancrée dans le monde réel et au-delà des marges, évoluant dans une zone trouble, un cercle de feu, un univers clandestin. Basculer dans cette zone, cet au-delà du miroir, revient à renoncer aux codes sociaux d'hier, à réinventer un vade-mecum du collectif, à privilégier le singulier, le masqué, le secret, la stratégie, comme si j'étais dans un jeu… Un jeu de société ?"

"La photo que je dois transmettre à l'agent de liaison Viktor Rachline est un agrandissement de mauvaise qualité, un peu flou. Elle a sans doute été prise d'un toit ou d'une terrasse, au téléobjectif. On y voit une femme, accoudée à une fenêtre, seins nus, fumant une cigarette. Elle a les yeux embués de larmes. Derrière elle, dans la pièce, on distingue un homme ajustant sa cravate. Il a une chemise noire, une cravate noire, une veste noire à boutons argentés, un brassard rouge, blanc et noir au bras gauche. Avec une croix gammée ?"

"« Les rêves sont de lâches appétits, des désirs insolents que la lumière du jour repousse dans les recoins de notre âme d'où ils n'osent sortir que la nuit, en rampant » : cette phrase du poète italien Filippo Loschi (1899) me renvoie à l'inquiétante étrangeté formulée par Marie Bonaparte, à cette part effrayante de soi qu'il est social de laisser cachée."

"Serai-je crue le jour où je publierai mon autobiographie ? Les livres de Mémoires sont truffés de mensonges, la vérité y est feinte, les faits trahis ou déformés. Combien d'auteurs abusent d'approximations afin de se peindre autres que ce qu'ils sont ou ont été, combien succombent au désir de plaire ? Il est notoire que, dans les livres de souvenirs signés par des espions, nombre d'inexactitudes peuvent n'être que nécessités politico-diplomatiques. Nous faisons vœu de silence en optant pour le monastère aux mille yeux ! C'est un sacerdoce inviolable, une parole donnée que l'on ne peut pas reprendre, un pacte faustien qui nous lie à jamais avec ces ombres dont nous sommes les marionnettes. Où que l'on soit, nos maîtres nous contrôlent, ils veillent à ne jamais rompre le contact, et même éloignés, ayant pris des distances, en vacances ou en retraite, nous restons liés, mariés, on ne les quitte pas, on est « en sommeil ». Un lecteur peut légitimement penser que travestir la réalité est la pente logique d'un espion ou d'une espionne qui retrace sa vie. Cependant, quand un espion ou une espionne se penche sur son passé, sachez qu'il met un point d'honneur à ne pas rajouter du brouillage à une vie cryptée, au pire se permet-il de baisser la voix, comme lorsque recevant des comparses dans un appartement susceptible d'être sur écoute, il pousse le volume de la radio afin que le son du poste couvre ses propos, et les rende inaudibles par ce que l'on appelle dans le milieu les « insectes », c'est-à-dire les micros ! Nous passons notre vie à nous cacher, j'ai connu des « terrains » où nous enterrions les morts la nuit pour ne pas être pris pour cibles. Nous raconter, après un tel passé, répond à un besoin de tomber les masques. Sachez nous lire entre les lignes. Sachez que la pudeur a pu être inventée pour avoir un secret à offrir, pas uniquement sur le plan physique."

Krystina vs Hildegard

Yeux éclairs, poings serrés : “Tu vas nous rendre fou, disait le comte hobereau polonais Jerzy Skarbek à sa fille. Quand cesseras-tu de jouer avec nos nerfs ?” La famille mène grand train, grâce à la dot de maman, née Goldfeder, fille de banquier. Mais l'espiègle Krystina fait long feu dans tous les établissements privés où son père l'a inscrite. Elle est chaque fois virée, jugée trop indisciplinée. Elle a dit chiche à ses copines, et négligemment, elle a allongé le bras, laissé traîner son cierge au bord de l'aube sacerdotale de l'aumônier agenouillé devant la statue de la fondatrice de la congrégation des Sœurs de la Miséricorde, laquelle s'est enflammée, panique en chapelle, empressement des filles hypocritement effarées pour éteindre ce feu de Dieu, amen. Après, il y a toujours quelqu'un pour trahir, dénoncer. Krystina est priée d'aller brûler des soutanes ailleurs. Papa décide d'instruire sa fille lui-même, flanqué d'un abbé domestique chargé d'initier l'ado aux langues, l'anglais et l'allemand. Le français, elle le parle au château depuis l'enfance, en sus du polonais, héritage de la présence jadis des armées napoléoniennes.

Garçon manqué, férue d'équitation et de ski, dotée d'un fort caractère, Krystina n'en est pas moins pleine de charme, couronnée “reine des grâces” par un comité de notables locaux. Elle épouse à vingt-deux ans un riche industriel à l'église du Séminaire spirituel, mariage vite rompu pour incompatibilité sentimentale et sociale. Huit ans plus tard, à l'Église évangélique réformée cette fois, la belle brune se fait passer la bague au doigt par Jerzy Gizycki, rencontré sur une pente neigeuse où elle avait perdu le contrôle de ses skis. De vingt ans son aîné, devenu un écrivain excentrique après avoir cherché de l'or en Amérique, Gizycki est aussi diplomate, nommé consul en Afrique du Sud. La vie dorée du couple s'arrête brutalement lorsque l'Allemagne envahit la Pologne ; ils rentrent en Europe. Une nouvelle ère s'ouvre à Krystina, comtesse appréciée dans les salons, que l'un de ses amants a surnommée "l'espionne de luxe", et qui, une fois quittées les arcanes de l'espionnage britannique, sera rayée des tablettes. Aucune archive ne peut aujourd'hui être consultée sur les exploits de cette audacieuse aventurière, et ses biographes ont des versions divergentes de ses épisodes amoureux. Un double visage s'offre à qui voudrait savoir quels hommes l'ont étreinte avant que Ian Fleming ne la duplique en Vesper Lynd dans *Casino Royale*. Chaste ou libertine ?

On perd la trace de son mari dès qu'elle s'engage dans l'Intelligence Service. Pour les uns c'est une femme blessée d'être devenue veuve si jeune qui se jette dans des missions périlleuses (Gizycki serait mort dès les premiers jours de l'invasion nazie, sous l'uniforme de son pays), faisant fi de toute liaison, refusant toute intrigue dans le cadre de son travail. Pour d'autres, elle multiplie les relations amoureuses, exerçant un pouvoir hypnotique sur ses proies. Andrzej Kowerski d'abord, l'agent polonais unijambiste recruté en Hongrie, nom de guerre Andrew Kennedy : il ne cessera de l'aimer, elle refusera après-guerre de le rejoindre en Allemagne, c'est lui qu'elle désigna comme contact à prévenir s'il lui arrivait malheur, ses cendres seront transférées auprès d'elle en 1988. Puis Wlodzimierz Ledochówski, avec lequel elle est arrêtée en passant la frontière, se sortant d'affaire en laissant les douaniers de la Gestapo se précipiter à quatre pattes sur les prétendus diamants de son collier jeté en pâture pendant qu'elle et lui prenaient la fuite. Les hommes sont fous d'elle. Il faut l'envoyer sur le terrain, dit-on en haut lieu, parce que dès qu'elle apparaît dans un bureau les employés mâles cessent de travailler. On parle d'un officier, à Budapest, qui menace de se tirer une balle dans les parties génitales si elle lui résiste (il opte finalement pour l'un de ses pieds, le lâche), on s'interroge sur la facilité avec laquelle elle tire les vers du nez d'un capitaine de l'Abwehr qui lui fait la cour et lui dit tout sur les implantations espionnes allemandes en Europe, on ne veut pas épiloguer sur la façon dont elle démasque les sources de fuite à l'ambassade britannique d'Ankara, on note qu'elle n'a aucun mal à se faire admettre dans les sphères nazies de Cracovie ou les milieux chauds du Caire, on se dit que si elle apprécie des résistants français lors de sa mission dans le Vercors, devenue Christine Granville, puis Pauline Armand ou Mme G., c'est de bonne guerre. On lui prête encore une foucade après-guerre, avec un courtier diamantaire hollandais qui l'aurait demandée en mariage. Krystina est alors hôtesse-interprète sur un navire de croisière, poussée vers la sortie par les services secrets qui l'ont décorée et lui ont fait comprendre qu'ils n'ont plus besoin d'elle. Dennis Muldowney, un steward irlandais travaillant sur le même paquebot, lui fait une cour si effrénée qu'elle sollicite une autre affectation afin d'être débarrassée de l'importun. La compagnie Union-Castle Line préfère muter le steward et garder Krystina dont elle apprécie les talents de mondaine sur cette ligne Portsmouth-Le Cap. Le 15 juin 1952, alors qu'elle rentre à son hôtel, elle est agressée par son soupirant forcené qui cherche à l'enlacer. "Laissez-moi tranquille, fichez le camp d'ici !" hurle-t-elle, avant que l'éconduit la poignarde. Krystina s'effondre. "Je l'aimais trop, mais elle ne voulait pas m'épouser", dira l'assassin, condamné et pendu. Krystina de Gizycka est enterrée au cimetière catholique St. Mary's de Kensal Green à Londres. Une mort suspecte, pour les fouineurs qui suggèrent qu'elle était la maîtresse de Churchill, gambergent sur un assassinat téléguidé par l'IS, ou par le KGB, ou encore par des fachos revanchards dépités par leur échec lors de l'affaire Ciano.

De quoi s'agit-il ? Flash-back. En 1942, intrigués par les allées et venues de cette comtesse Skarbek et par sa propension à se glisser dans les réceptions de la colonie allemande, les services secrets turcs se sont mis à la filer. L'enquête dont elle est la cible revient aux oreilles de l'ambassadeur britannique à Ankara, et l'IS juge plus prudent d'envoyer sa championne en Algérie, puis en Grèce, en Yougoslavie… et en Italie, où le Duce a été démis de ses fonctions et où les services secrets ont été informés que le comte Ciano, gendre du Duce, tentait de négocier son ralliement aux Alliés en leur offrant son journal, truffé de renseignements sur les tractations auxquelles il a participé comme ministre des Affaires étrangères. Ciano est assigné à résidence en Allemagne près de Munich, surveillé par des SS. De son côté, Edda Ciano, épouse du comte et fille aînée du Duce, s'active pour négocier avec les Allemands la remise du journal contre la remise en liberté de son époux.

Krystina Skarbek-Christine Granville est désignée par les services britanniques pour récupérer le journal. Informés de ce qui se trame entre Ciano et les Alliés, les Allemands mènent une contre-offensive : une agent nazie est mandatée pour retourner le comte italien, que l'on sait sensible aux charmes féminins. Il s'agit de lui faire révéler où est caché le journal convoité. Mission confiée à la volcanique Hildegard Burkhardt, sourire ravageur, bouche sensuelle, yeux bleus, silhouette somnifère, mèche de feu châtain clair ravageuse. Cette jeune veuve d'un pilote de la Luftwaffe se présente sous le nom de son défunt mari, Frau Beetz, à la résidence où se morfond Ciano, pour le séduire. Elle arbore une certaine élégance, classique sinon austère dans ses tailleurs gris ou bleu nuit et ses chaussures à petits talons, si ce n'est un chemisier blanc moulant une poitrine prometteuse. Elle bénéficie de la complicité des gardes SS et parvient à discuter régulièrement avec Ciano, échanger des vues sur l'art, gagner sa confiance. Les manœuvres de l'intrigante pronazie (nom de code : Felizitas) sont contrariées par la décision du Conseil des ministres de la République sociale italienne de créer des tribunaux d'exception afin de juger les traîtres qui ont destitué le Duce, parmi lesquels le comte Ciano. Lequel fait un raffut de tous les diables pour aller assister à son procès et s'y défendre. Frau Beetz alerte Berlin qui autorise Ciano à se rendre en Italie, à condition qu'elle ne le perde pas de vue… et s'active pour le faire succomber. Pas facile : à peine débarqué de l'avion à Vérone, Ciano est arrêté et transféré en prison. Un coup de von Ribbentrop, qui cherche à empêcher son camp de s'emparer d'un journal où certaines de ses négociations sur la Grèce et l'Albanie risquent de ne pas plaire à Hitler.

Christine Granville, elle, est à Pérouse. Mandatée maintenant auprès d'Edda Ciano qui a changé de stratégie : elle a cherché à le monnayer auprès de son père Mussolini (en vain, il est écœuré par la trahison de son gendre) puis du roi Victor-Emmanuel III (pour lui, pas question de “s’abaisser dans de telles intrigues”), elle entend désormais proposer le journal à Frau Beetz. Riposte : l’espionne britannique promet de faire passer la famille Ciano, femme et enfants, en Suisse contre le journal, ou une photocopie. Elle se fait remettre l’essentiel du manuscrit. Manquent deux chapitres qui ont été déposés dans un coffre bancaire à Rome.

Frau Hildegard-Beetz rend visite chaque jour au comte Ciano dans sa cellule, les voilà proches, complices, impatients de se retrouver seuls tous les deux en liberté. Ciano accepte de lui remettre son journal, contre son évasion. Edda aussi est d’accord, elle veut récupérer son mari le plus vite possible, et part à Rome retirer du coffre les cahiers qui manquaient à Christine Granville, afin de les refiler à sa rivale. Une date est décidée pour l’exfiltration de Ciano par les ss et la remise de l’intégralité du journal. C’est compter sans von Ribbentrop (les espions sont souvent espionnés) qui va voir le Führer pour lui révéler le plan d’évasion de Ciano… en omettant de lui parler des cahiers. Hitler est fou de rage, convoque Himmler, exige l’annulation du plan. Ciano reste en cellule, son épouse se jure de le venger avant de gagner la Suisse, déguisée en paysanne. C’est trop tard qu’Edda Ciano récupérera les parties censurées du journal qui avaient été photocopiées et cachées dans un jardin berlinois. Ciano est fusillé. Christine Granville a encore déjoué un plan ennemi, avec le même aplomb que lorsqu’elle avait fait passer la frontière à un microfilm en le cachant dans un de ses gants ou lorsqu’interrogée en Hongrie, elle avait feint d’être atteinte de tuberculose en se mordant la langue jusqu’à cracher du sang.

Vies secrètes

Il est bien vrai que la plupart des hommes mènent une existence double ; l'une publique, normale, et une autre qui reste habituellement secrète. Naturellement la société ne peut juger un homme que d'après son existence publique, mais qu'une imprudence vienne à révéler sa vie secrète, l'opinion se retourne aussitôt contre lui et généralement il se voit mis à l'index. C'est pourtant bien toujours le même homme ; la seule différence est qu'il se trouve découvert. Nombreux sont ceux qui ont réussi à tromper le monde et qui ont passé toute leur vie pour d'aimables et respectables compagnons simplement parce qu'ils ont su cacher leurs scélératesses*.

JAMES HADLEY CHASE**

Partouze à Baden-Baden

Dans le sillage de la Première Guerre a explosé une bombe, *Voyage au bout de la nuit*, ça pique la langue quand on lit, des éclats de scandale se ramassent sur le champ littéraire. Depuis, l'écrivain médecin ne cesse de faire monter la température de sa fièvre antisémite, le scandale est social, politique, idéologique : Céline rage, éructe contre les Juifs, s'affiche "raciste et hitlérien". Avec Lucette Almanzor, sa compagne (une danseuse, puisqu'il n'aime que cela, ces "ravissantes

* *Eva.* Traduction de J. Robert Vidal, éditions Gallimard, 1947.
** Né René Lodge Brabazon Raymond, Chase a signé sous d'autres pseudonymes : Raymond Marshall, James L. Docherty, Ambrose Grant.

énigmes aux jambes si tentantes"), il loge à Montmartre, un appartement juste au-dessus d'un couple de résistants, et quand la victoire des Alliés s'annonce probable, l'hypothèse d'un exil s'avère nécessaire. Ernst Jünger, qui s'est réfugié à Paris, raconte dans ses *Journaux de guerre* qu'il voit Céline assiéger l'ambassade d'Allemagne pour décrocher papiers et sauf-conduits. C'est en juin 1944 qu'il décanille, avec Lucette dite Lili, le chat Bébert récupéré du comédien Robert Le Vigan dit La Vigue, et deux flacons de cyanure.

Première étape du périple dans l'Allemagne en flammes par laquelle le trio compte rejoindre le Danemark, la ville thermale de Baden-Baden accueille Céline, logé au Brenners Park-Hotel où les collabos réfugiés, dames surtout, sont cramponnés aux chaises du casino. Céline repère Mme von Seckt, veuve d'un général de la Wehrmacht, et la Française Mlle de Chamarande, une pharmacienne qui montre ses avantages charnus à la piscine. Débâcle ou pas, les cuisses à vif, des femmes feu au machin, abandon des chemises de ratafia-nylon, slips par-dessus les moulins, saison du rut et sperme. Envoyé en qualité de toubib par Schulze le diplomate boche de service, avec mission de jeter un œil et de revenir au rapport, Céline va frapper aux portes des chambres 113, 117, où logent des gros bonnets, magnats à brouettes de marks, suspectés d'avoir trempé dans le complot raté contre Hitler. Toc ! toc ! Dans la 113, une femme sort du noir, une belle brune "dépoitraillée, échevelée", tout accueil, "Entrez donc", et complot ou pas aucune silhouette de suicidé, "c'est plutôt un genre de partouze", des ombres qui bougent, cinq six couples dans l'obscurité, à la bougie, tel commandant, ou ce colonel chauve, tel garçon d'étage, telle manucure à poil, et cette femme jusqu'alors si distante pour l'occasion bien aimable, peignoir ouvert, qui embrasse le manieur de stéthoscope, relents d'encens, une grande photo de Hitler pendue à l'envers… Va voir la 117, et la 214, la 182, des orgies de buffets, compotiers de fruits, caisses de champagne, des alcôves libertines, tous à se peloter comme si les conjurés avaient gagné.

Les fiancées d'Eddie Chapman

Ce gars-là sait très bien que la morale n'existe pas quand il est question de l'intérêt national, que la justice ne relève ni de l'équité, ni de la contrition mais bien d'une forme d'opportunisme vis-à-vis des populations qui sont censées la considérer comme un garde-fou. Ceux qui ont vu la tronche d'Eddie Chapman se souviennent d'un beau gosse à la fine moustache très british, avec les yeux d'un type qui n'a pas inventé la poudre. Edward Arnold Chapman entame son service militaire chez les Horse Guards, avant de déserter et d'embrasser une carrière de perceur de coffres-forts. Ses qualités de charmeur lui offrent une autre source de revenus : le chantage. Le plan consiste à engager des idylles avec des femmes de la haute société, soucieuses de leur réputation, de se faire photographier avec elles par un complice… et de ramasser la monnaie. Une activité qui ne l'empêche pas d'épouser Vera Friedberg en 1936, très brièvement il est vrai.

Eddie a fini par se faire pincer en Écosse après avoir fait main basse sur le magot d'une coopérative d'Édimbourg. Il est en train de dîner avec une nouvelle fiancée, Betty Farmer lorsqu'il voit débarquer Scotland Yard et réussit à filer en sautant par la fenêtre fermée de la salle à manger. Finalement bouclé, il purge sa peine lorsque les Allemands occupent les îles anglo-normandes. Comment sortir de tôle ? En proposant aux Boches de se mettre à leur service, comme espion. Chargé de saboter les usines d'avions anglaises de la De Havilland Aircraft Company, il est parachuté avec une radio, un pistolet, une capsule de cyanure. À peine a-t-il touché le sol britannique qu'il fonce vers le poste de police local offrir ses services au MI5. La destruction du site aérien de Hatfield va être simulée à l'aide de faux débris, de décors de carton-pâte, bâches peintes, tôles explosées, dégâts que les avions de reconnaissance Messerschmitt photographient du ciel.

Eddie Chapman est assez loustic avec les femmes. Dans un roman d'Albert Simonin, on dirait qu'il reste à l'affût de frangines ayant du mordant, l'œil fixé sur les roberts et la pogne prête à oublier son flingue pour tâter la marchandise. Quand il vient chercher ses instructions à Londres, agent double, il enlace Freda Stevenson avec laquelle il a une fille, Diane. Puis, à Oslo, il est terrassé par une blonde aux talons hauts et décolleté enivrant, juchée sur un tabouret de bar et tirant sur une Craven A via un porte-cigarette à l'embout d'ivoire. Dagmar Lahlum (tel est son nom) vient y vivre avec lui. C'est une fille de cordonnier, une ouvrière qui s'est engagée dans la Résistance, et qui accepte de le rejoindre au MI5 en 1943. Très amoureux l'un de l'autre, ils mènent grand train, de palace en palace, projettent d'ouvrir une boîte de nuit à Paris après le conflit, de faire des enfants. C'est à peu près à cette époque que Chapman se déclare volontaire pour éliminer Hitler lors d'une mission suicide durant un meeting, une option considérée trop folle par ses supérieurs. D'un même élan, il convainc les Allemands de recruter Dagmar moyennant une pension, et file faire la bringue en Angleterre, renoue avec des potes gangsters, trempe dans une escroquerie dans les courses de lévriers (en dopant les clebs), on le surprend même danseur et acteur de cinéma (selon un stock de photos retrouvées lors d'une vente aux enchères chez Sotheby's après-guerre). Le jugeant trop incontrôlable, le MI5 finit par le démettre de toute fonction en novembre 1944. Il repart à la conquête de jolies ladies en mal d'émois, et retrouve Betty Farmer six ans après l'avoir quittée un peu brutalement par la fenêtre de l'hôtel de la Plage de Jersey. Une fille naîtra de cette union, tandis que Dagmar est inquiétée par la justice pour avoir touché de l'argent des nazis. Lui publie des livres sur son existence mouvementée, parfois condamné pour avoir divulgué des informations secrètes, devient contrebandier en Afrique du Nord, trafiquant d'antiquités, châtelain… Brisée, Dagmar garde le silence sur ses missions et sur celles d'Eddie, qui l'a trahie.

Hedwig brouille les ondes

Elle est devenue célèbre en courant nue dans un film tchèque, *Extase* de Gustav Machatý (1933). Hedwig Kiesler est alors le nom de cette jeune actrice de dix-neuf ans qui, dans ce film où elle est mariée à un homme plus âgé qui ne la comble pas, s'offre une cavalcade nue et se baigne dans un lac. Au cours de cette escapade champêtre, elle rencontre un homme qui l'aide à retrouver ses vêtements. Des images de chevaux galopant en liberté et s'offrant une saillie, illustrent ce coup de foudre sensuel. La jeune femme frustrée ira peu après s'offrir à son chevalier servant et découvrir l'amour physique. Plans suggestifs. Bras abandonné, main alanguie caressant le poil du tapis, collier qui tombe, visage extasié suivi de l'image de la femme adultère fumant une cigarette. Le film fait scandale, se retrouve interdit quasiment partout, condamné par le pape Pie XII, censuré par Hitler. Et bientôt invisible car peu après avoir tourné son brûlot, Hedwig Kiesler a épousé Fritz Mandl, un marchand d'armes autrichien, membre de l'extrême droite locale.

Hedwig Kiesler ne fut pas insensible à la séduction de cet homme brutal et autoritaire mais elle aurait été encouragée à l'épouser par ses parents qui lui révèlent alors que bien qu'élevée dans une Autriche catholique, sa famille est juive, et que cette union lui offre protection dans un univers où se développe un antisémitisme conquérant. À peine mariée, Hedwig Kiesler se retrouve enfermée dans une cage dorée, surtout après que son époux à la jalousie obsessionnelle, ayant découvert *Extase*, a racheté toutes les copies pour les détruire. Séquestrée plusieurs années, elle parvient à s'échapper déguisée en femme de chambre. De Londres, elle s'embarque pour Hollywood où elle devient une star de la Metro-Goldwyn-Mayer sous le nom de Hedy Lamarr, pseudo repris en mémoire de Barbara Lamarr, une beauté exotique des années 1920, morte d'un abus d'opium. Elle sera entre autres une femme fatale dans *Le Démon de la chair* d'Edgar G. Ulmer (1946) et la Dalila de *Samson et Dalila* de Cecil B. DeMille (1949). Durant la guerre, elle mit au point avec le compositeur George Antheil un système révolutionnaire, une arme d'espionnage, dont la Navy à qui elle proposait le brevet n'avait pas utilisé le potentiel. C'est sans doute par misogynie que l'armée ne prit pas au sérieux cette invention. Il s'agissait d'un mécanisme permettant de transmettre des signaux d'un navire ou d'un avion à une torpille, en opérant des sauts de fréquence qui les rendaient indétectables par l'ennemi. Ce codage de transmission est utilisé de nos jours pour les téléphones mobiles ou le wifi.

Hortense de Saint-Leu

Elle avait l'air ailleurs, comme perdue dans un vertige de spleen et de rancœurs. La tête lourde, appuyée sur une main impuissante à calmer la migraine, le coude posé sur un coin du bar, la bouche amère, lassée d'alcools. Sanglée dans un imperméable, juchée sur un tabouret, elle croisait et décroisait les jambes, juste ce qu'il faut pour troubler les buveurs voisins. Elle m'a jaugé d'un coup d'œil narquois, soutenant mon regard, ironie au bord des lèvres. Elle aurait pu, si nous étions dans un casino de la Côte d'Azur par exemple, m'entraîner vers le tapis vert, puis m'inviter à reprendre une coupe du côté de la piste, s'abandonner le temps d'un fox-trot espiègle, reprendre ses gants de soie et son boléro ourlé de renard blanc, héler un taxi, et se laisser mener en affectant l'indifférence dans mon luxueux appartement. Là, délestée de ses dessous de satin, elle m'aurait accaparé en gardant la tête froide, attentive à ne pas bâiller. Elle aurait pu être l'une de ces mantes religieuses qui sait choisir sa proie, vamp de palace, frondeuse à l'incandescente majesté. Ce n'était pas ça, malgré son mystère un peu suspect, ses regards las, ce masque énigmatique qui pouvait dissimuler la garce ou la poule vénale.

Non. Nous n'étions que dans l'un de ces cafés de quartier, de coin de rue. Et je ne voulais pas voir la duplicité en ce petit bout de femme à la Barbara Stanwyck, mutine et midinette. Aucune trace de mondaine dans sa façon de capturer le regard, juste une difficulté à camoufler son désarroi derrière une morgue apparente, une maladresse qui la rendait touchante. Elle demanda une cigarette, en mimant juste le geste de fumer, je n'avais que des gauloises P4, les Parisiennes, elle toussa d'avaler la fumée, l'écrasa vite dans le cendrier Cinzano du zinc. C'est l'œil dans le vague qu'elle hocha la tête, en signe de dénégation, quand je lui offris de prendre un verre. Elle semblait harassée. Elle haussa les épaules quand je lui suggérai de rentrer chez elle. "Chez elle ? reprit le barman, elle n'en a pas." Mais telle n'était pas la raison pour laquelle elle traînait dans ce troquet qui n'allait pas tarder à fermer boutique. Elle n'avait nulle envie de dormir. Je l'observais. Elle attendait quelqu'un, du moins j'en eus l'impression, c'est l'hypothèse que je me formulais en sirotant ma mirabelle, voyant qu'elle semblait guetter la porte d'entrée, et même, avec insistance, surveiller l'autre côté de la vitre, sondant la rue, l'obscurité. Une camionnette surgit, d'où sont descendus des policiers affectant de se soumettre à la routine, qui ont embarqué tous les clients du bar encore debout. Nous étions cinq, trois joueurs de belote, la fille et moi, vite poussés dans le panier à salade pour contrôles d'identité, "Du calme, on y va !" furent les seules protestations émises auprès des condés impatients.

"Nom, prénom, date de naissance..." : l'officier de police tapait mes réponses à la machine, il voulait aussi savoir mon adresse, ma profession, ce que je faisais si tard dans le bistrot où il m'avait raflé, si j'y allais souvent, combien de fois par semaine, si j'y avais vu des choses intéressantes, "C'est-à-dire, qu'appelez-vous choses intéressantes, de quoi voulez-vous parler ? – Cette fille par exemple, c'est la première fois que vous la croisiez ? – Oui c'était la première, non je ne lui avais jamais parlé puisque je ne l'avais jamais vue auparavant. – Et là ce soir, que voulait-elle ? Est-ce une pute ? – Non monsieur, détrompez-vous, elle ne m'a fait aucune avance. – Alors elle ne vous a rien demandé ? – Non vous dis-je, juste une cigarette. – Ah vous voyez bien, et après ? – Après rien, vous êtes arrivés." Il m'a montré des photographies de gens pour savoir si je les avais vus dans le bar, non je ne les avais jamais vus, "Vous êtes sûr ? Réfléchissez. – Oui je suis sûr", il inscrivait toutes mes réponses, il m'a tendu la feuille en me demandant de relire ma déposition et de la signer, ce que j'ai fait, et quand je suis sorti de son bureau la fille attendait, assise dans le couloir avec un flic, ils l'ont fait entrer là où l'on m'avait interrogé.

Je suis sorti du poste de police, j'ai marché un peu dans la rue, jusqu'à une petite place plus loin, où je me suis assis sur un banc. Je ne savais pas pourquoi je m'étais arrêté là, peut-être ne voulais-je pas le savoir, juste me laisser faire, obéir à cette impulsion, j'y sommeillais quand j'ai entendu quelqu'un me parler. "C'est vous qui avez l'air crevé !", me lança la fille du bistrot, elle s'est assise à côté de moi, elle avait les mains enfoncées dans les poches de son imper pour se protéger du froid, le cou tassé dans les épaules. Je lui ai suggéré de me raconter son interrogatoire. "Ils m'ont fait décliner mon nom, mon prénom, ma date de naissance, et ce que je faisais accoudée au bar, si je venais là souvent, si j'avais remarqué des choses intéressantes… – Ils vous ont parlé de moi ? – Vous voulez dire parmi les choses intéressantes ? (Elle a ri.) – Oui, ils m'ont demandé si je vous connaissais. J'ai dit non, c'est vrai non, on ne se connaissait pas ? Je ne pouvais pas deviner que vous alliez m'attendre à quelques mètres du commissariat." Il y a eu un silence. Plus tard je ne sais plus lequel de nous deux a entraîné l'autre. Des images me reviennent à l'esprit. Un couloir où nous avons enjambé un chien sans le réveiller, la chambre 7, la seule qui était libre, dont les murs étaient tapissés d'un papier bleu piqueté de fleurs blanches, la lampe de chevet qui n'avait plus d'abat-jour et dont l'ampoule était couverte de poussière. Mon accompagnatrice avait l'air de connaître cet hôtel. Elle souhaitait que nous y parlions à voix basse pour ne pas être entendus. Nous nous sommes allongés sur le lit. Au petit matin je me suis réveillé avant elle. J'ai vu qu'elle était nue sous son imperméable.

Elle a toujours été énigmatique, évasive. C'est ce que j'ai raconté plus tard, quand on m'a à nouveau interrogé à son sujet. J'ai retracé mes jours obscurs avec Hortense. Le lendemain de notre rencontre, je l'ai accompagnée jusqu'au métro, après que nous avons marché côte à côte sans nous parler, je l'ai vue descendre les marches de la station, elle s'est retournée avant de disparaître dans le souterrain. Nous étions convenus de nous retrouver quelques jours plus tard au cinéma : un mot d'elle griffonné avant de me quitter, mercredi à 16 heures au Rialto. On y projetait *Lumière d'été*, où se déroule un bal masqué. Je ne pouvais pas savoir que ce vaudeville qui tourne au drame était prémonitoire. Le film venait de commencer lorsque nous sommes entrés. L'ouvreuse a voulu nous guider vers les premiers rangs avec sa lampe de poche, nous avons préféré nous asseoir au fond de la salle, elle surtout, elle ne voulait pas être vue, j'ai pensé qu'elle souhaitait que nos baisers restent clandestins. À la sortie elle regardait partout, comme si elle avait peur d'être suivie. Quand je l'ai questionnée sur cette obsession de se fondre dans la foule, ni repérée ni reconnue, elle m'a regardé droit dans les yeux et a murmuré : "Pour vivre heureux vivons cachés. Ayez toujours soin de semer l'indiscret." Ces phrases m'ont suffisamment troublé pour qu'elle veuille en dissiper l'effet. Elle s'est collée à moi, avec un air de sous-entendu : "Et si nous pensions à autre chose ?" Nous nous sommes vus ainsi plusieurs semaines. Chaque fois que je voulais en savoir plus sur elle, sa réaction était vive : "Vous vous posez trop de questions." Bien que nos liens soient devenus intimes, nous ne nous autorisions pas le tutoiement. Il nous arrivait de traîner le soir, sur les quais, ou autour du Jardin des plantes. De la Seine nous aimions écouter les clapotis, rue Cuvier nous guettions les rugissements venus de la ménagerie. Elle se blottissait dans mes bras en entendant les fauves. Un soir je l'ai sentie fébrile. Nous avons dîné dans un café non loin de la gare d'Austerlitz. Elle n'avait pas très faim. Elle a fini par poser sa main sur la mienne. "J'ai besoin que vous me rendiez un service."

Elle m'a toujours dit apprécier plus que tout que notre relation soit nimbée de mystère. Elle ne voulait rien dévoiler de son passé, de sa vie. Je constatais que la mienne l'intriguait. Le jour où je lui avais confié que je travaillais à la préfecture j'avais eu l'impression que je ne lui apprenais rien. Elle me demandait ce que j'y faisais, puis affectait l'indifférence. "Quelle importance ?" Néanmoins mon emploi n'était pas anodin, apparemment, le service à rendre passant par les locaux dont je franchissais la porte chaque matin. J'appris d'un coup qu'elle était née à Düsseldorf, son absence d'accent s'expliquant par l'éducation que lui avait donnée une mère française, native de Saint-Leu-la-Forêt. "Et votre père ? Vous êtes allemande ?" Ce genre de questions la dérangeait. "Parlez-moi plutôt du vôtre, monsieur de la Préfecture !" répliquait-elle mi-fugue mi-déraison. Elle comptait sur moi pour se faire refaire une nouvelle carte d'identité, qui lui épargnerait "tous ces interrogatoires, toutes ces suspicions". Elle avait des "amis" dans le même cas. J'ai renâclé. Elle a paru peinée. "De quoi avez-vous peur ?" lui ai-je demandé. Elle a approché son visage du mien : "Et vous ?" a-t-elle répliqué d'un air qui exhumait le reproche. Elle m'a fixé, faisant défiler sur son visage irritation, déception, imploration. Ce soir-là elle s'est éclipsée tôt, sarcastique ("Ayez bonne conscience, monsieur de la Préfecture"). J'ai attendu plusieurs jours qu'elle m'appelle. Quand mon téléphone a enfin sonné, j'ai entendu votre voix, monsieur le commissaire, une voix d'homme qui me convoquait cet après-midi, où vous m'avez dit avoir trouvé mon nom dans l'agenda d'une espionne appréhendée dans la semaine. Une certaine Lena Fischer. Je ne connais pas de Lena Fischer.

Le commissaire Ansart ouvre alors un dossier où figurent quelques photos qu'il montre au témoin : "Connaissez-vous cette personne, monsieur Modiano ?
– Bien sûr, c'est Hortense !" Un ange passe.

Ici s'achève la déposition du témoin dont le nom a été trouvé dans l'agenda de Mlle Lena Fischer, écrouée le 21 novembre pour trafic de pièces d'identité et suspectée d'appartenir à un réseau d'espionnage.

Vies cachées

Quand on dit double vie, que nous vient-il en premier à l'esprit ? Le fonctionnaire pourri qui vend des secrets à l'ennemi ? L'assassin qu'on engage et qui se fait passer pour une fermière ? Non, quand on parle de double vie on pense en général au sexe. Bigamie, infidélité, une série infinie de prétendues perversions. La personne qui touche ou qui est touchée dans le noir, entre les draps, n'est pas la même que celle qui se lève le matin et sort boire son café… C'est du moins ce qu'on m'a dit. Quand j'ai rejoint la Résistance, j'étais déjà rompue au secret et à la discrétion. Comme pour la plupart des gens, mon secret comprenait des histoires de sexe mais, dans mon cas, c'était leur absence qu'il ne fallait jamais mentionner. Pendant toutes ces années, en fait jusqu'aux premiers jours de l'Occupation, je suis restée vierge, même si je donnais l'image blasée et sophistiquée de celle qui a tout connu, tout tenté et expérimenté si librement que, n'ayant plus de limites à transgresser, elle s'est retirée de ces explorations érotiques épuisantes*.

FRANCINE PROSE

* *Deux amantes au Caméléon*. Traduction de Dominique Letellier, éditions Gallimard, 2015.

La Chatte

Elle s'ennuie Mathilde. Elle s'ennuyait déjà gamine au Creusot où elle est née, en 1908, Mathilde Bélard, fille de bonne famille impatiente de s'évader des routines, des férules. Elle s'ennuie à Oran, désormais Mathilde Carré, ayant séduit son professeur plus âgé, avant de l'épouser sur un coup de tête, pour échapper aux disciplines, sans se douter qu'il la traînerait en Algérie où il a demandé sa mutation. Elle surmonte sa morosité en trompant son mari, habituée des bars équivoques où l'on trouve rapidement son chemin du tabouret à la chambre d'hôtel. Refrain : "Je n'appartiens à personne." Quand éclate la guerre, son époux est mobilisé en Syrie : il est "mort pour moi" dit-elle, furieuse d'être délaissée, et elle demande le divorce, s'installe à Alger, puis revient en France, déterminée à faire carrière dans l'espionnage. Dans l'un de ses bars de prédilection, elle a noué des contacts avec des officiers liés au renseignement, écouté leurs récits palpitants, suggéré qu'elle pourrait rendre des services. Elle leur a tourné la tête, ils l'ont muée en tête brûlée. Surtout l'un d'eux, le colonel Achard-James du 2e Bureau, qui l'envoie suivre une formation d'infirmière, histoire qu'elle ait une couverture crédible. Lors d'un stage à Beauvais, où l'offensive allemande la surprend, elle croise l'un de ses amis d'enfance, René Aubertin, aujourd'hui lieutenant coupé de son unité, qui l'embarque dans un camion vers Toulouse. Une chambre de bonne abrite le couple, où Mathilde ôte voluptueusement son uniforme de la Croix-Rouge, et le fourre dans un placard. Fin des missions sanitaires. Les après-midis sont consacrés aux démarches de démobilisation pour lui, aux rêves de conquêtes sensuelles pour elle. Le soir ils s'étourdissent au bar La Frégate, où Mathilde tombe raide devant un espion polonais désireux de monter un réseau de résistance, Roman Czerniawski, alors en idylle avec une jeune veuve, Renée Borni. Aubertin oublié, Mathilde ne veut plus lâcher son bel officier que le devoir appelle à Marseille. Les structures d'espionnage français, eux, sont à Vichy, où elle est introduite auprès du capitaine Simoneau par le colonel Achard-James. Tout en suivant durant quinze jours une formation d'agent secret (un dénommé Raoul Beaumaine, borgne, lui apprend à chiffrer et déchiffrer, ainsi que l'emploi des encres sympathiques), elle fréquente le bar des Ambassadeurs, où les officiers locaux la surnomment la Chatte, en riant sous cape.

Test : à Nice, elle doit récupérer auprès d'une femme de chambre de l'hôtel Miramar des papiers ramassés dans les corbeilles d'officiers italiens. Ainsi commence la carrière véritable de la Chatte, dite aussi Maïtena Barrel quand elle signait dans les journaux avant son mariage, puis Micheline Victoire, Marguerite de Roche, Micheline Donnadieu, Mme Berger, ou Baguera B 134. C'est une brune, myope comme une taupe mais qui ne porte jamais de lunettes, par coquetterie. Assez chic, dépensière, plutôt spirituelle, langue bien pendue, elle aime se faire remarquer, plus par son petit chapeau rouge que par une légère claudication, héritée d'un accident automobile. Elle plaît, assurément, mais ne ressemble pas vraiment à Françoise Arnoul qui l'interprétera en 1958 dans un film d'Henri Decoin *(La Chatte)*, le scénario la montrant sous un jour flatteur. Une suite, *La Chatte sort ses griffes*, achève de la présenter comme naïvement manipulée par les Allemands. Mathilde est très active dans le réseau Interallié, aux côtés de Roman Czerniawski qui est désormais désigné sous le nom d'Armand Borni, du nom de son ex-maîtresse. Elle enrôle en particulier un avocat, Michel Brault, et l'ami Aubertin, plus patriote que rancunier. Se démène tous azimuts, changeant de vêtements, séduisant comme elle sait le faire. D'un appartement rue du Colonel-Moll, dans le 17e, le couple déménage au deuxième étage de la villa Léandre, dans une impasse donnant sur l'avenue Junot. Elle a le sentiment que “ça tourne rond”.

Oui mais… Armand le Polak veut s'adjuger l'aide d'une femme pouvant traduire l'allemand, et il a l'idée (funeste) d'enrôler celle dont il a usurpé le nom après l'avoir plaquée : Renée Borni, pseudo Violette. Apprendre qu'elle est interprète dans une antenne de la Kommandantur ne le décourage pas… et la blondasse se glisse à la fois dans le réseau et dans le lit de son chef, obligeant une Mathilde folle de rage à déménager quelques rues plus loin, rue Lamarck. La jalousie n'entame pas l'efficacité de la Chatte, qui implante des antennes à Brest, Cherbourg, Lorient, envoie des rapports efficaces en haut lieu. La hiérarchie de l'IS désigne Marie-Thérèse Buffet pour enrichir le réseau, et l'un des collaborateurs sur lesquels s'appuie ce nouveau maillon, le docker Émile Le Meur, fréquente les bars, lui aussi, ne refusant jamais un canon, désarmé devant un verre de calva. Quand Émile a bien bu, il parle, il s'épanche, ce qui n'a pas échappé à un caporal de la Luftwaffe, qui alerte le capitaine Erich Borchers, bientôt secondé par un francophile, Hugo Bleicher. Très vite, le docker arrêté passe aux aveux, dénonce Mme Buffet qui a eu l'inconscience de conserver chez elle la liste de ses vingt et un agents locaux, dont un certain Raoul Kiffer qui permet aux Allemands de remonter à la villa Léandre. Le (faux) couple Borni y est arrêté en pleine nuit, deux agents qui étaient en train d'émettre à l'étage filent par une lucarne donnant sur les toits de Paris. Nul doute que, menottée, Renée n'aura de cesse d'entraîner sa rivale dans la spirale infernale, ce qui est fait quelques jours plus tard : guettée, Mathilde finit par être enlevée, poussée dans une voiture SS, identifiée par l'autre garce, et incarcérée à la Santé.

On a la réputation qu'on mérite. La Chatte est invitée à rejoindre Bleicher dans une suite de l'hôtel Édouard VII, pour répondre à quelques questions. Au bout de trois heures, elle part s'allonger dans la chambre de l'agent allemand, qui, la trouvant endormie sur le lit, en culotte et soutien-gorge, la recouvre d'une couverture, et s'entend poser une question à son tour quand elle se réveille : "Et baiser ?" Accord vite conclu, le boche ayant ôté son béret basque. De la case prison, La Chatte passe directement à la case trahison, donne son réseau, ses boîtes à lettres, prend son pied, cohabite avec son partenaire de l'Abwehr, que l'on désigne comme le Chat, d'abord dans la villa de Harry Baur réquisitionnée à Maisons-Laffitte puis rue de la Faisanderie, sous le nom de M. et Mme Jean Castel.

Ils en veulent toujours plus. Pourquoi ne pas piéger les Britanniques en continuant à émettre de la villa Léandre ? La Chatte est désormais Micheline Victoire, mais c'est elle qui va se faire piéger. Le SOE* a compris que le réseau Interallié est grillé, parachuté près de Châteauroux, Pierre de Vomécourt parvient à confondre la Chatte en lui fixant un rendez-vous dans un hôtel de la rue Cambon. Aucune bagatelle possible

* Special Operations Executive, créé par Winston Churchill.

cette fois, pas de sieste coquine, juste un interrogatoire assez musclé à l'issue duquel elle fond en larmes, commence à ouvrir son chemisier, tremblante. "Tout effeuillage est inutile !" l'arrête Vomécourt. "Parlez !" Elle se rajuste, avoue tout, s'affiche prête à se racheter, se venger de ces "Fritz qui m'ont humiliée", et déballe tout, tout sur Bleicher d'abord. À nouveau retournée, Mathilde suit Vomécourt à Londres, où elle loge chez Peter Ustinov, puis est arrêtée lorsque Vomécourt, de nouveau sur le sol français, est emprisonné par Bleicher. Remise à la police française, elle apprend sa condamnation à mort en mâchant son chewing-gum.

Folle de Benito et d'Utrillo

Il en faut pour tous les goûts. Au nom de quoi contrarier ceux qui trouvent un "physique irrésistible" à Madeleine Coraboeuf, du ministre socialiste Joseph Paul-Boncour à l'avocat René Floriot en passant par d'autres politiques, diplomates, ainsi que par un certain Benito Mussolini ? Pour faire l'actrice elle s'était choisi un pseudo royal, Magda Fontanges, nom d'une maîtresse de Louis XIV que la commère princesse Palatine, épouse de Monsieur le frère du roi, disait "sotte comme un panier". Ne reste guère de ses prestations qu'un court métrage d'André Chotin avec Fernandel en 1931, *Pas un mot à ma femme*. Pour faire la pige à ceux qui la trouvent niaise, elle signe au *Matin* et c'est de décrocher une interview du Duce dont elle est la plus fière. Un exploit qu'elle demande à réaliser en un lieu plutôt intime et qui lui fournit la matière d'un récit truculent qu'elle vend par la suite à un news magazine américain : "J'ai été la maîtresse de

Mussolini." Manque d'égards à cause duquel le dictateur la fait expulser d'Italie, elle en ressent une peine inouïe. Elle tente de se suicider au véronal dans une chambre d'hôtel de la rue du Colisée, les doigts crispés sur une photo dédicacée de Benito : "Pour une heure avec toi, je donnerais toute l'Éthiopie."

Réveillée de son coma, Magda Fontanges a une illumination : le responsable de sa disgrâce est à n'en pas douter le comte Charles de Chambrun, ambassadeur de France à Rome qui a conseillé à Mussolini de mettre fin à cette idylle ridicule. Elle lui tire deux balles dans le buffet gare du Nord. Condamnée à un an de prison avec sursis, elle erre de-ci, de-là, refoulée des États-Unis, d'Allemagne, d'Espagne. En 1940, l'occupant la trouve incarcérée à Bayonne et lui propose sa libération contre une allégeance à l'Abwehr, ce qu'elle accepte tout en vendant des infos sur l'Italie aux services secrets français et des infos sur la France aux services secrets italiens. Nom de code : Hélèna. Elle goûte les charmes du Tout-Paris collaborateur, et ceux de la mondaine Seckendorff, qui s'était mariée comme elle toute jeune pour divorcer deux ans plus tard. Pour Fontanges c'était un sous-préfet, pour Hildegard von Reth l'occasion de devenir comtesse. La Seckendorff adore les hommes à particule, ses principaux indics sont le comte Richard de Grandmaison et Édouard Girard, deux journalistes signant respectivement Jean Nosc et Gravelaine de Mirecourt. Elle ignore que la vieille cartomancienne Mme Delcour-Courdel, qui reçoit boulevard des Batignolles, est à la fois à sa disposition et à celle de l'Intelligence Service. Les frasques de Fontanges irritent de l'autre côté du Rhin, l'Abwehr la congédie, *Paris-Soir* de même, et la voilà serveuse dans une auberge de la banlieue parisienne, bientôt dans les salles draps du lit de Lafont, de la Carlingue. Et puis M. Henri la largue à son tour. Alcoolique et droguée, elle se réfugie à la Libération dans son village natal, Pouillé-les-Côteaux en Loire Atlantique. Elle n'échappera pas à un procès pour intelligence avec l'ennemi, à une lourde condamnation. Remise en liberté, elle revient dans le cabinet de son avocat et ex-amant maître Floriot, avec l'intention de l'abattre, trop mal aimée qu'elle se sent. Et tente de lui dérober finalement la toile d'Utrillo qui trône dans sa salle d'attente. Déclarée paranoïaque, elle est internée.

Sa propre interprète

Une image de sorcière brune, à la Joan Crawford, et une boulimie de faire parler d'elle : Mlle Steele se targue de n'être devenue célèbre qu'à son insu mais une fois épinglée au mur des faits divers, elle fait tout pour être connue. Elle aurait tant voulu faire l'objet de ces commerces clandestins qui, dans les marges sordides de Hollywood, prétendaient vendre dans des trafics scabreux les dents de lait de Greta Garbo, les canines adultes de Mae West, la petite moustache de Charlot montée sur élastique. Journaliste d'extrême gauche, elle est envoyée à Berlin en 1934 par un magazine, *Germany and You*, et ce qui se passe là-bas n'est pas très clair. Intronisée via un mystérieux baron dans les hautes sphères d'une certaine aristocratie germanique, elle se retrouve emprisonnée après que ses hôtes, incriminés pour constitution d'un réseau espion, ont été interpellés et incarcérés. Accusée elle-même d'espionnage et de haute trahison, elle ne doit sa libération, quatre mois plus tard, qu'à l'intervention de son ambassade.

Également suspectée de tirer profit de son aventure, voire d'illustrer à satiété ce syndrome confusionnel qu'en termes médicaux on nomme le trouble cognitif postopératoire (entre l'amnésie, la démence ou la compulsion à relater son histoire à l'infini), Isobel Lillian Steele devient l'héroïne d'un film qui relate son épreuve et qu'elle interprète elle-même ("Her Own Story", indique l'affiche). Réalisé à peu de frais par Alfred T. Mannon, un ex-patron de la Republic Pictures Corp., studio voué aux serials et séries B, *I Was a Captive of Nazi Germany* (1936) est le premier film de propagande antinazie officiellement distribué dans les circuits d'exploitation. Le scénario relate les mésaventures d'une jeune Américaine engagée par un producteur communiste pour écrire le scénario d'un film antinazi, et arrêtée pour complicité avec les bolchevistes. Croqueuse de notoriété, cette star d'un film est seule au générique : la production choisit de laisser dans l'anonymat des comédiens d'origine germanique auprès desquels le consul d'Allemagne à Los Angeles a exercé des pressions pour les décourager de tourner, et qu'il menace de représailles. Le consul Georg Gyssling tente aussi d'intimider Mlle Steele et alerte le Hays Office sur les conséquences d'une production susceptible de porter atteinte au prestige de la nation allemande. Alfred Mannon qui a signé ce film sous le label Malvina Pictures Corp. rassure le bureau de censure : "Si le régime allemand actuel n'exerce aucun boycott sur les Juifs, s'il n'organise aucun autodafé sur les livres interdits, si les services de propagande de Goebbels n'ont pas menacé la liberté de la presse, si Isobel Steele n'a pas été arrêtée, emprisonnée et accusée d'espionnage, alors oui, l'image du pouvoir actuellement exercé en Allemagne reflétée par le film est totalement injuste."

La dame du lac

La vérité est tellement plus belle que la fiction. Faisons mine d'y croire. Winston Churchill a eu une liaison secrète avec Katalin Karády, gros canaillou. Elle était une star hongroise, sex-symbol, troublante actrice et chanteuse adulée (Paul Robeson, Billie Holiday et Damia ont repris son succès jazzique et mélancolique "Szomoru vasarnap", "Sombre dimanche"). Elle fut assaillie de ragots sur sa vie privée, mangeuse d'hommes et lesbienne, avant de filer à New York ouvrir un salon de chapeaux et de vivre une retraite discrète, loin des médias. Entre-temps, il y eut cette idylle improbable aux environs du lac Balaton, où Churchill ôta son cigare de la bouche pour lui dire "Vous n'êtes pas mon genre", avant de s'entendre répondre dans un énorme éclat de rire : "Vous n'êtes pas mon genre non plus." Néanmoins, loin des regards, dans ce bosquet, elle défit la ceinture de son imperméable qu'elle lui jeta, elle enleva son pull en le faisant passer par-dessus sa tête, secoua ses cheveux défaits. Ils s'embrassèrent, il caressa sa poitrine, ils se couchèrent dans les feuilles mortes. Bagatelle à part, Katalin fut très engagée durant la Seconde Guerre mondiale dans le sauvetage des Juifs, extirpant en particulier des mains d'un convoi fasciste qui voulait les fusiller un groupe d'enfants, contre des bijoux en or. Elle fut honorée pour cela à titre posthume par Yad Vashem. Arrêtée par les Allemands lors de l'occupation de la Hongrie, elle fut torturée car soupçonnée d'œuvrer contre le Reich, ainsi que son amant, l'agent secret István Ujszászy, qui aurait servi de modèle au personnage de László Almásy dans *Le Patient anglais* de Michael Ondaatje filmé par Anthony Minghella.

Doubles jeux

Chacun, en ce monde, a son no man's land, où il est son propre maître. Il y a l'existence apparente, et puis l'autre, inconnue de tous, qui nous appartient sans réserve. Cela ne veut pas dire que l'une est morale et l'autre pas, ou l'une permise, l'autre interdite. Simplement chaque homme, de temps à autre, échappe à tout contrôle, vit dans la liberté et le mystère, seul ou avec quelqu'un, une heure par jour, ou un soir par semaine, ou un jour par mois. Et cette existence secrète et libre se poursuit d'une soirée ou d'une journée à l'autre, et les heures continuent à se suivre, l'une l'autre*.

NINA BERBEROVA

Toutes en scène

Une blonde s'affiche, glamour malgré la cicatrice qui entache son visage à la suite d'un accident de voiture quinze ans plus tôt, camouflée depuis par des as du maquillage. Carole Lombard (de son vrai nom Alice Peters) joue Maria Tura dans *To Be or Not to Be* d'Ernst Lubitsch (1942), une femme qui multiplie les doubles jeux. Mariée à l'un des comédiens de sa troupe, elle le trompe tous les soirs avec un aviateur britannique qui la rejoint dans sa loge à l'instant où l'infortuné cocu, et néanmoins cabot, interprétant Hamlet, entame le fameux soliloque shakespearien, "To be or not to be" (acte III, scène 1). Elle répète une pièce de théâtre avec brassards ss, Gestapo, puis, lorsque la guerre fait

* *Le Roseau révolté*, in *Récits de l'exil*, vol. 2. Traduction de Luba Jurgenson, Actes Sud, Babel n° 78, 2004.

rage, se joue des vrais nazis en usant de ses talents d'actrice pour les manipuler. En premier lieu le barbichu professeur Siletsky, agent envoyé par les nazis pour infiltrer la résistance polonaise, qui la reçoit chez lui et qu'elle tente de séduire afin de récupérer les compromettants documents qu'il détient. Elle lui parle à double sens, répondant par un sous-entendu grivois à la proposition de trinquer du scientifique qui vient de lui verser à boire : "À la guerre éclair ! – Je préférerais un long encerclement." Le baiser qu'elle lui consent est assorti d'un "Heil Hitler !" proféré comme la réplique codée d'une comédie burlesque. Cintrée, dos nu, la robe de satin blanc qu'arbore alors l'une des plus belles espionnes de cinéma est costume de scène de la vie réelle dans un film en abyme. Dans ce film produit par Alexandre Korda, Lubitsch joue lui-même avec les mots, sautant d'un début où la fiction annonce la réalité à une intrigue où la réalité est terrassée par la fiction, puisque "les nazis et leur idéologie ridicule" (pour reprendre les mots du cinéaste) seront dépeints comme une troupe d'aliénés et mystifiés par des costumes de théâtre, des champions de l'imposture et des postiches. Travestissements, substitutions, maquillages, sosies : le monde est un théâtre, on croise un faux Hitler dans les rues de Varsovie ("Heil moi-même !"), les officiers nazis sont apparentés à des comédiens de seconde zone, tout n'est qu'apparences, le défi est d'être ou ne pas être imposteur ni celui qu'on croit, puisque voyez, même les cadavres ont de fausses barbes. S'engager dans la Résistance permet d'avoir accès au plus beau rôle de sa vie, tout en s'adjugeant un panel d'interprétations inespérées, à l'image de l'acteur Joseph Tura qui joue tour à tour à l'espion et au colonel nazi.

Les nuits chez Maud

Ce n'est pas par sa silhouette, moins svelte que replète, ni pour le charme de ses traits de titi montmartrois, un visage rond à la Kiki de Montparnasse coiffé d'une frange à la Louise Brooks, que Maud Charlotte Ange Chaveron est devenue une comédienne coqueluche de l'entre-deux-guerres, mais pour sa voix de petite fille, sa façon de moduler des timbres excentriques. C'est son franc-parler qui fait courir Paris, sa façon de dire merde à tout bout de champ. Elle aussi chante "Il m'a vu nue, toute nue, sans cache-truc ni soutien-machins" (paroles de Rip), comme Mistinguett, elle est choisie par Colette pour interpréter Claudine au cinéma, à cause de son "petit visage de pékinois". Modèle de Van Dongen *(Fille aux cheveux noirs et écharpe rouge)* mais aussi d'Utrillo et de Suzanne Valadon, Maud Loty a lâché un mot célèbre en signant son premier contrat avec Gustave Quinson et Yves Mirande au Théâtre du Palais Royal : "Et maintenant, lequel des deux dois-je embrasser ? Lequel des deux va m'entretenir ? Car vous pensez bien que ce n'est pas avec ce contrat de purée que je vais vivre !"

Maud Loty est dispendieuse en injures légumières ("Va donc hé, carotte, poireau, tomate, vieil artichaut !") et en achats inconsidérés. Mirande, devenu son auteur et son ami, parle de "fantaisie outrancière", Vincent Scotto la surnomme "la cigale imprudente". Elle donne de grandioses réceptions dans son appartement du 68, avenue des Champs-Élysées, au-dessus de la parfumerie Guerlain, se paye trois domestiques (une femme de chambre, un valet, un chauffeur), des automobiles (Rolls, Bugatti), des meubles rares, des bijoux voyants, donne une fiesta pour l'achat de sa 250e paire de chaussures, jette l'argent par les fenêtres, invente la notion de "phobie administrative" en ne payant pas ses impôts, dépense des fortunes au casino, à Auteuil, à Longchamp. Promène son lévrier d'Enghien à Deauville, reçoit Léopold II de Belgique, Alphonse XIII d'Espagne, l'Aga Khan dans sa loge du Théâtre des Variétés, ruine un maharadjah, refuse (perspicace) une invitation à dîner chez Landru, fait de la pub pour Campari et les bas Marny, crée le cocktail "Et moi je te dis, Maud" (2,5 cl d'Izarra jaune, 1,5 cl de liqueur marasquin, 4 cl d'armagnac). Cela saoule. Le journaliste auquel elle confie ses Mémoires les intitule *Les Mauderies*, sans savoir que celle qui, lors d'un coup de blues, avait décidé d'entrer au couvent mais s'était fait mettre à la porte du carmel de Lisieux au bout de deux jours parce qu'elle avait réclamé du champagne pour accompagner ses repas, va connaître des lendemains qui déchantent. Dès 1940, elle est déchue, traîne sa misère sur le trottoir de la rue Lepic. Quasi-clocharde, "la Maud" dort dans le magasin des accessoires d'un cabaret de Pigalle, dit la bonne aventure et vend des fleurs à La Roulotte, au Viking, au Caveau des Abbesses et autres bars ou bistrots du coin. Elle se nourrit de fruits et légumes ramassés dans le caniveau, erre dans son éternel manteau de panthère sans âge, élimé, râpé, troué. Elle ne porte rien dessous. Maurice Sachs la repère, "grimée plutôt que maquillée", et l'invite à sa table, la tutoie gentiment. Elle ressasse ses souvenirs d'actrice adulée, il lui propose d'adapter pour elle un roman de Dostoïevski. Violette Leduc, qu'elle prend pour la maîtresse de Sachs, assiste à ces déjeuners où elle arrive déjà pompette. "On rit d'elle, écrit-elle, on rit avec elle, les chiens aboient, l'agent de police de service sourit. Non elle ne cherche pas des clients." Que paye-t-elle ? Est-ce elle que dépeint Patrick Modiano dans *Les Boulevards de ceinture* via Maud Gallas, tenancière de bar au mystérieux passé ? Ex-entraîneuse, ex-artiste de variété, jadis mêlée à de douteuses affaires durant l'Occupation ? À l'aise dans ce milieu interlope, elle confectionne un cocktail détonnant de son cru, "ma Tonkinoise", et se laisse, impassible, glisser une main dans le corsage, palper un sein, soulever la jupe sur l'air de "ça, c'est de la cuisse !". Qu'est-ce que Maud Loty a pu faire pour se retrouver déclassée, ne doit-elle sa décrépitude qu'à son tempérament de panier percé ? "Avec ce genre de femmes, on ne sait jamais."

Martha et maris

Dans la famille Dodd on s'appelle Martha de mère en fille. Celle qui nous intéresse ici n'est pas l'épouse de l'historien William Dodd, en poste à l'université de Chicago, mais leur descendante, une blonde aux yeux bleus qui fait du journalisme au *Chicago Tribune* et aspire à devenir écrivain. Le père a conservé un souvenir ému d'une année d'études à Leipzig, il parle allemand, est féru des romantiques. Parce qu'il connaît la langue allemande et apprécie sa culture, William Dodd est nommé ambassadeur des États-Unis à Berlin en 1933 par Theodore Roosevelt, alors qu'Adolf Hitler occupe le poste de chancelier depuis six mois. Une polémique agite alors le pays de la bannière étoilée : faut-il protester contre le climat qui règne en Allemagne, s'engager contre la politique qui y est menée, boycotter la terre des ss, ou adopter une attitude isolationniste, ne pas se mêler des conflits générés par le

Reich, pour éviter d'irriter Hitler, de provoquer une intensification des persécutions contre les Juifs, et de risquer que la dette due aux créanciers américains ne soit jamais acquittée ? Logée dans un premier temps à l'hôtel de L'Esplanade, là où descendit Greta Garbo, avant d'intégrer un hôtel particulier de quatre étages, la famille Dodd débarque avec un certain angélisme, et ne rechigne pas à fréquenter le gratin nazi. Avant même que le cinéaste n'ait tourné *Le Dictateur*, Martha – la fille – voit en Hitler "un clown qui ressemble à Charlie Chaplin". Martha – la mère – apprécie de son côté la compagnie d'Emmy Goering.

La fille de l'ambassadeur a une vie privée agitée. Prompte au flirt, accumulant les idylles et les fiançailles rompues, elle arrive à Berlin avec un gros secret : elle s'est mariée en cachette avec George Bassett Roberts, un ancien combattant de la Grande Guerre, vice-président d'une banque de New York. Une erreur, aggravée par leur éloignement, et que l'implantation des Dodd à Berlin va entériner. Martha sait qu'en choisissant "l'aventure" elle amorce un divorce. Elle n'a d'ailleurs pas attendu d'être en Allemagne pour torturer celui qui l'appelle son "rayon de miel", lui signifiant qu'elle pansait ses plaies (elle lui reproche son manque d'attentions) et qu'elle jouissait de le blesser en fréquentant d'autres hommes, dont le romancier Thomas Wolfe et le poète Carl Sandburg, un ami de longue date de ses parents qu'elle connaissait depuis ses quinze ans. Les héros de ses flirts, comme elle dit, sont Max Delbrück, biophysicien (futur Prix Nobel, en 1969) ; le diplomate Armand Bérard, secrétaire à l'ambassade de France, un bel homme de deux mètres qui a demandé à son père l'autorisation de la courtiser et qui est fou d'elle, qu'elle fait souffrir en s'arrangeant pour qu'il sache qu'il n'est pas seul à avoir ses faveurs ; Ernst Udet, pilote de chasse de la Luftwaffe, sur lequel elle écrira un roman ; Rudolf Diels qui dirige la Gestapo, un séducteur marié au visage balafré, surnommé le Prince des Ténèbres, sale type, bourreau dont elle trouve les "lèvres adorables" et dans le lit duquel elle exulte de coucher avec le diable ; Ernst Hanfstaengl, surnommé Putzi, ami intime de Hitler qui est le parrain de son fils Egon et qui pleure en l'écoutant jouer du piano. "Tantôt chuchotant tantôt rugissant", ce confident du Führer tentera de la pousser dans les bras de son maître ("Hitler a besoin d'une femme. Il lui faudrait une Américaine. Vous êtes celle qu'il lui faut"). Hitler se contente de lui baiser la main, Martha ne se contente pas de Putzi, elle "flirte" avec son fils. On mentionne aussi une liaison avec le cinéaste documentariste Sidney Kaufmann. La rumeur traite Martha de nymphomane. Elle est surtout bien indulgente à l'égard des gens qu'elle fréquente, trouvant Goebbels "irrésistible, contagieux et charmant", et Hitler déroutant : "Son premier regard m'a laissé une image d'un visage faible et doux avec des poches sous les yeux, des yeux inoubliables d'un bleu pâle, intenses, inébranlables, hypnotiques." Elle prend conscience de la monstruosité de ses fréquentations après la Nuit des longs couteaux, se rendant compte par ailleurs que la famille Dodd est sur écoute, entourée de domestiques espions.

Louis-Ferdinand, prince de Prusse, est aussi épinglé comme l'un de ses amants. Il s'agit selon elle d'une stratégie, pour confondre ceux qui la soupçonnent d'être communiste. Car elle n'est pas claire : elle a rencontré Boris Vinogradov, ignorant qu'il est un agent du NKVD, puis a été recrutée à son tour, par

Emir Bukhartsev. Martha fournit à Moscou les rapports confidentiels qu'elle glane dans le bureau de son père, sur l'Allemagne, le Japon, la Pologne. Elle est folle de ce diplomate à voix de baryton qui l'initie à la musique de Moussorgski et qui l'appelle sa "darling". Elle veut l'épouser. Moscou rechigne, il n'y a pas de sentiments dans ce monde-là, Boris renâcle un peu aussi (il est déjà marié), même s'il lui assure qu'il est prêt à mourir pour elle, et Staline tarde à donner son accord, d'ailleurs Staline est un dément, qui fait exécuter Bukhartsev comme agent de la Gestapo, qui mute Vinogradov à Bucarest puis à Varsovie. Martha s'éprend d'un autre homme, le fils du banquier philanthrope Alfred Stern, et l'épouse. Boris Vinogradov ne lira jamais la lettre où Martha lui annonce ce revirement : Staline l'a fait exécuter en le suspectant de collaborer avec les nazis, traître à la patrie.

Revenue aux États-Unis, Martha fait de Stern un agent communiste, donateur pour le PC américain, et (aidée par Zaroubine) cofondateur d'une maison d'édition musicale avec Boris Morros, producteur de la Paramount prosoviétique. Zalmond Franklin, émissaire du KGB aux États-Unis un rien prude, la décrit dans un rapport comme totalement incontrôlable, "sexuellement décadente, prête à coucher avec n'importe quel homme pourvu qu'il soit beau". Elle aura vent de ce courrier, le commentera : "Où est le problème ?" Contrainte de plier bagage après la dénonciation du réseau au FBI, elle se replie sur Mexico (pique-niques idéologiques avec Dalton Trumbo, Albert Matz, Hugo Butler), crée un salon littéraire fréquenté par Lillian Hellman, Clifford Odets et Paul Robeson, adopte un bébé qu'elle prénomme Robert et dont elle s'accuse d'être responsable de la schizophrénie.

La boiteuse et l'abbé

Personne n'a jamais vu quelqu'un manger les pissenlits par la racine, ni tirer le diable par la queue. En revanche, il est des gens qui, au sens propre, se tirent une balle dans le pied. En général il s'agit de soldats au front qui se blessent volontairement afin d'être évacués. Virginia Hall, elle, se tira une balle dans le pied en 1933 sans le vouloir : cette native de Baltimore travaille au consulat américain à Izmir en Turquie lorsqu'elle est victime d'un accident de chasse : une balle dans le pied gauche. Atteinte de gangrène, elle doit être amputée à partir du genou. Elle a une jambe de bois qu'elle a surnommée Cuthbert et qui n'entrave pas ses envies d'arpenter le monde, à pied, en voiture, à vélo ou à cheval. C'est une fille ultra douée pour les langues (elle parle le français, l'allemand, l'italien, l'espagnol, le russe) et que des parents aisés ont aidée à peaufiner les études en Europe (elle apprend les sciences politiques à Paris et à Vienne). En 1931 elle est secrétaire à l'ambassade des États-Unis de Varsovie, après son accident en Turquie elle sera réaffectée à Venise, puis en Estonie. Son ambition de devenir diplomate se trouvant bridée par son handicap, elle démissionne du Département d'État, et lorsque la guerre éclate elle est déterminée à se battre contre le nazisme. Les services anglais ne veulent pas d'elle parce qu'elle est américaine, les Français acceptent de la recruter comme conductrice d'ambulance. Sur la ligne Maginot, elle sympathise avec Gabrielle Picabia. La revoilà à Londres après la défaite, où elle abreuve l'ambassade des États-Unis de précieux renseignements sur ce qui se passe en France, et où sa débrouillardise et son énergie fascinent un journaliste, Nicolas Bodington, croisé dans un dîner. Membre du SOE, ce dernier la convainc de s'infiltrer en France pour les services secrets britanniques, via Lisbonne. Officiellement envoyée spéciale du *New York Post*, elle s'installe à Vichy, sous son nom véritable, codée Marie puis Philomène pour le SOE, sigle opérationnel Geologist, parfois désignée comme Germaine, Marie Monin, voire Mary Hall, enregistrée Brigitte Lecontre quand elle dort à l'hôtel, identifiée Artémis ou la Dame qui boite par les Allemands.

Virginia Hall suit les traces de la première femme infiltrée en France occupée pour le SOE, l'actrice d'origine chilienne Giliana Balmaceda, qui avait épousé un riche marchand de tissus anglais. Virginia est la première expédiée pour une longue durée, la mission de Giliana n'ayant duré que quelques semaines. La première femme parachutée comme opératrice radio sera Noor Inayat Khan, princesse musulmane soufie née à Moscou, exilée après la révolution bolchevique, inscrite à la Sorbonne pour apprendre la psychologie, et dont la couverture était celle de Jeanne-Marie Régnier, bonne d'enfants. Cette joueuse de harpe sera arrêtée au bout de trois mois d'activité, dénoncée par la sœur du chef du réseau Henri Garry, jalouse de ne pas être admise dans l'équipe. Elle mourra à Dachau.

D'abord logée dans un couvent de nonnes quand elle déménage pour Lyon, elle se fait une alliée en la personne de Germaine Guérin, que lui a présentée un lieutenant de la Royal Air Force, une gueule cassée, grand brûlé aux doigts amputés. En mal de contacts, Virginia trouve en cette "ardente brunette au magnétisme animal" une patriote efficace. Entourée de chats noirs, vêtue de robes extravagantes, Germaine dirige un bordel fréquenté par des Français et des Allemands, policiers, militaires, industriels, fonctionnaires. Ses employées recueillent des confidences entre deux étreintes sauvages, un whisky écossais et des saucisses de Munich. Reine du marché noir, elle cache des Juifs dans plusieurs appartements qu'elle loue dans la ville. Elle met Virginia en relation avec un homme qui va devenir le bras droit de l'Américaine : le docteur Jean Rousset, dermato-vénérologue. Bientôt le cabinet de cet ardent gaulliste abrite une fausse clinique pour aliénés mentaux, soit quelques chambres où cacher pilotes ou agents britanniques de passage.

Virginia recrute : courriers, informateurs, boîtes à lettres. De Lyon à Vichy, elle saute d'un à l'autre, d'une cache à l'autre. Elle transporte des documents dans sa prothèse, abreuve des policiers de pots-de-vin pour obtenir un papier, faire relâcher un prisonnier, décourager une surveillance trop pointilleuse de ses activités. L'une des causes d'insomnie de Virginia Hall porte soutane. Nom : Robert Alesch. Il est envoyé, dit-il, par le réseau Gloria que Gabrielle Picabia a fondé en région parisienne avec Germaine Tillion. Son accent allemand s'explique, selon lui, par ses origines alsaciennes. Vicaire à La Varenne-Saint-Hilaire, assure-t-il, l'énergumène livre son nom de clandestinité : Jean Ackuin. Il insiste : il est envoyé par SMH (His Majesty's Service), l'autre nom du réseau Gloria. Virginia a des doutes, l'abbé la met mal à l'aise mais il semble efficace. On lui donne un nom de code : Bishop. Londres la presse de se méfier, elle apprend que quatre membres du réseau SMH ont été arrêtés. Alesch ne lui en a rien dit. Interpellé à ce sujet, il répond qu'il est inquiet, lui aussi, qu'il a appris l'arrestation de Germaine et de sa mère, qu'il a perdu tout contact avec la fille à laquelle il a remis l'enveloppe contenant l'argent confié par Virginia, une certaine Jeanine.

Virginia demande à Londres d'enquêter : Alesch leur est inconnu. On lui conseille de ne pas perdre de temps avec lui. Elle s'obstine, lui confie encore 100 000 francs pour financer les actes résistants. Ses renseignements, microfilms, ne se sont-ils pas révélés "satisfaisants" ? Virginia est manipulée. Alesch est un imposteur, un agent double infiltré pour le compte de l'Abwehr. Piloté de l'hôtel Lutetia par le colonel Oscar Reile (qui pilote également Hugo Bleicher et la Chatte), il a pour mission de démanteler la filière Miss Hall. Alesch est un V-Mann, un homme de confiance du contre-espionnage allemand, par ambition personnelle. Naturalisé allemand en 1941, cultivant la flagornerie auprès de l'archevêque de Cologne, il réside à Saint-Maur, et fait la nouba dans les cabarets de Montmartre avec des paroissiennes qui font à la fois pénitence et action de grâce dans son lit. Dans la cave de la sacristie, ces dames le suivent en remontant leur robe, rendues pompettes par le vin de messe. L'abbé prêche l'absolution pour quiconque succombe à la tentation. Les pécheresses attendent leur tour en égrenant leur chapelet pour être communiées. Parmi elles, deux épouses bigotes, Geneviève Cahen et Renée Andry, expliqueront qu'il leur faisait taper des rapports en allemand mais qu'elles le croyaient quand il affirmait œuvrer pour les services secrets britanniques. Virginia a été tardivement briefée : en aucun cas n'avoir de contact avec cet individu dangereux. "S'il persiste à vous inquiéter, lui indique-t-on en haut lieu, vous êtes pleinement autorisée à traiter le problème aussi efficacement que possible." Justement, elle attend une livraison de capsules de cyanure, d'ampoules de phénol.

Le cyanure devient urgent. Il serait raisonnable d'en administrer à la maîtresse de l'un de ses informateurs,

Georges Duboudin, alias Alain, qui envisage de livrer aux Allemands tout ce qu'elle sait sur le réseau, les parachutages, les dépôts d'armes. Londres a donné le feu vert : "S'il s'avère impossible d'acheter son silence, vous avez entière autorité pour agir." La donzelle est introuvable, disparue dans la nature. Cela sent le roussi. Les arrestations pleuvent. Virginia Hall doit changer de surnom, déménager, puis brûler ses papiers, plier bagage, déguerpir, quitter la France. Sa fuite est freinée par sa jambe artificielle. À propos de sa traversée des Pyrénées, elle envoie un message à Londres : "Cuthbert devient fatigant mais je peux me débrouiller." Elle rejoint la capitale britannique en janvier 1943.

Entre-temps, le réseau est tombé, Germaine Guérin a été déportée à Ravensbrück. Klaus Barbie tape sur la table, il ferait n'importe quoi pour "mettre la main sur cette garce canadienne". Virginia Hall est en tête de liste des recherchés par la Gestapo. Elle est grillée en France mais elle donnerait cher pour "mettre la main sur l'abbé funeste". Les Anglais se refusent à la réexpédier dans la gueule du loup ? Elle change de tactique, se rend au bureau de l'OSS à Londres (Office of Strategic Services), est recrutée comme agent spécial, 336 dollars par mois, "à ses risques et périls", assumant "absolument tous les dangers liés à cet emploi", promettant qu'elle ne réclamera jamais la protection ou l'assistance du gouvernement des États-Unis et de ses représentants. Son nom de code : Diane. Elle est opératrice radio d'un agent nommé Henri Laurent Lassot, nom de code : Aramis. Un type avec lequel elle ne s'entend pas, et qui indispose d'emblée Mme Long, la logeuse de la rue de Babylone qui les héberge. Trop bavard, trop indiscret, Aramis est prié de ne plus remettre les pieds chez Mme Long, où Virginia revient se cacher quand elle craint de voir sa planque éventée, le temps de trouver une ferme à Sury-en-Léré. Camouflée en paysanne, gardienne de chèvres, fichu sur la tête, Virginia distribue le lait dans les villages voisins, file la nuit récupérer les colis parachutés dans une carriole tirée par un âne. Bientôt ce sera une autre ferme entre la Nièvre et le Cher, le débarquement, l'organisation d'un maquis… et sa disparition brutale pour une destination inconnue. "Ce sont les ordres !"

La mission secrète est au Chambon-sur-Lignon, au pays des Justes. Rencontrer et aider des résistants, organiser des sabotages. Virginia est une forte tête, pantalon et veste kaki, parfois cassante, nourrie d'amphétamines, qui veut commander le maquis et se heurte à son chef, Pierre Fayol. Elle maîtrise les parachutages de matériels : armes, munitions, explosifs, et, pour son usage personnel, sachets de thé, vitamines, chaussettes spéciales pour sa prothèse.

En septembre 1944, vers 2 heures du matin, un avion largue Henry Riley, américain (nom de code : Rafael) et Paul Goillot, français (nom de code : Hemon). Leur mission semble mal préparée, désormais inutile, comme celle de Diane, dont le corps est dissous. Celle que l'on désignait comme la Madone des maquis se lie avec les deux hommes, en particulier avec Paul, résident des États-Unis. La mère de Virginia sera hostile au mariage de sa fille avec un cuistot (Paul monte un restaurant à Washington) : les amoureux s'épouseront en cachette. De retour dans son pays, Virginia Hall entend rester espionne. Elle rejoint la CIA, experte, les cheveux remontés en choucroute à la Bardot, avec un crayon jaune planté dans le chignon.

Obsession : qu'est devenu le curé ? Il a fui au Luxembourg, s'est réfugié à Bruxelles muni d'une lettre de l'archevêché de Paris recommandant ce "bon abbé" malade, victimes des mauvais traitements infligés par les Allemands. Hébergé dans une maison d'accueil de prisonniers et de déportés tenue par la Jeunesse ouvrière chrétienne, il en devient l'aumônier. Il reprend la poudre d'escampette quand il se sait recherché par la justice française et par les services américains. Arrêté en juillet 1945 avec des papiers au nom de René Martin, il tente de se disculper, mais les preuves s'accumulent contre lui. Il est exécuté.

La casanova des agents doubles

S'il n'a pas dérivé en nom commun, à la différence de celui de son illustre modèle, le nom d'Oloff est aujourd'hui associé, dans les milieux des services secrets, à une espionne libertine, collectionneuse de conquêtes sensuelles réalisées dans le cadre de missions. On ne dit pas une oloff comme on dit un casanova ou un don juan, mais il existe une expression codée dans ces cercles fermés, "tisser l'oloff", qui renvoie à la dextérité avec laquelle une ensorceleuse d'espionnes passe de l'une à l'autre, quittant l'une à regret, l'ayant délestée de ses informations, avec suffisamment de précaution pour ne pas la froisser, avec assez de diplomatie pour pouvoir se servir d'elle et cerner une nouvelle conquête, se faire présenter à elle par la délaissée, être mise dans les meilleures conditions pour la faire parler à son tour. "L'oloff suprême" est un tour de force : avoir su ensorceler d'un même élan, pour le même mandat, ce que chez ces gens-là on définit par "bûcheuses" et "candides", soit l'équivalent des prostituées et des dames de la bonne société, des Merteuil et des Tourvel, les espionnes prises à leur propre piège et les innocentes espionnées à leur insu.

Comme l'écrit Chantal Thomas sur l'aventurier vénitien, homme masqué s'il en est, quasiment né avec un loup sur la figure, et qui plus est espion au service de Louis XV, le mot casanova définit moins une vocation littéraire que la pulsion de collectionner des femmes : "On désigne par là quelqu'un qui ne se distinguerait que par une sorte d'enthousiasme excessif pour la norme (…) Casanova écrivain, ce n'est qu'un aspect secondaire de sa personnalité, en lui-même peu attirant."

Denise Oloff est de la même transe, hantée par une curiosité insatiable pour le sexe féminin, experte en jeu de dupes, triches et déguisements, habile à jouer et déjouer, vouée à "céder à une tentation immédiate et s'abstenir, le temps d'un plaisir, de toute référence à la loi". Le suc de son catalogue héroïque est à savourer dans ses épisodes érotiques, dont nombre révèlent une double stratégie. Oloff n'ensorcelle pas ses femmes que pour accéder à leur alcôve, si elle entend découvrir le goût acidulé de leurs fruits intimes c'est afin de dénicher d'autres secrets, classés selon les normes d'une autre diplomatie. La ruse ne vise pas qu'à assouvir la chair, "pénétrer dans le sanctuaire", obtenir faveurs, privautés, avantages en nature ; elle se déploie pour instrumentaliser une proie, la formater comme appât, la muer en leurre de prestige. Le partage d'ivresses ne se mesure pas en termes sexuels, il implique une dépendance, comme elle l'écrit à propos de cette Luisa de Dortmund : "Je plaquais mes lèvres contre les siennes, je les avalais littéralement, avant que ma bouche affamée ne s'empare de son corps extasié, ne mette son bas-ventre en feu, qu'elle finisse par haleter sous mes doigts, tressaille à mes caresses. D'abord rétive à mes invitations, cette grande bourgeoise, spécialiste de la recherche biologique, avait été immédiatement sur ses gardes, et pour prévenir toute tentative de manipulation par l'ensorcellement verbal, elle avait parade à tout, elle semblait avoir aussi obtenu un diplôme d'art dramatique, dans la catégorie art de l'improvisation. L'une des premières répliques qu'elle m'envoya comme une fléchette lorsque je l'avais abordée dans un dîner mondain avait été cinglante : "Je ne coucherai pas avec vous !" Des semaines plus tard, après quelques soupers en tête à tête, j'avais obtenu qu'elle me lâche un heureux repentir. "Il y a quelque chose que je vous ai dit et que je regrette." Je l'avais regardée, incrédule. "Qu'est donc ce regret ? avais-je répondu en souriant. – C'est celui de t'avoir dit que je ne coucherais pas avec toi." Maintenant je la dévorais. Luisa avait perdu tous les principes qu'elle avait érigés d'emblée entre nous, y compris celui de ne s'exprimer qu'en langage châtié. Elle m'avoua qu'elle aimait être traitée comme une putain. De jour en jour je la vis se soumettre à des choses qu'elle aurait encore trouvées contraires à sa dignité la veille. Je ne voulais qu'attiser les flammes, la maintenir à la merci de ce désir qui l'assujettissait à mes étreintes, jusqu'à ce qu'elle me confie ces formules chimiques qui avaient tant d'importance pour le Reich."

Au fil de l'inventaire, c'est la conjugaison d'une double révélation qui frappe le lecteur : Oloff cherche à la fois l'éclair du frisson et le ravissement de l'occulte. Lorsqu'elle ouvre ses jambes, Violet, à Ankara, lui offre un sentiment d'indicible, celui "d'avoir découvert une vérité crue". À Budapest, Sofia l'électrise en différant métaphoriquement le moment de la divulgation des documents : "Brune à peau blanche, de cette pâleur qui contraste en éblouissements avec le poil corbeau, elle se cabrait chaque fois que mes paumes lui pétrissaient les hanches, ouvrait sa bouche toute grande quand ma langue s'attardait sur ses lèvres, et finit par fouetter ma libido lorsqu'imper ouvert et couchée sur une table, elle me dévoila ce que ne pouvait plus masquer sa jupe dégrafée, le nid noir à la jonction de ses cuisses, sa plaie suintant de miel. Ses seins me restaient étrangers. Lorsque je parvins à la délester de son cardigan ras du cou, je découvris qu'elle dissimulait dessous un gilet pare-balles, et entrepris de l'ôter, pour l'entendre m'implorer qu'elle ne le souhaitait pas tout de suite." Allongée sur un canapé, la tête renversée en arrière et un verre de gin au bout du bras, Dixon, à Oslo, remonte sa chemise blanche au-dessus de ses seins nus, sous lesquels sont scotchés les microfilms. Quand Oloff, conviée vers 22 h 20, se rend chez la baronne Fregmund, de Düsseldorf, elle trouve une grande rousse en peignoir, qui lui annonce d'emblée qu'elle pourra inspecter ce qu'elle désire ; troublée par cette tenue peu décente, les jambes nues qui dépassent d'une nuisette à partir des genoux, elle envisage à peine entrée de se retirer : "Vous alliez vous coucher ? – Oui, mais que cela ne vous fasse pas fuir !" Kay Lawford, à Marseille, plante son regard de noble bostonienne dans les yeux d'Oloff et lui signifie qu'aucun ni aucune "indigène" n'aura accès aux trésors cachés qu'elle détient, ceux-ci étant minutieusement disséminés sur son corps. "Vous n'oserez pas, je le sais, mettre à mal la pudeur d'une femme respectable d'autant qu'au demeurant, je le vois dans vos yeux, vos gestes, par la façon dont vous me traitez, vous n'êtes pas insensible à l'attirance que vous m'inspirez et que vous semblez partager." Lui ayant répliqué qu'en dépit de cette mise en garde, l'heure lui semblait venue d'une fouille réglementaire, Oloff entreprend de la déshabiller, tandis qu'elle encaisse, stoïque et yeux fermés, cette agression effrénée, la commente même tout haut, comme pour encourager l'impudente à exécuter ce dont elle fait mine d'être effarée, Oloff perpétrant mot pour mot ces attentats qu'elle feint de craindre et dont elle sollicite les bienfaits en les proclamant interdits. "Mon Dieu, elle a l'outrecuidance de me toucher les seins après avoir bravé la prohibition de me dénuder ! Pourvu qu'elle ne vienne pas me téter ! Ni baisser ma culotte, elle ne va pas me compromettre à ce point ? Seigneur si, elle se permet cette indiscrétion, mais alors, qu'elle ne s'enhardisse pas à y glisser ses doigts ! Mon Dieu, je dois subir ces choses, pourquoi me faites-vous endurer cela, sa langue elle n'osera pas, je ne le supporterais pas ! Elle s'y risque, my God ?, c'est scandaleux, sans avoir éteint la lumière, ayez pitié, je succombe, de quoi serai-je épargnée ?" Se proclamant profanée par ces gestes impurs, la baronne n'a plus qu'une terreur, celle de la voir lui obéir enfin, et clôt sa prière en pleurant, l'implorant d'aller au bout du chant : "Finissez ce que vous avez commencé, vous n'allez pas me laisser dans cet état !"

D'autres notations sont évasives : "ardeur insolente" pour Renate, "beautés de corsage" pour Sloane, "seins à faire miauler un pape" pour Arlette Harlowe, souvenir très affolant de Zdena lançant ses mains derrière son dos pour dégrafer son soutien-gorge, libérant deux seins "comme deux chiots affolés qui tremblaient lorsqu'elle se pencha pour descendre sa culotte". Soupçonnée d'enquêter sur elle pour les services secrets serbes, Suzana la hante depuis qu'hospitalisée à la suite d'un accident de tramway à Vienne, alors qu'elles voulaient rejoindre le café Prückel et qu'un brusque coup de frein l'avait propulsée jusqu'à lui ouvrir le front, elle était venue la visiter à l'hôpital où elle l'avait reçue enjouée, drap tiré jusqu'au menton : "Vous m'excuserez de rester couchée, ils m'ont pris tous mes vêtements !" Elle lui avait demandé de prendre ses clés d'appartement dans son sac, de se rendre chez elle afin de lui ramener de quoi se vêtir, sournoise invitation à aller fouiller chez elle, ce dont elle brûlait d'envie. Cette Suzana devint pour elle à la fois ce que fut Henriette pour Casanova, la partenaire intense, celle qu'on n'oublie pas, et ce que fut Irène Adler pour le roi de Bohême, traquée par Sherlock Holmes, ex-maîtresse et perpétuelle menace, celle qui possède des documents compromettants, évaporée en susurrant "Oubliez-moi !", restée depuis ineffacée, intraitable.

Sarah Rhodes, strip-tease

On vit une voiture vert bouteille déboucher du bout de la rue, on entendit des pneus crisser, une portière s'ouvrir, une femme crier, la portière claquer, la voiture redémarrer en trombe. Sarah Rhodes revenait de la boulangerie quand elle fut kidnappée en pleine rue, poussée de force à l'arrière d'une Volkswagen où on lui banda les yeux, menée dans un immeuble, hissée dans un ascenseur, propulsée dans une pièce inondée de lumière, devant cinq hommes. Arrogant, ironique, l'un d'eux lui ordonna de se déshabiller. Elle ne bougea pas. Il répéta son ordre, un ton au-dessus. Elle quitta sa jupe et son chemisier, il exigea qu'elle se déshabille entièrement. Elle ôta son soutien-gorge, debout devant eux, seins nus et en petite culotte comme pour une inspection médicale. Celui dont elle avait déduit qu'il était le chef insista, "Komplett, sage ich !", il avait bien dit "complètement" et menaçait de le faire faire par ses hommes si elle ne s'exécutait pas immédiatement. Après avoir fait onduler sa culotte le long de ses jambes, levé les pieds l'un après l'autre et l'avoir tendue en rougissant, elle fut entièrement nue devant ces mâles qu'elle ne connaissait pas. Le chef dit à ses hommes "Retournez-vous !" puis à Sarah "Vous voulez que j'éteigne ?". Elle acquiesça, il se moqua : "Vous ne doutez de rien mais c'est moi qui commande !", et tendant la culotte à ses sbires : "Retournez-la !" Le slip fut inspecté, découpé, ils y trouvèrent dans la doublure d'entrecuisse un petit papier protégé de plastique, le message qu'elle avait récupéré la veille dans le filtre d'une cigarette volontairement oubliée par l'homme qui lui avait demandé du feu au comptoir du café Stammhaus et qu'elle était censée glisser quelques heures plus tard sous la porte d'un professeur de musique dont elle devait oublier l'adresse aussitôt. Comment avaient-ils su ? Personne jusqu'alors n'avait prêté attention à cette petite secrétaire médicale. C'est ce qu'elle croyait.

Tiger Lili

Il est normal que Liliane Marie-Madeleine Carré ait été gironde, elle y est née, à Blaye qu'honorent ses vignobles. Danseuse-née, à l'opéra à quatorze ans, au cabaret à seize, elle fait rayonner ses charmes au fronton du cinéma muet, sous le pseudo de Damita del Maillo Rojo, puis de Lily Seslys ou Deslys, avant d'opter pour celui de Lili Damita en 1923, quand elle tourne *La Voyante*. En 1929, alors qu'elle a déjà tourné pour Wilhelm Pabst et Robert Wiene, elle est repérée par l'un des monarques de Hollywood, l'extravagant Samuel Goldwyn, l'homme aux bourdes légendaires (c'est lui qui lâcha : "Je n'écrirai jamais mon autobiographie de mon vivant"). Embarquée à Los Angeles, elle parade devant la caméra de Raoul Walsh, Ernst Lubitsch, Max Ophüls. Le cinéma parlant devient un handicap pour cette blonde vaporeuse aux belles gambettes qui s'exprime avec un encombrant accent frenchy. Cependant, du roi d'Espagne Alphonse XIII à Marlene Dietrich en passant par le couple Chevalier-Mistinguett (cette dernière l'ayant précédée comme meneuse de revue au Casino de Paris), la ravissante Lili Damita a entamé l'inventaire de ses liaisons torrides lorsqu'elle croise le fils cadet du prince héritier de Prusse, Louis-Ferdinand, alors en stage dans une usine de montage de la Ford Motor Company. Coup de chaud. Ceux qui savent de quoi ils parlent affirment que Lili fait l'amour "comme si elle était personnellement convaincue de porter en elle toute la légende, la gloire et la réputation des Françaises". Malédiction ! L'héritier Hohenzollern doit se marier conformément à son statut, et son hussard de père vient en personne l'arracher à la goule de

Hollywood pour le ramener chez lui. Lili ajoutera le critique de cinéma David Shipman à sa collection, se mariera avec le réalisateur Michael Curtiz qui l'avait dirigée en Allemagne sous son vrai nom, Manó Kertész, puis avec le futur baron de Mulholland, un Errol Flynn inconnu à cette époque. Flynn est subjugué par cette froufrouteuse qui s'assied en étalant sa jupe avec une grâce infinie, cuisine à merveille, et trouve inutile d'enfiler un maillot pour aller barboter en piscine ou sur les plages de Californie. Il la gratifie du surnom de Tiger Lili pour épingler sa futilité (elle ne songe qu'à soigner sa coiffure, harmoniser les couleurs de ses robes avec ses chaussures et son sac), surtout sa jalousie incendiaire, d'autant plus mise à l'épreuve qu'Errol drague à tire-larigot.

La Javanaise

Le nom de Lotte Krahl est faux. C'est ainsi que se faisait nommer Lena Wolfang, l'une des femmes les plus redoutables du Reich, peu encline à s'incliner devant qui que ce fût. En 1939, elle campe les vamps amorales, clope au bec, chantant "Je sors avec des hommes, je n'appartiens à aucun". La voix est rauque, la réponse aux impudents cinglante. D'une rutilante Mercedes noire surgit un chauffeur qui se précipite pour ouvrir la portière arrière, laisser descendre une femme en long manteau anthracite, col relevé, une toque d'astrakan, lunettes de soleil même en temps de gel, un foulard roulé pour cacher le bas du visage. La Javanaise est son surnom. Hérité de son passage dans la clinique du docteur Mengele, avant que ce dernier ne se spécialise dans l'expérimentation médicale à Auschwitz. Lena se voulait féline, propre à dompter les hommes fauves, et choisit cet expert en recherches sur les codes génétiques, chirurgies de greffes, transplantations d'hormones de synthèse, pour devenir entre ses mains une femme panthère. Panthère de Java.

Elle exigea une mutation radicale, un appétit bien plus carnassier, des montées de fièvre bien plus torrides que la fringale féminine commune, qu'elle trouvait ridicule, propre aux lolitas. "Faites de moi une bête féroce, ordonna-t-elle. Une panthera pardus melas, experte de ses griffes et dents au lit. Celle qui laissera sa signature sur le dos de ses amants maudits. Monsieur le Frankenstein de Bavière, je compte sur vous ! Et en retour, comptez sur moi", ricana-t-elle assez vulgairement. Ajoutant, enquiquineuse brandissant sa fiole toxique : "Sinon, gare à l'indigestion d'anamites." Démarche molle, pupilles scintillantes, acérées comme des flèches, la panthère javanaise chasse la nuit, dans les piscines ou dans les parcs, et drague dans les bars de palaces, élégante silhouette à nez plat et cils parasols. Regard froid, elle guette, scrute les alentours, aux aguets, tapie derrière une margarita, cible une certaine race d'antilopes : les attachés militaires, les officiers, les diplomates, surtout les hauts gradés. Elle arbore son décolleté dopé au silicone, sa robe ocellée, ses lèvres vermeilles. Ses narines vibrent, son regard se fait magnétique, elle reste immuablement immobile jusqu'à l'approche d'une proie, instantanément hypnotisée jusqu'à se prosterner devant elle, prompte à tendre une tige égyptienne et un briquet laqué, ou nécessitant un geste d'invite de sa part, sourire carnassier, clin d'œil, vif croisement/décroisement des jambes. "Votre verre est vide ! – J'en veux bien un autre !" Pour impressionner l'imprudent, resserrer un peu plus ses filets, elle effeuille lentement l'un des gants de satin noir qui lui montent jusqu'au coude, dévoilant ses griffes vernies, le jetant sur le sofa après l'avoir fait tournoyer en un geste de défi, jouant avec son collier de crocs comme d'un chapelet. “Je pense qu'il y a mieux à faire que boire ! – Voilà une réflexion qui vous honore !” Elle a hâte, lui aussi, vite passé de la sidération à la certitude d'une fornication. Car s'il songe déjà à la consommer, elle n'attend que l'opportunité de l'entraîner à l'écart pour le savourer, le confesser, le dévorer. Nez refait en sorte de mufle sans moustaches, sourcils à peine dessinés, yeux bleus perçants, coin des babines relevées par le désir, le visage de la Javanaise exprime l'impatience de l'extase en même temps que le malaise d'un danger surnaturel imminent, elle se cambre croupe en arrière, le souffle court. Son geste de cantatrice portant ses mains à son cou vire en quelques secondes au défi de strip-teaseuse, elle déchire sa robe de haut en bas. Elle est vite à poil, omoplates et colonne vertébrale piquetés de grains de beauté, odeurs de jungle humide, toison noire, feulement de cougar, royalement dressée sur sa croupe, elle tourne bientôt en rond autour du lit, démarche lente, à quatre pattes, panthère humaine renifleuse, humant le mâle ennemi, ventre plaqué au sol, ondulant jusqu'à lui, sans un bruit, puis sautant, rugissant, grimpant aux rideaux, lacérant les épaules, plantant ses crocs et ballottant sa proie d'un bout à l'autre de l'alcôve, hanches tressaillant de délectation, grogneuse de sauvagerie lubrique, distillant l'orgasme pour mieux faire ingurgiter cet hallucinogène foudroyant concocté par les bourreaux nazis, un truc qui réduit l'agressivité à néant, fait perdre tout sens du danger, toute méfiance, et qui active une propension à la confession dans une impression d'extase bénéfique. Après les secrets extirpés, le monstre félin n'a plus qu'à refermer sa mâchoire pour briser la nuque, mastiquer le cœur, et, repue, aller s'abreuver.

La panthère disparaît, gencives encore sanglantes, svelte silhouette sur ses pattes silencieuses, tantôt noire, tantôt rose, brune, blonde ou rousse selon sa perruque, Lotte Krahl, ou Amber, Dorothea, Nadia, Ingrid, Olga, Hilda, Liselotte, Gretel. Son modèle d'espionne, celle dont elle a repris le surnom de panthère, est Milady, empoisonneuse des services secrets d'un Premier ministre français, le cardinal de Richelieu, deux fois mariée (la première avec Athos comte de la Fère, la seconde avec lord de Winter), qu'Alexandre Dumas dépeint dans *Les Trois Mousquetaires* comme une actrice hors pair, capable de se faire protestante ou catholique au gré du vent, de susciter la pitié, de mimer l'amie, la confidente, la victime, de tuer un époux ou de vouloir supprimer ses amants (de d'Artagnan au duc de Buckingham), voire leur amoureuse (Constance Bonacieux, lingère adultère). Pendue, ressuscitée. Une rivalité l'oppose à une certaine Ursula Brandt, l'assistante du directeur de la Gestapo de Clermont-Ferrand, qui se prétend panthère elle aussi.

La maudite du film noir

Extrait de l'ouvrage Vertiges du film noir *de Franklin Dunfield (New York, Columbia University Press, 1978), traduit en France aux éditions Naguère.*

"Selon le critique français Jacques Siclier, la pin-up girl règne sur le cinéma américain des années de guerre comme une fleur artificielle née dans les serres de la propagande. Amorcée avant Pearl Harbor, cette conception misogyne de la femme se poursuit dans l'ombre et s'amplifie à travers les films noirs. Après avoir virilisé Marlene Dietrich, faisant d'elle une sorte d'héroïne de Sacher-Masoch, Josef von Sternberg la dédouble tandis que celle-ci joue les marionnettes dans *La Belle Ensorceleuse* de René Clair. Son clone s'appelle Gene Tierney, qui promène ses cheveux décoiffés et son visage de chatte pervertie dans l'univers des nuits blanches de *The Shanghai Gesture*, où le fantôme de Marlene prend le masque de Victor Mature, homme fatal, voluptueux et cruel. La défaite de la femme est assenée dans *Assurance sur la mort* de Billy Wilder où la coiffure blonde de Barbara Stanwyck, son inquiétant sourire et sa sensualité meurtrière en font une réplique de la mante religieuse, pour qui le mâle n'est qu'un objet à dévorer. Elle n'est qu'érotisme cérébral, méprise l'homme, l'hypnotise, le détruit, le pousse au crime… Un autre Français, l'écrivain Claude Roy, évoque dans *L'Écran français* l'aspect vénéneux du baiser hollywoodien dans *Le Grand Sommeil* de Howard Hawks : « Bogart, en bras de chemise, mouillé de sueur, ligoté, est assis par terre. On lui a tapé dessus ; il a du sang qui sèche aux commissures des lèvres et Lauren Bacall, avec ses yeux glauques et sa belle bouche de poisson majestueux, ôte la cigarette des lèvres de son partenaire, goûte longuement cette bouche tuméfiée, se relève. »

Pour d'autres analystes du film noir, la femme fatale l'est aussi pour elle-même. Désinvolte et traquée, aussi experte dans le chantage et le vice que dans les armes à feu – « et probablement frigide », écrivent Raymond Board et Stefan Schametown, elle tombe victime de ses propres pièges. Ces deux cinéphiles font part du désarroi de spectateurs qui ne retrouvent plus leurs points de repère. Les conventions sont bafouées. Brutalement, une action logique, une distinction évidente entre le bien et le mal, des caractères définis, des mobiles nets, des scènes plus spectaculaires que réellement brutales, une héroïne exquisément féminine et un héros honnête, sont remplacés par des tueurs attirants, des policiers véreux, une héroïne vicieuse, meurtrière, intoxiquée ou alcoolique.

Exégète des adaptations de séries noires filmées d'après des livres publiés dans la collection « Série noire » dirigée par Marcel Duhamel chez Gallimard, Franck Lawmoth prétend que si la femme ne tient pas les premiers rôles dans les films noirs à la française, cantonnée au rôle de la blonde idiote qui engendre des catastrophes, c'est à cause d'un ressentiment à l'égard de ces femmes qui, durant l'Occupation, en particulier dans le quartier de Montmartre, auraient eu des relations sexuelles avec les soldats allemands.

Symboliquement, deux femmes trônent néanmoins dans des films majeurs. Femmes dignes d'être encadrées. Deux portraits de femmes, deux tableaux, désignés comme déclencheurs et moteurs de l'intrigue. Celui de Joan Bennett dans *The Woman in the Window* de Fritz Lang, et celui de Gene Tierney dans *Laura* d'Otto Preminger. Dans ces deux films, le personnage féminin peint avec décolleté, qu'il se nomme Alice Reed ou Laura Hunt, abandonne sa fixité de séductrice virtuelle pour apparaître en chair et en os, sortir le personnage masculin de sa torpeur quotidienne, qu'il s'agisse du professeur Wanley (Edgar. G. Robinson) ou du détective McPherson (Dana Andrews). Fantasmées par ces messieurs, en état de veille ou de somnolence, ces femmes surgissent, défiant le réel. Dans le rôle de la transgressive Kathie Moffat, la Jane Greer d'*Out of the Past* de Jacques Tourneur est de la même race, somnanbulesque femme fatale, vampirisée par le regard et le désir des hommes, vampire de leurs secrets, leurs insomnies, leur magot. Toutes dépeintes comme implacables, « visage gelé, voix et corps rigides, zombie traversant un cauchemar éveillé ». Ostracisées pour être vouées à leur sexualité. Funestes car triomphantes au sortir de l'alcôve, et définies cruelles. Dans *Gilda* de Charles Vidor, l'héroïne chante son indépendance lors d'une scène de strip-tease, raillant le réflexe répressif des hommes, leurs façons de désigner la partenaire féminine comme fautive et pécheresse. « Les cuisses de Rita Hayworth révèlent le subconscient des USA », lit-on dans une revue française, *L'Écran français* (1946). Mais ses gants, et sa façon de les ôter, trahissent l'urgence de s'évader des stéréotypes. La féministe Annie Le Brun écrit : « Pourquoi ces vierges éperdues devraient-elles quitter la vie quotidienne, affronter les pires dangers, si elles n'étaient poussées par le mélancolique désir, mais jamais avoué, de rencontrer des êtres parés de la sublime horreur des décors qu'elles traversent, si elles n'étaient déjà fascinées par l'obscure splendeur de ces êtres de proie vers lesquels les portent leurs pas. »

La femme de série noire est baudelairienne, « longue, mince, en grand deuil, douleur majestueuse », soulevant sa robe « d'une main fastueuse », agile « avec sa jambe de statue », distillant « la douleur qui fascine et le plaisir qui tue ». Manipulant sa proie, l'attirant dans son rêve.

Cette femme-là s'est extirpée des films et des imaginaires qu'elle nourrissait, des séquences qui s'enrayaient dans l'esprit des spectateurs, répétées à l'infini, figeant le défilé de la pellicule et de l'intrigue. Dans l'esprit des spectatrices, aussi, qui, telle l'actrice s'identifiant à son personnage, s'identifient à la femme hors normes miroitée sur l'écran, voire au monstre scénarisé. Au-delà du bien et du mal, se décline une manière d'accepter l'existence de l'ombre, de son autre visage, sa part inconsciente réprimée par le social. Ce que le psychanalyste Jung nomme « l'écharde dans sa chair ». La multiplicité de ces rôles « asociaux », masqués, dont le film noir fait son miel, a tout à voir avec la sexualité, ce que le philosophe Georges Bataille nomme « la part maudite des êtres humains » : « Ce qui est caché mais relève de l'intime, écrit-il : la sexualité, la tache noire et étrange qui, pour moi, est l'essentiel de l'être humain, ce qui le fait avancer, de façon presque incompréhensible. »"

Les seins d'Olga

Née luthérienne, elle exigea d'être enterrée selon les rites orthodoxes. Inscrite à la faculté de médecine de Saint-Pétersbourg, elle opte pour le dessin, le théâtre (elle est nièce d'Anton Tchekhov). Ses parents sont russes, ses ancêtres allemands. Olga Tchekhova rythme sa vie avec l'esprit de contradiction, le souci d'équilibre d'un métronome (titre de ses Mémoires : *Mon horloge est différente*), au point que l'on a pu s'interroger sur sa fiabilité. Ce dont elle s'amuse, sachant qu'en coulisses les plus méfiants se demandent dans quel camp elle se situe. L'un de ses nombreux amants raconte qu'un jour, alors qu'il vantait la courbe de ses seins, elle plaisanta, joignant le geste à la parole en baissant le drap : "Ah oui ? Lequel préfères-tu ? Vois-tu, le gauche est soviétique, et le droit nazi. Je ne porte que des soutiens-gorges blindés, on ne sait jamais en ces temps agités !" Éclat de rire. "Il doit bien y en avoir un plus érogène que l'autre ! – Tu sais ce que je réponds à Goebbels quand il me pose la question ? « Demandez à Béria. » – Et que réponds-tu à Béria ? – Béria ne pose pas de questions, il agit ! – On dit qu'il est priapique et brutal. – Oh, pourquoi abuserait-il d'une vénérée concitoyenne ?" "Honorable correspondante" des SR soviétiques, Olga Tchekhova est devenue citoyenne allemande dans les années 1930. Elle a quitté la Russie avec le statut d'agent du Kremlin, et flirte sans mesure avec le gratin de Berlin, surtout avec Hitler dont elle est l'une des actrices favorites et avec lequel elle feint de partager une passion pour l'occultisme. Elle copine avec Eva Braun. Hitler vient prendre le thé chez elle, il la surnomme "notre Olli". Il la désigne parfois pour l'accompagner, à la place d'Eva Braun. Dans l'entourage du guide suprême, tous ne sont pas à genoux devant la belle Olga. Himmler cherche à l'éloigner, Goebbels a parlé d'elle comme d'une "charmante dame", mais sans doute éconduit, il la poursuit de sa rancune et il se chuchote qu'il a cherché des racines juives dans l'entourage de l'actrice, que l'on a retrouvé mort le metteur en scène Karl Wolf dont elle était proche, juste devant le théâtre où elle jouait. Remarquée par Murnau, elle décroche des rôles importants dans *Un chapeau de paille d'Italie* de René Clair, dans *Mary* d'Alfred Hitchcock, dans *Liebelei* de Max Ophüls, devient une des égéries du régime, star de la UFA, et invite l'aristocratie nazie dans son hôtel particulier, jamais avare de protection pour sa carrière. Elle adore se faire prendre sous un lustre en cristal, sans autre vêture qu'une paire de boucles d'oreilles qui tintent.

Les hommes du Reich la courtisent tant, et elle les choie avec tant d'appétit (il existe une photo d'elle assise à côté du Führer), que ceux de Staline auraient pu ne plus savoir à quel sein se vouer. Olga chasse toute ambiguïté en proposant à Moscou de profiter de sa proximité avec Hitler pour l'empoisonner. Nahum Eitingon, l'homme chargé d'éliminer les ennemis de l'extérieur, qui engagea l'assassin de Trotski, est mis au courant, prêt à donner un coup de main. Staline hésite, et abandonne ce plan radical. On a beaucoup glosé lorsqu'en 1945 elle est appelée d'urgence à Moscou, retenue et interrogée durant des mois, avant d'être renvoyée à sa patrie de cinéma. Il est probable qu'Olga fut alors convoquée pour un long débriefing de tout ce qu'elle savait. Après, ce ne fut plus comme avant. Succès envolé, elle lance un salon de beauté, puis une marque de cosmétiques. En 1977, Anne Cocker, une Écossaise dirigeant une plantation de roses, baptise sa nouvelle création du nom d'Olga Tschechowa, pour l'anniversaire de ses quatre-vingts ans : la fleur est jaune vif, au fort arôme. Elle pique.

Zaroubine et Zaroubina

Beaucoup sont canon, belles à croquer. Pas elle. Comme née pour trahir, chienne de garde stalinienne, cette Lisa Rosenzweig a multiplié les masques, froide femme de l'ombre habile à se rendre invisible dans la foule, rusée caméléon. Membre des groupes révolutionnaires de Bessarabie, elle fit très jeune partie des services de renseignement du Kremlin, traductrice à l'ambassade soviétique de Vienne. En couple avec Yakov Bloumkine, elle est expulsée avec lui de Turquie où ils sont en mission : son mari avait vendu des manuscrits hassidiques afin de financer des soulèvements. Sans scrupules, elle le dénonce comme trotskiste, organise le piège qui va le confondre et le mènera à être exécuté. Elle épouse un autre agent, Vassili Zaroubine, avec lequel elle sillonne l'Europe sous l'identité d'un couple tchèque : ils sont très élégants et se font passer pour les dirigeants d'une société d'importation de textile. Parfois Lisa Gorskaya, parfois Elizabeth Zubilin quand elle sera aux États-Unis, c'est une redoutable espionne qui va réussir à voler les plans de la première bombe atomique américaine (le plan *Manhattan*) en se liant avec les épouses des scientifiques travaillant pour Robert Oppenheimer, avec l'épouse même du savant (Kitty Harris aux sympathies communistes et antinazies), puis avec les scientifiques eux-mêmes, prompte à séduire sans jamais passer à l'acte de chair. Sa force de persuasion est telle qu'elle convainc Oppenheimer d'engager à ses côtés l'agent soviétique Franz Neumann. Elle aura "retourné" Willy Lehmann, agent de la Gestapo, recruté des agents américains… et comme tout le monde suspecte tout le monde, on la dira agent nazi, tandis que Zaroubine est soupçonné de travailler pour les Japonais. Il a une sale réputation, ce Zaroubine, celle d'un type gras, obscène, qui serait impliqué dans le massacre des officiers polonais à Katyn.

Sans traces

Est-ce que j'ai bien fait de le faire monter chez moi ? On s'est remarqués dans le bar du bas, ça s'est fait très vite, j'lui ai montré le salon, proposé de se reverser le nombre de verres qu'il voulait pendant que je me rafraîchissais. Il est entré comme ça dans la salle de bains, direct, j'étais à poil dans l'eau : "On ne vous a jamais appris à frapper ? – Désolé…" Il s'incrustait, le salaud. "La vue est belle ? – Imprenable ?" Je me suis laissé glisser sous la mousse, histoire qu'il arrête de me reluquer les seins : "Patientez, j'en ai pour deux minutes." Il n'a pas bougé. "Donnez-moi au moins une serviette." Il m'a montré celle qui était accrochée au mur. J'ai fait un geste pour lui signifier que j'allais me lever, sortir du bain. "Vous comptez vous tourner, ou il vous faut la totale ?" Il a souri, et enchaîné : "Je vous offre un verre ? – Nue, ou habillée ?" Il n'a pas répondu, il m'a tendu un whisky dans lequel tintaient les glaçons, et envoyé valdinguer la serviette dans la baignoire.

Je n'ai jamais su son nom, je veux dire, le vrai. Parce que des noms, il en collectionne. J'avoue : ce genre de type, c'est comme un pan d'anatomie intime, être si bien caché le rend terriblement désirable. Moi je m'y connais en pseudos. J'ai été Paramount Girl avant de m'installer au Mexique. Au cinéma vous endossez l'identité de vos personnages. Je suis à la fois Rose Lowell, Melanie Melbourne, Sheila Crane, Bettina Robson, Gloria Palmer, Kay Lehman, Jennifer Simpson, Lady Elizabeth, pour ne citer que mes rôles les plus connus parce que sinon j'ai été Patty, Nora, Astrid, Harriett, Daisy, j'en passe… J'ai su qu'il aimait ça, que je change de profil, comme lui. C'est devenu un jeu entre nous. Cela nous troublait de recréer une atmosphère de film noir quand on avait envie de s'inventer un scénario coquin. Provoquer le choc de la réalité avec l'imaginaire. Sans nous prendre pour Bacall et Bogart, pour Cary et Ingrid, pour Lizabeth Scott et Burt Lancaster, nous trouvons exquis de jouer au détective/flic/homme traqué en cavale et à la charmeuse aux airs boudeurs/ensorceleuse/candide au joli minois/fille perdue/nymphomane/simulatrice/otage terrifiée… On a commencé par imaginer qu'il était cambrioleur, je le prenais en flagrant délit, il me neutralisait en me ligotant, avec mes collants et la ceinture de ma jupe pour rendre l'opération érotique, et je dois dire que même immobilisée par terre et mimant la fille apeurée je prenais ma part de l'improvisation, lui chuchotant par instants quoi me faire. Peu à peu, nos plaisirs se sont faits de plus en plus exquis et de plus en plus violents. Nos rendez-vous intimes sont carrément hitchcockiens, inspirés par la confusion entre le crime et l'étreinte. On se pique de strangulation, on manie le couteau de cuisine, on ourdit un piège, on s'épie, on se peaufine parfois des trahisons, la surprise de surgir de l'ombre quand l'autre se croit seul, ou la fausse agression quand il est endormi. Cette façon de mêler la peur au désir nous stimule. Nos récréations sexuelles s'attisent de transgressions et d'immoralité, elles frémissent à bousculer les normes, à concrétiser des fantasmes.

Il ne s'endort jamais sans entourer son lit de journaux, répandus par terre, pour être certain d'être réveillé dès que quelqu'un s'approcherait durant son sommeil : un truc qu'il a piqué dans *Le Faucon maltais*. Aussi, il excellait à remettre en scène des interrogatoires suspicieux, pleins d'arrière-pensées. Genre :

“Il va falloir t’expliquer sur ton comportement, la raison pour laquelle tu m’as dragué dans ce bar et fait monter chez toi ! – À ton avis ? – Peux-tu me dire pourquoi tu m’as tout de suite montré tes seins ? – Non, je ne t’ai pas montré mes seins, je t’ai laissé dans le salon pour aller me déshabiller dans la salle de bains. – Étrange comportement ! Tu te cachais pour téléphoner à quelqu’un ? Qui voulais-tu alerter ? – Arrête ! j’ai pris un bain ! – Tu voulais me séduire, sinon pourquoi m’aurais-tu demandé de venir te rejoindre ? – Je ne t’ai pas appelé, tu es entré sans que je te le demande, et sans frapper. – Et là, tu as voulu m’ensorceler, c’est ça ? – J’espère que de me voir au bain ne fut pas une torture trop pénible. Tu sais bien que cela ne s’est pas passé comme ça ! – Tu crois ? Il faudrait faire une reconstitution pour être sûrs ! On monte ?”

Mon amant inconnu se prétend né à San Francisco, il m’avait confié la mission de faire paraître, quand il serait mort, un simple avis de décès dans la presse locale, celui de Traven Torsvan Croves, fils de Burton Torsvan et de Dorothy Croves, écrivain signant B. Traven ou Hal Croves. Il voulait que ses cendres soient éparpillées par avion dans les ruelles d’Ocosingo, une ville du Chiapas au nom codé : “le lieu de l’homme noir”. Noir d’anarchisme, la rage au cœur. Américano-norvégien de naissance, à en croire ce bulletin ? Toutes méfiances dissipées, dans mes bras, et parfois transcendé par des champignons hallucinogènes, il lui arrivait de me confier l’impensable : il était fils d’un Hohenzollern, un bâtard du kaiser Guillaume II rien de moins, fruit illégitime d’un empereur et d’une chanteuse d’opéra, la diva von Sternwald. Aristocrate révolutionnaire déterminé à se soustraire à l’état civil, s’étant juré de ne jamais recevoir d’ordres de quiconque, vomissant ses origines et vantant la gloire de l'anonymat, plaidant l'identité morte, cultivant le vagabondage, la rébellion dostoïevskienne, le culte des travailleurs, prolétaires, syndicalistes, exilés.

C'est à Tampico qu'on s'est rencontrés. Je tournais un film de pirates, il pointait à la raffinerie de pétrole. J'ai gardé intact son sac de l'époque, bourré de vestiges de ses voyages, un hamac, un chapeau de marin, une combinaison tachée d'huile, photographies d'Indiens du Chiapas ou d'hommes et de femmes croisés sur la route, une mèche de cheveux de la Modotti, Colt 45, carnets de notes sur ses boulots de crève-misère, ici aux moissons, là comme cueilleur de coton ou à la mine de charbon. Ou fomenteur de grèves.

Son décès m'a valu bien des visites, de police ou de journaux, pour enquêtes. Ces intrusifs ont du pain sur la planche, mais rien ne les bride de raconter n'importe quoi. On a dit de Traven qu'il n'était autre que Jack London, ressuscité après un faux suicide sous ce nom d'emprunt pour aller faire le gringo au Mexique. Qu'il fut l'amant d'un marin belge, comme il le raconte dans son roman *Le Vaisseau des morts*. D'où viennent ces rumeurs qui l'ont désigné comme un archiduc autrichien en fuite, un lépreux, un explorateur de l'Arctique ? En premier lieu de sa propre imagination, de ses propres bourlingues, celle de l'acteur de théâtre Ret Marut, jouant les fossoyeurs dans *Hamlet*, parcourant les tréteaux de Bavière avec Elfriede Zelcke sa compagne signant quelques critiques dans lesquelles il assassine Ibsen et Strindberg. À cette époque il est enregistré par la police de Düsseldorf comme sujet britannique, et suspecté d'être un espion. Commencent ses errances à travers l'Europe, sous divers pseudonymes, en compagnie d'une actrice, Irene (ou Alda)

Mermet : ici il est Ret Marut, ou Richard Maurhut, là Albert Otto Max Feige, affirmant être américain, ce qui rend sceptique le FBI.

"Chaque mot de ce livre est dirigé contre la dictature. Il fut saisi et brûlé par les Chemises brunes sous les ordres de Goebbels", est-il écrit, de la main même de son auteur, sur la page de garde de son "Regierung" dans une bibliothèque de Berlin. Il fonde une revue, publie des poèmes sous le nom de Hyotamore von Keyrena, s'embarque pour Tampico, où Irene ne se plaît pas (adieux), où il vit avec sa traductrice Esperanza López Mateos, membre du parti communiste, fort caractère, envahissante, qui veut l'épouser, refus de sa part (overdose de marxisme), devient lesbienne, se donne la mort (requiescat in pace). À l'université de Mexico où il étudie l'espagnol, l'histoire, la géographie, l'art et la littérature, il croise Bodil Christensen, une Danoise, restée son amie, amoureuse de lui, et qui continuera à lui écrire, sans jamais dévoiler le secret de cet homme, qu'elle connaissait. Mais c'est moi qu'il épouse, moi Rosa Elena, moi qui ai abandonné ma carrière pour être à lui, être à l'homme qui est arrivé dans ma vie entre tonnerre et éclairs. J'ai un doute sur le nom de l'homme que j'ai épousé, B. Traven (écrivain mystérieux), Ben Traven ou Bruno Traven, ou Benito, ou Ret Marut, Traven ou Berick Torsvan (explorateur norvégien), Otto Feige, Kraus Linger, Richard Wienecke, Hugo Kronthal… et même Eric Sutton puisqu'il nomma ainsi le traducteur de ses premiers manuscrits en réalité traduits par lui-même. Ou encore Hal Croves, agent littéraire et scénariste : voulant adapter au cinéma son roman le plus connu, *Le Trésor de la Sierra Madre*, John Huston sollicite sa participation, se voit répondre par Traven qu'il n'est pas disponible mais qu'il envoie son agent à sa place. Embauché à 150 dollars la semaine, livrant ses propres idées sur le scénario, Traven assiste en réalité au tournage sans que quiconque ne se doute qu'un espion expertise les scènes, derrière la caméra. Hal Croves n'est autre que Traven. Ce que dévoile *Life*, ce qu'il nie of course.

On a eu chacune notre homme. Irene a eu Marut l'espion, le théâtreux insurgé, Tina Modotti chez qui il alla étudier la photographie eut Torsvan, car la coordonnatrice de l'Internationale communiste en Amérique latine était espiègle, aguicheuse, voyez-la nue sur les photos de Weston, allongée dans un patio en plein soleil, les mains derrière la nuque, dos cambré, yeux clos dans l'attente qu'un conquistador vienne titiller son poil ébène. Peu m'importe comment il se présenta à ses femmes, danseuses, prostituées, nymphomanes ou veuves esseulées, moi j'ai eu Traven, qui commandait toujours au lit, sous le ventilateur et la moustiquaire. Traven qui m'emmenait écouter dans une salle de ciné le bruit des fermetures éclair ouvertes sur fond de pianos scandés et de violons torturés, avant de me raccompagner, pâle sous les néons du bar où nous prenions les verres qui grisent, tailleur et talons aiguilles sculptés pour Sunset Boulevard, hypnotisée par l'imminence d'être sans résistance, impatiente que l'orage déchaîne un foudroiement d'orgasmes, puis l'escalier sombre, les marches gravies au son de nos baisers plaintifs, mon rouge à lèvres comme un bâton de dynamite, ses ordres vifs dès franchi le seuil de notre abri : "Il est 3 heures du mat', la nuit est ténébreuse et glaciale, tu frappes à ma porte, pieds nus, trempée, cherchant asile, fausse innocente, en fringale, et convoitée, transie avide d'être déshabillée, harassée impatiente de se coucher… Tu n'auras rien à faire, juste te laisser choyer." Il lui arrivait de jouer au crevard appâté, affalé sur un fauteuil, un verre de bourbon où claque un cube de glace main droite, une Lucky Strike entre deux doigts main gauche, muet comme tétanisé par le spectacle de mon imperméable jeté, de ma robe dégrafée, de ma culotte ôtée, de mon corps étendu, offert, ouvert : "Je te fais peur ?" Il se faisait frileux pour mieux se révéler ogre l'instant d'après. Me faisait être brune fatale, beauté ombrageuse à grâce chaloupée et chemisier de soie sur soutien-gorge de fine dentelle noire, ou blonde "décolorée jusqu'au cerveau" comme il disait, nonchalante aux ongles en lames de rasoir, lingerie gris perle, murmurant à mon oreille des choses plus crues que mon corps nu. Il était l'espion me faisant boire pour me faire révéler mes secrets, ou, me ligotant nue sur un tabouret, me menaçait d'une fine cravache et me sommait de tout lui dire sinon… J'étais l'espionne surprise en flagrant délit de fouiller sa chambre, et intimement punie, non sans avoir été photographiée en d'audacieux clichés susceptibles d'être expédiés, divulgués. L'un après l'autre nous étions victime et bourreau, dominé et dominant, infiltré et retourné. De concert nous avons inventé un plan pervers pour pouvoir affronter n'importe quel interrogatoire. Ou comment faire croire à un adversaire potentiel, l'espion ennemi, que nous n'avions eu que des rapports tarifés. "Herr Müller va nous interroger pour sonder nos liens. Il soupçonne en nous une complicité, des échanges d'informations. En aucun cas il ne doit savoir. On ne se connaît pas. Arrange-toi pour qu'il croie que je suis monté hier avec toi pour avoir un rapport sexuel. De mon côté c'est ce que je soutiendrai. Tu m'as levé dans le bar du bas, je t'ai suivie, j'ai fermé la porte à clé et j'ai déposé 50 dollars sur ta table de salon. J'ai déboutonné ton cardigan, caressé, soupesé et pincé tes seins jusqu'à ce que tu te tortilles, et je t'ai demandé de me sucer. Puis je t'ai fait tout ôter et je t'ai poussée dans ta chambre." Ce type de plan me ravissait, tellement que j'en rajoutais, et commençais à me déshabiller, en me remémorant un roman où j'avais lu ça : "Attends, pour être crédible il va falloir que tu puisses lui décrire mon anatomie (j'ôtai tout). Tu vois, j'ai un petit tatouage sous le sein gauche, et une petite cicatrice à l'intérieur de la cuisse, là. Et puis une marque laissée par un vaccin contre la variole…" J'aimais me modeler à son désir, abolir toute résistance. Je n'étais pas soumise, mais submergée.

Le viol de Mona

Impeccable, cette nana ! Jolie fille, diplômée, célibataire, un peu coincée sur les bords mais affichant un état d'esprit positif et ne dédaignant pas la bagatelle. L'agent Richard Benson l'avait repérée lors d'une partie de bridge chez des amis, et espionnée un certain temps avant de la recruter, d'un studio loué en face de chez elle, avec ses jumelles, planqué fenêtre sur cour. Il n'avait rien trouvé à redire à son comportement. Il savait à quelle heure sonnait son réveil le matin, ce qu'elle avalait avant de filer à la douche d'où elle ressortait drapée dans une serviette, il connaissait tous ses secrets de maquillage, ses péchés mignons en matière de cuisine, ses musiques favorites, son penchant pour les mots croisés, ses goûts sexuels. Lui faire abandonner son emploi de standardiste avait été un jeu d'enfant, elle ne demandait qu'à se lancer dans de nouvelles aventures, surtout sollicitée par un beau brun aux yeux bleus. Au SIS, elle commença aux Archives puis fut promue aux "visites techniques", destinée à s'introduire dans un appartement pour poser des micros ou à inspecter le lieu d'habitation de l'un des nôtres afin de détecter s'il était espionné. Il faut dire que le changement d'activité de Mona avait eu des conséquences sur sa vie privée. Être dans les services secrets avait boosté en elle un désir d'aventures, et puisque ce que ses supérieurs hiérarchiques attendaient d'elle s'avérait à la longue assez ennuyeux, une routine, c'est dans l'intimité qu'elle avait commencé à oublier son passé de bas-bleu. Envoyée à Berlin pour accomplir des tâches très administratives, elle était logée non loin de la porte de Brandebourg dans un trois-pièces où elle ne se privait pas d'oublier la nuit le caractère ingrat de son travail diurne. Mona avait l'œil, mais toute Britannique venue s'incruster en Allemagne à cette période ne pouvait qu'attirer l'attention des services secrets allemands qui, après l'avoir longuement espionnée à leur tour, finirent par l'enlever et la détenir dans les caves de la Gestapo. Elle était courageuse. Cela faisait plusieurs jours que les SS tentaient de la convaincre de leur livrer des noms, des documents, en vain. Des gifles, ils étaient passés aux humiliations. Cette fois, dans la pièce où elle est assise sur un tabouret, vêtements arrachés, bientôt intégralement nue, jambes ouvertes, ses tortionnaires lui saisissent les cheveux pour l'obliger à relever la tête et à regarder le film qu'ils projettent sur un écran. Ce qu'elle voit la stupéfie : c'est elle, chez elle, elle avec ses amants. Ce sont ses positions, ses mots, ses gémissements, ses orgasmes. Elle pousse un cri. "Comment vous êtes-vous procuré ces images ?" Rires dans la salle. Mona est victime de l'une des armes préférées de Reinhard Heydrich : filmer ses cibles derrière une glace sans tain. Il use de ce stratagème pour manipuler les dignitaires nazis comme des marionnettes, mais aussi pour convaincre d'éventuelles agents doubles, les faire chanter. "Oubliez comment nous avons fait, dites-nous plutôt comment vous allez répondre à nos propositions. Nous pourrions vous en faire plusieurs, car tous ceux qui ont vu ce que vous montrez là sont unanimes, vous baisez comme une reine !" Nouveaux rires. Gras. "Tous ceux qui ont vu… ? Que voulez-vous dire ?" Mona défaille, rouge de honte. "Mademoiselle, ce film est très sollicité dans nos services, tout le monde se l'arrache !" Elle est effondrée, tétanisée, sans voix, évanouie. On lui fait boire de l'alcool pour lui faire retrouver ses esprits, on la gifle. Elle rouvre les yeux. On lui fait absorber verre sur verre. On la met debout, on la fait danser, tourner sur elle-même. La pièce est de plus en plus bondée, des agents arrivent de tous les étages. Elle est couchée, Ralf la pénètre, puis c'est au tour de Markus, d'Otto, de Gregor, elle pleure, elle veut les arrêter, on lui tient les mains, les jambes, elle est violée par Vladimir, Sanson, Bruder, elle ne bouge plus, elle se laisse faire, défilent Siegfried, Arman, Stefan, Jürgen, Friedrich, Werner, Ulrich, elle reste couchée sur le dos, les bras en croix. On la rhabille, on la pousse dans sa cellule.

La secrétaire

Créé par Winston Churchill, le SOE (Special Operations Executive) recrute aussi des femmes, les entretiens d'embauche s'effectuant dans un premier temps en chambre d'hôtel car l'adresse du siège (64, Baker Street) doit rester secrète. Envoyer agents et matériels dans les pays occupés, faire fabriquer de faux papiers, confier des chaussures à fausses semelles de caoutchouc imitant des pieds nus, voire des pilules de cyanure à dissimuler dans un ourlet, sont quelques-unes des attributions de Vera Atkins, Juive roumaine devenue une pièce maîtresse de la structure, bras droit du cerveau. Elle sert de modèle à Ian Fleming lorsqu'il crée Miss Moneypenny, la secrétaire de M dans la saga *James Bond* (M est le surnom du brigadier écossais Colin Gubbins, le chef des opérations militaires du SOE). Dans un cagibi contigu à son bureau, elle conserve des "trésors" confiés par ses agents avant leur départ en mission : photos, testaments, disques vinyles, effets personnels dans une valise, manteau, journal intime… "Entrez !" crie-t-elle de l'autre côté de la porte, puis "Asseyez-vous", sans que ces ordres n'admettent la moindre contestation. Elle vous fixe, saisit son paquet de cigarettes, en choisit une, lentement, qu'elle plante au creux d'un V formé par l'index et le majeur, puis glisse entre ses lèvres. Elle tète, et exhale très vite la fumée qu'elle a aspirée, toujours en vous scrutant, s'enrobant et vous avec d'un nuage. Quand elle vous a identifié, quand elle s'est fait un jugement sur vous, elle tourne la tête, cesse de vous regarder, continue à vous parler en posant les yeux sur le chromo préraphaélite qui est accroché derrière vous, ou sur le spectacle de la rue, par la fenêtre.

La mission de Mary Jayne Gold

Nous devons à l'actrice Susan Swinton ce récit de l'une des opérations qu'elle a menées comme espionne. Outre qu'il relate le caractère à la fois périlleux et cocasse de ce à quoi s'exposèrent des agents secrètes, ce témoignage rend hommage à une autre femme engagée en France, à Marseille, après la débâcle, organisant un trafic de faux papiers et aidant nombre d'intellectuels traqués à fuir la France. Le texte figure dans le manuscrit inachevé de ses Mémoires. Il a été traduit par Jérôme Peters.

J'ai lu comme tout le monde ces romans policiers où des femmes fatales essayent de tourner la tête des détectives susceptibles de fouiner dans des histoires où elles préféreraient que personne n'aille mettre son nez. J'ai joué dans un film où je devais séduire un type à seule fin de le manipuler. *Burning Journey* racontait la sordide machination d'une épouse trompée pour obtenir de son mari une pension juteuse après divorce : elle avait payé un certain nombre d'aguicheuses pour pousser l'infortuné (un professeur d'université) à multiplier les infidélités en vingt-quatre heures, et témoigner de l'heure exquise que le supposé priapique leur avait fait vivre. J'étais l'une de ces tentatrices : une étudiante aux yeux torrides qui se faisait payer un daïquiri dans un bar avant d'inviter sa proie à une studieuse récréation : "J'ai besoin d'une leçon particulière… Pourquoi pas maintenant ? Tu m'emmènes ?" Le code Hays n'autorisait pas de dialogues plus suggestifs.

L'occasion d'exercer ce talent d'allumeuse pour de vrai s'est présentée à moi en 1941, par l'intermédiaire d'une camarade d'école que j'avais perdue de vue. Mary

Jayne Gold avait été avec moi au collège dans la banlieue de New York, avant que ses parents richissimes ne l'envoient poursuivre ses études dans une école privée en Italie. Un rôle fugitif, scène coupée au montage, dans *De Mayerling à Sarajevo* de Max Ophüls, m'avait mise en présence l'année précédente du comédien français Sylvain Itkine, dont j'avais partagé le point de vue sur les évènements internationaux, et il m'avait proposé, en tout bien tout honneur, de l'accompagner à la villa Air-Bel où Miriam Davenport, une étudiante en art, l'avait invité quelques jours. Située dans les faubourgs de Marseille, cette belle maison hébergeait quelques réfugiés juifs pour lesquels l'Emergency Rescue Committee, l'association fondée par Varian Fry sous le patronage d'Eleanor Roosevelt, s'activait afin de leur obtenir un visa pour les États-Unis. Alors que Hugh Fullerton, consul général des États-Unis en France, soutenait la politique de Vichy et prétendait que son pays ne devait pas se mêler des affaires intérieures françaises, Varian Fry avait recruté des volontaires pour aider des intellectuels et des artistes juifs à fuir les nazis. Je découvris que cet asile aux meubles Second Empire était loué conjointement par Miriam Davenport et par Mary Jayne Gold, toutes deux très engagées dans le comité.

Mary Jayne aurait pu subjuguer plus d'un metteur en scène, avec ses longues jambes et sa blondeur radieuse. Sa jupe plissée, son chapeau cloche et ses voitures rutilantes la désignaient comme une privilégiée. Elle avait été élevée dans le luxe et les bonnes familles, descendait dans les palaces, voletait de cocktails en galas, rythmait son existence désœuvrée par des séjours à Biarritz ou à Saint-Moritz. Aucune routine chez cette élégante aux mœurs libres qui, de son appartement de l'avenue Foch à Paris, avait pris contact très tôt avec un organisme voué à faire sortir des prisons du régime de Vichy un certain nombre de victimes des rafles, leur trouver des planques, leur obtenir de faux papiers afin de les faire passer en Espagne ou, par cargos, en Afrique du Nord, et de les faire échapper aux camps d'extermination. De ce CAS (Centre américain de secours), elle avait rejoint les rangs du comité de Varian Fry, auquel elle trouvait une allure d'officier de l'Armée du salut, et collaborait étroitement avec sa secrétaire, Lena Fishmann. Aux États-Unis, Eleanor Roosevelt harcelait les Affaires étrangères pour qu'elles dépassent les quotas fixés aux visas d'immigration. À Paris, la chroniqueuse du *New Yorker* Janet Flanner collectait des fonds pour alimenter ce comité qui s'était donc replié à Marseille.

J'ai côtoyé à Air-Bel une conscience politique, Victor Serge, ex-compagnon de route de Léon Trotski. Ainsi qu'André Breton, jamais à court d'imagination pour organiser des jeux d'après dîner, du cadavre exquis à un précurseur du *Cluedo* : le salon était plongé dans l'obscurité, un assassin désigné par tirage au sort y tuait virtuellement une victime de son choix, et l'assistance devait désigner le coupable à l'issue d'une série d'interrogatoires menés par et parmi les participants. Breton collectionnait les insectes, avec une prédilection pour les mantes religieuses. Je n'ai jamais osé lui demander si l'une d'elles se prénommait Nadja. Son humour s'exerçait rarement sur lui-même. Victor Serge et André Breton partiront peu après pour Mexico et les États-Unis. La villa accueillera Benjamin Péret, Marcel Duchamp, Max Ernst, Arthur Adamov, Marc Chagall…

Mary Jayne Gold s'était fait une entorse en ratant une marche du majestueux escalier qui montait au premier étage, accident sans gravité s'il n'était survenu à quelques jours d'une mission qu'elle devait exécuter en Ariège. Il s'agissait de se rendre au camp du Vernet, où étaient emprisonnés des volontaires des Brigades internationales, des opposants politiques à Hitler ou Pétain, et de convaincre le commandant du camp d'accorder à quatre de ses "internés" une permission de sortie à Marseille, un ou deux jours pour voir leur famille, avant de réintégrer leur baraquement surveillé. Évidemment, devait plaider Mary Jayne Gold, les prisonniers resteraient sous bonne garde. Évidemment, devait-elle ne pas dire, ces militants bénéficieraient de l'aide du comité pour s'évader. "Tu es ma remplaçante idéale, me dit-elle. Toi seule possèdes autant d'atouts pour mentir avec aplomb ! Imagine-toi devant la caméra de Howard Hawks !" (Je lui avais confié ma déception d'avoir été supplantée par Constance Cummings en 1931, pour *The Criminal Code*.)

Crânement, j'y suis allée ! Direction Toulouse, correspondance pour Foix, descente en gare du Vernet. Un café sur une petite place me permet de demander où se trouve le camp : c'est à deux cents mètres ! Je me mets en marche après avoir avalé un cognac, longe la clôture de fils de fer barbelés, pénètre dans cette enceinte où s'alignent des baraques de tôle ondulée, et au premier étage du bâtiment administratif, le commandant du camp m'accueille. C'est un type aux tempes grisonnantes, avec un vague air d'Adolphe Menjou, cet acteur rêche qui m'avait giflée à mes débuts, dans *Forbidden* de Frank Capra. Il est glacial. "Vous avez un mari dans le camp ? me lance-t-il en me faisant asseoir. – Je ne suis pas mariée, je viens pour des amis." Il a un sourire moqueur, plein de sous-entendus. Je lui explique l'affaire… Quatre hommes sous sa juridiction, quatre hommes qui doivent déprimer loin des leurs, et auxquels j'aimerais apporter une aide, un soutien… Il m'observe avec ironie, un rien d'agacement. Il joue avec une boule de pâte à modeler qu'il ne cesse de strier à l'aide d'un petit scalpel, il malaxe la pâte, y donne des coups de lame, traçant des motifs cabalistiques. Il me scrute, il se lève, tourne autour de ma chaise, toujours en torturant sa glaise, se rassied derrière son bureau. Je cherche mes mots, parle de geste humanitaire, fouille mon sac à la recherche d'une cigarette. Il nc bronche pas, continue à me dévisager. Son regard se pose sur mes genoux. Je tire nerveusement sur ma jupe, croise et décroise les jambes, à la fois pour masquer mon anxiété et pour tenter d'ensorceler l'officier qui regarde sa montre. "Venons-en au fait, mademoiselle ! Quel est le but de votre visite ?" Je répète ma tirade. Je mentionne l'intérêt du consulat américain pour ces quatre infortunés, je cite le nom de Hugh Fullerton, "mon ami", dis-je en accusant mon accent. Il a l'air impressionné. "Qui sont ces hommes ? Leurs noms ? Je ne peux pas vous aider si vous ne donnez pas leurs noms !" Je commence par Wifredo Lam, peintre cubain, élève de Picasso, adepte du surréalisme, engagé dans la guerre d'Espagne. Il y a aussi Boegler, Ruffalo, et Andrift. Le commandant ordonne à son adjoint d'aller chercher leurs dossiers. Je tripote ma cigarette toujours éteinte entre mes doigts, laisse remonter ma jupe sur ma cuisse en recroisant les jambes, pose une main sur le rebord de son bureau pour ne pas perdre l'équilibre en ôtant quelques secondes l'une de mes chaussures à talons, le temps de me masser le pied. Son regard s'est posé sur ma main, puis sur mon pied, et le voilà qui étale les quatre dossiers sur son bureau. "Boegler !" dit-il, ouvrant la chemise de carton renfermant plusieurs fiches administratives. Il en sort une lettre du comité. “Centre américain de secours ? questionne-t-il. – C’est un comité d’aide aux ressortissants américains… ou en passe de l’être.”

J’explique l’intérêt porté par mon pays aux artistes freinés dans leur création, notre souci de rendre supportable la captivité de prisonniers dont nous jugeons l’arrestation incompréhensible, “sans entraver la justice, bien sûr”. La femme de Boegler est sur le point d’accoucher, elle s’inquiète énormément de la santé de son mari. “C’est difficile pour tout le monde”, bougonne-t-il. Je déboutonne un bouton de mon chemisier, puis un second… “Ai-je eu tort en pensant que vous sauriez m’écouter ? Je vous serais tellement obligée si vous accordiez à mes amis une permission pour se rendre à Marseille, sous votre surveillance évidemment. Ils seraient de retour le lendemain.”

Le regard du commandant ne quitte plus mon chemisier entrouvert. “Pourquoi pas !” lâche-t-il. Je poursuis ma plaidoirie : “Que le consul soit irrité n’est pas votre problème, je le conçois. Mais vous pourriez vous targuer d’avoir fait acte de charité sans déroger à votre devoir ! Je suis même sûre que mes amis reconnaissants ne manqueraient pas de faire savoir dans le camp que vous êtes un homme de qualité !” Je porte ma cigarette à mes lèvres : “S’il vous plaît, auriez-vous du feu ?” Il sort une boîte d’allumettes d’un tiroir de son bureau, en gratte une, se penche vers moi, l’œil rivé sur mon décolleté. J’aspire sur ma Pall Mall, souffle sur l’allumette de sorte que la bouffée expulsée de ma bouche lui caresse les doigts. C’est un truc que m’a appris Hawks, il le fera faire à Lauren Bacall, une promesse d’intimité. Je ne lâche pas le morceau : “J’ai pensé vous envoyer une lettre. À la réflexion, me suis-je dit, ne vaut-il pas mieux que je vienne voir le commandant en chair et en os, n'est-ce pas plus courtois ? Un courrier parmi d'autres, signé d'une anonyme, ne remplace pas un vrai contact."

Un sourire illumine son visage. "Vous avez bien fait ! C'est mieux, tellement mieux !" Je jette un coup d'œil à la fenêtre, fait mine de compatir. "Vous ne devez pas avoir tant de visites que ça dans ce trou perdu ! Au fond, vous êtes prisonnier vous aussi ! Pas de distractions, une discipline de tous les instants, aucun moment de détente, oui vous avez raison, les temps sont durs pour tout le monde..." L'officier mord à l'appât. "Vous avez tout compris ! Le devoir m'impose une austérité de vie parfois pesante. Une présence féminine en ces lieux est de l'ordre du fantasme. Votre visite est... inespérée. J'apprécie que vous ayez pris la peine de faire tous ces kilomètres jusqu'ici. Et... si je vous comprends bien, vous avez foi en la compassion. Vous me parlez d'actes de charité... auriez-vous celle de m'accorder un peu de votre temps ?" Je l'interroge du regard. "Je suis là, comme je vous l'ai dit, résolue à venir vous convaincre en personne." Il me fixe : "Cet empressement à... payer de votre personne irait-il jusqu'à me faire l'honneur de dîner ce soir avec moi ?" Notre conversation change de ton. Le commandant a entrevu la possibilité inespérée d'une récréation coquine. Je mime la surprise, mêlée du ravissement d'une telle perspective : "Vous me feriez cet honneur ? C'est avec gratitude que j'accepte votre invitation ! Pourquoi ne nous offririons-nous pas ce que nous désirons tous deux ?"

Cette dernière phrase le fait exulter. L'officier rigide s'est tout à coup transformé en séducteur conquérant. Il m'explique que la région n'offre pas mille possibilités de dépaysements, mais qu'il existe une petite auberge tranquille non loin d'ici, où nous pourrons déguster les crus d'une bonne cave ainsi qu'une terrine et un succulent lapin en gibelotte… jusqu'à tard dans la nuit. "Puisque vous m'offrez l'opportunité d'une détente, je la saisis", ajoute-t-il, concupiscent. "Je suis ravie… j'adore la cuisine française. Et… pour mes amis ?" Sa méfiance s'est muée en obséquiosité. "Miiiiiss Swinton, croyez en ma bonne volonté. Si ces hommes ont le profil que vous me dites… et puisqu'il semble que nous avons trouvé un terrain d'entente, je ne vois pas pourquoi je vous refuserais cette dérogation. – Vous êtes un gentleman ! – Je vais étudier leurs dossiers." Il égrène les quatre noms, en mettant un à un chacun des dossiers en pile… "Vous ne regretterez pas ma petite auberge, Les Deux Copains, à la sortie du village du côté de la poste. À tout à l'heure mademoiselle." J'achève de le mettre de bonne humeur : "Les Deux Copains ou… Les Deux Coquins ?" Il est ravi : "Ah… nous verrons bien" est sa dernière réplique, alors qu'il me raccompagne à la porte.

Comment dites-vous en France ? Va-t-il falloir que je "passe à la casserole ?". Je n'ai pas tardé à découvrir que dans les activités d'espionne, le sexe était l'une des armes principales. Je méditais sur l'abnégation dont j'allais devoir faire preuve en me rendant à l'heure dite aux Deux Copains, où le commandant se fit attendre. Une table était réservée… ainsi qu'une chambre à mon nom me dit l'aubergiste chafouin, qui m'offrit un whisky, puis un autre… Pas de commandant en vue ! J'ai fini par dîner… et aller me coucher. Remerciant le ciel d'être seule à occuper mon lit. Ma mission était-elle compromise ? Le lendemain matin je rejoins le camp où le commandant me reçoit, contrarié. J'affecte un ton de reproche : “Je vous ai attendu…”, je rajoute un zeste de déception, avec messages implicites : “Moi qui croyais que nous allions nous éclater comme deux grands gourmands. J’ai cru longtemps que vous me rejoindriez pour le dessert. J’étais folle d’envie de pouvoir raconter à mes copines que je m’étais régalée avec un officier français ! Vous aviez raison, la table était royale, et le lit doux comme une peau de lapin !” Il est furieux : “Mademoiselle, croyez bien que j’aurais préféré mille fois dîner avec vous. – Mais ? – Le chef local de la Gestapo a débarqué dans le camp sans prévenir et j’ai dû partager son repas… à la cantine. – Oh non ! – Il faut que vous acceptiez mes excuses, j’étais absolument furieux de ce contretemps. J’aurais préféré ô combien souper aux Deux Coc… (il se ravise) Copains, passer ces heures en votre compagnie ! – Je vous crois. Nous aurions partagé quelques confidences, dépouillés des propos de convenances. J’ai espéré que vous viendriez même tard pour un dernier verre, ou déboucher le champagne. Je me suis résolue à pousser le verrou de ma porte… J’ai rêvé de vous… Tout compte fait, ce rendez-vous n’était pas raisonnable.” Il enrage. “Ce l’était, mademoiselle, ce l’était tout à fait ! J’aurais volontiers étranglé cet Allemand lorsqu’il a fait irruption alors même que je m’apprêtais à monter dans ma voiture ! – Je suis désolée ! Qui sait quand une telle occasion pourra se représenter ? Et mes amis ? – Je les libère demain pour vingt-quatre heures, sous escorte. Ils seront à Marseille dans la soirée. – Vous êtes sûr ? – Vous avez ma parole d’officier ! – Oh, merci ! Je suis votre obligée !” Il grogne. J’insiste : “Comment pourrais-je vous remercier ? Je suis si déçue que notre petit rendez-vous ait été contrarié ! – La guerre !” soupire-t-il en regardant ses bottes.

Bavard

L'une de mes camarades du musée de l'Homme, héroïne de la Résistance, à qui ultérieurement je racontais comment du temps de la Gestapo je n'étais pas allé jusqu'à me mettre sérieusement dans le cas de subir la torture (sachant que je ne tiendrais pas et que, passant des cris amorphes à des paroles trop modelées, je donnerais tous mes amis) m'assurait que pour ne pas céder, il existe une méthode relativement simple : parler, parler, parler, dire n'importe quoi mais s'arranger pour avoir toujours quelque chose à dire*.

MICHEL LEIRIS

Appelez-la Pamela

"Mon chéri, nous ne sommes pas très beaux ni vous ni moi mais je me plais avec vous, et j'ai l'illusion que vous ne souhaiterez pas nier que vous vous plaisez avec moi. Mon Dieu, comme je voudrais que se prolonge à l'infini le charme nimbant nos rencontres. Je garde un souvenir ému de la soirée que nous avons passée ensemble la semaine passée, celle où vous m'avez annoncé votre obligation de partir quelques jours en mission. J'ose aujourd'hui honorer l'invitation faite de te tutoyer. Tu as su me rassurer sur notre avenir, et par tes attentions tu as su estomper la tristesse que j'ai ressentie de te savoir bientôt éloigné. Ma bouche frémit encore de tes doux baisers, ma peau frissonne au souvenir de tes caresses. Je suis si impatiente de pouvoir

* *À cor et à cri*, éditions Gallimard, 1988.

t'avoir avec moi tout le temps, mon Will loved, dear Will, pouvoir te découvrir et te choyer chaque jour un peu plus, devenir ta femme. Prends bien soin de toi. Pam qui t'aime."

L'écriture de cette lettre est fine, calligraphiée, elle est sans doute due à une jeune fille soignée, une brunette à en juger par la mèche de cheveux jointe. Cette lettre a été retrouvée dans les affaires d'un noyé, un officier britannique dont le corps s'est échoué sur une plage d'Espagne. On ne connaît pas le nom de famille de cette Londonienne, et pour cause. Pam, surnom de Pamela, n'existe pas, pas plus que n'existe l'homme auquel s'adresse cette missive amoureuse, un faux noyé.

Cette histoire date de 1943. Il faut en situer le contexte. C'est la guerre. Les Alliés s'apprêtent à débarquer en Europe, ils veulent assaillir les Allemands par surprise. Un certain nombre d'opérations sont menées pour tromper l'ennemi, le désinformer, faire diversion. L'opération *Bodyguard* vise à cacher cette probabilité d'attaques par la mer, l'opération *Quicksilver* et l'opération *Skye* ont pour but de faire croire à un assaut par le Pas-de-Calais et la Norvège. Dans ce but, des armées sont massées en Écosse, dans le Sud-Est de l'Angleterre, sur l'île de Wight et dans le Kent, avec des chars gonflables fabriqués par Goodyear et par Goodrich, des leurres d'artilleries en bois qui abusent les avions allemands venus tenter des reconnaissances aériennes. Parmi ces stratégies, il en est une visant à convaincre les Allemands qu'ils ne seront pas attaqués en Sicile mais en Sardaigne, en Corse, en Grèce. Elle se nomme opération *Mincemeat*, soit opération "viande hachée", ou "chair à pâté". L'idée est de mystifier les nazis en leur donnant accès à des documents erronés. En 1942, un piège avait fonctionné : une carte trouvée en Égypte sur un homme dont la voiture avait sauté sur une mine indiquait des secteurs prétendument occupés par les Alliés, les panzers de Rommel y avaient foncé, s'y étaient ensablés. Cette fois, l'idée vient d'un capitaine de corvette nommé Ewen Montagu. Le plan est de faire larguer un corps au large de Huelva sur la côte espagnole, par un sous-marin britannique. D'après une étude des courants marins, cette dépouille est censée s'échouer trois heures plus tard. Winston Churchill, Eisenhower et les chefs d'état-major américains ont dit "Yes". Exécution ! La serviette du noyé recèle des documents confidentiels, des messages adressés par l'état-major anglais au maréchal Alexander en Tunisie, l'informant d'une invasion par la Sardaigne. Le "soldat inconnu" est choisi : il s'agit de Glyndwr Michael, un vagabond gallois de trente-quatre ans que l'on a retrouvé mort d'une pneumonie déclenchée par une ingestion de mort-aux-rats. Sa maladie a eu pour effet de remplir ses poumons d'eau, symptôme pouvant laisser croire à une noyade. Après avoir été conservé dans un bain de glace, le cadavre est revêtu d'un uniforme, immergé dans de la neige carbonique, placé dans une boîte scellée. On lui invente une identité : ce sera le major William Martin, des Royal Marines. On lui invente une fiancée, Pamela, dite Pam. Le portefeuille du major Martin contient des papiers rédigés pour faire diversion, une lettre adressée au général Harold Alexander par le général Archibald Nye, qui ordonne qu'au retour de sa mission, le commandant Martin soit réaffecté à l'état-major, et, clin d'œil gourmand, en profite pour rapporter des sardines (le poisson pélagique est rationné en Grande-Bretagne… et prolifère en Sardaigne). Dans une mallette menottée à son poignet, on retrouve un relevé de compte bancaire, une photographie de Pam, prise l'été précédent en maillot de bain sur une plage du bord de la Tamise, ainsi qu'un talon de billet d'entrée de la pièce de théâtre qu'ils sont allés voir ensemble, une facture de la bague de fiançailles, un justificatif de logement, des papiers divers, et des lettres d'amour.

La photo est celle de Nancy Jean Leslie, employée au ministère de la Guerre choisie par le mentor de l'opération Ewen Montagu, les lettres ont été imaginées par des filles du ministère. Elles font état d'une passion naissante, d'un désir de plus en plus brûlant. Autres missives, datées d'un an plus tôt : "Oh dear, comme vous m'avez rendue heureuse hier, en prenant ma main, ma main qui n'attendait que de vous être donnée, et comme vous m'avez troublée, si heureusement, en approchant votre visage lorsque vous m'avez raccompagnée jusqu'en bas de chez moi. Vous avez vu ma réaction, j'espère que vous n'en avez pas été choqué. À votre invitation, ma bouche ne pouvait que s'approcher, ou se refuser à jamais."

"Comme je m'en suis voulu d'avoir tant parlé l'autre midi, de livrer mes sentiments avec tant d'impudeur. Vous avez dû vous dire que… je ne sais, je n'ose réfléchir à ce que vous avez pensé. Je ne sais pas ce qui m'a pris, je n'ai pas l'habitude de sauter au cou du premier homme qui m'invite à déjeuner. Je vous écris parce que je ne pense plus qu'à vous, et incurable que je suis, je ne parle que de moi. Demain mon Will, dear loved, je ne veux rien vous dire, juste vous écouter."

"Honey, j'ai beaucoup rougi en lisant votre dernière lettre, celle où vous faisiez mention des « seins mirobolants » que vous deviniez sous mon corsage. En êtes-vous sûr ? Je crains tant de vous décevoir. Mais, pardon de me dévoiler ainsi en jeune femme impudique, figurez-vous que j'ai hâte de déboutonner le cardigan que je porte aujourd'hui et de vous les montrer, ces seins que vous trouvez mirobolants, hâte de vivre dans vos bras la volupté, hâte que vos jambes épousent la courbe des miennes, que mes hanches se tordent sous vos mains, si hâte mon chéri coquin de m'offrir à vous pour l'éternité. Je n'étais qu'une petite fille à la dérive avant de vous connaître, je ne comprends pas ce qui me pousse à me mettre si nue devant vous, je sais que j'en ai trop envie, je sais que j'ai fait le pari que vous le méritiez."

"Will, vous n'avez pas idée du bonheur que vous m'offrez. Je suis heureuse avec vous. Je vous suis redevable de la nuit que nous avons partagée le week-end dernier. Je n'attends plus que l'ivresse d'être à nouveau blottie dans vos bras. Mes cuisses vous appellent. Demain, pour notre rendez-vous, je songe à mettre une robe qui devrait peut-être vous plaire, vous donner envie de m'y admirer, avant de vous rendre impatient de me l'ôter… Et dire que je craignais de ne pas vous apparaître assez désirable ! J'étais inquiète à cause de mes seins menus, aujourd'hui, et demain, je vous répéterai quand vous embrassez l'un que l'autre est jaloux, je vous implorerai de poser vos lèvres là où réside ma douleur de devoir différer d'être embrassée et investie, là où je ruisselle de vous attendre. L'amour est vif à en hurler quand vous me prenez avec la vigueur de l'autre fois. Je veux proférer pour vous le plaisir que vous me donnez, je veux vous faire avaler mes mots d'ivresse quand vous me goûtez. Mon Willy, revenez vite d'Olbia et Patras qui vous obsèdent…"

Trouvé par un pêcheur local, le cadavre se retrouve vite confié par les autorités espagnoles aux autorités allemandes, puis à l'Abwehr, enfin à Hitler. Le Führer est sceptique : il trouve l'autopsie peu probante, il s'étonne de l'absence d'épave du bateau ayant transporté le défunt. Le corps est ensuite rendu aux Britanniques, qui publient un avis de décès dans le *Times*, au côté de deux autres, réels ceux-là, deux officiers perdus en mer le même jour. L'Amirauté mime l'affolement, multipliant les messages urgents à l'attaché naval pour réclamer le retour des documents trouvés avec le corps. Les services adéquats vérifient que la serviette a été ouverte, les documents photographiés… Churchill et Roosevelt sont avisés : "Mincemeat Sawallowed" ("Hachis avalé"). Hitler est finalement convaincu, les SS ont mordu à l'hameçon : ils envoient un détachement en Sardaigne et alertent Rommel sur une offensive imminente sur les îles de Santorin et Mykonos. Les obsèques du commandant Martin se déroulent en Espagne où le consul britannique fait ériger une pierre tombale envahie par les fleurs envoyées par la fictive Pamela.

Sonja Wigert, slalom nordique

Chez les nazis il existe la race des pires, Josef Terboven en est. Croix de guerre durant la Première Guerre, fidèle de Hitler de la première heure, il a épousé Ilse Stahl, la secrétaire et maîtresse de Goebbels, si "belle et accommodante" selon son employeur, avant de se retrouver commissaire du Reich en Norvège en 1940, un poste où il se comporte comme un abominable tyran, usant selon les termes mêmes de Goebbels d'une "tactique de bulldozer" envers les Norvégiens, envisageant même de créer des camps de concentration là-bas. Une femme va le berner, l'actrice Sonja Wigert, qui est devenue suédoise depuis un premier mariage avec un homme de plume, et qui, depuis 1941, l'année de son divorce, est entrée dans la résistance locale.

Sonja Wigert se voyait créatrice de mode, jusqu'à ce que son père attire son attention sur un concours à l'issue duquel une carrière prometteuse s'offre à la lauréate : "Voulez-vous devenir la nouvelle Garbo ?" Elle fonce, devient une comédienne remarquée, tant au théâtre qu'au cinéma pour lequel elle tournera trente-quatre films, dont deux furent présentés sous pavillon danois au Festival de Cannes en 1946 (*Sang et feu* d'Anders Henrikson, et *La Lettre* de Johan Jacobsen).

Sonja a commencé par irriter les nazis avant de leur faire tourner la tête. Elle snobe un dîner donné en l'honneur de Goebbels à Oslo, laissant vide la place qui lui avait été réservée entre les deux dignitaires. Mais elle comprend le parti à tirer de ces monstres qui sont sous son charme. Elle les sollicite pour faciliter l'obtention d'un passeport à son frère Knut, pour faire sortir de prison politique son père souffrant… Terboven ne tarde pas à monnayer ces services rendus :

"Que m'accordez-vous en échange ?" Ignorant qu'elle est espionne pour la Suède, plus tard pour l'oss britannique et pour les Américains, Terboven la courtise ("Bella donna"), l'invite dans son lit, l'enrôle au service des Allemands. Agent double, elle renseigne essentiellement les Alliés. Elle démasque le chef local de la Gestapo, le baron von Gossler, le fait expulser. Recrute Alfhild Hovdan, une ex-journaliste devenue responsable du tourisme norvégien, femme anticonformiste, boulotte, vêtue comme un homme, amante d'une ambassadrice. Quand les Allemands se rendront compte qu'elle s'est jouée d'eux, ils menaceront de fusiller cent otages norvégiens dont ses parents si elle ne rejoint pas leurs rangs. Ils sapent sa réputation, faisant courir le bruit qu'elle fut bel et bien de leur côté.

Terboven s'est suicidé en 1945 en faisant sauter son bunker.

L'essaim d'Irène

Dans la portion triste de la rue de Dantzig, la plus proche du boulevard extérieur, dans le 15e arrondissement de Paris, un passage permet d'accéder à la rue de la Saïda, cette voie que Léo Malet a décrite "pas très folichonne" dans *Les Eaux troubles de Javel.* Aux rares badauds qui s'aventurent dans ce passage s'offre l'opportunité de découvrir une grille, donnant sur un jardin d'où surgit un très curieux pavillon, étrange pagode édifiée au tout début du siècle pour l'Exposition universelle. Initialement dévolu à la dégustation des vins de Bordeaux, ce drôle d'édifice dont la structure métallique Art nouveau est due à Gustave Eiffel a été réinstallé ici depuis, et transformé en refuge où butinent des gens d'arts. La Ruche, puisque tel est désormais le nom de ce repaire d'artistes, a abrité Modigliani, Soutine, Brancusi, Léger, Marie Laurencin, Chagall, et aussi des poètes, Max Jacob, Blaise Cendrars… Dans le jardin vénéneux de songes nervaliens qui lui sert d'écrin, les ivresses impressionnistes ou surréalistes ont acquis droit de cité.

Parmi les ombres qui rôdent ici, durant l'Occupation, plus de résistants, de réfugiés, de porteurs de messages que de peintres. Nombre d'artistes ont fui, ou ont été embarqués par la Gestapo, leurs ateliers sont parfois occupés par des ouvriers du quartier, des tueurs des abattoirs de Vaugirard les récupéreront à la Libération. Ceux qui sont restés se calfeutrent contre le froid, et filent dans les caves sans lumière lors des alertes. Les Allemands sont tout près. Un parc à fourrage pour leurs chevaux est situé juste derrière la Ruche. Certains partisans sont fusillés à deux pas, rue des Morillons. Henri Epstein a quitté la Ruche en 1938 pour s'installer dans une petite ferme à Épernon, où il est arrêté, mené à Drancy puis à Auschwitz. Le sculpteur Samuel Lipchytz est déporté dans le même camp, après s'être rendu au commissariat de police pour un contrôle de routine. D'autres sont sauvés par Varian Fry qui organise leur évasion vers les États-Unis. Un réseau clandestin se forme, baptisé l'Essaim.

Irène Delenikas en recueille le miel dans son atelier du premier étage. Peintre et photographe née à Athènes, Irène a étudié la peinture à l'École nationale supérieure des Beaux-Arts à Paris où elle est restée pour échapper à la dictature de Metaxas puis à l'occupation allemande. Elle fournit aux services français les informations qui lui sont transmises, les fait parfois parvenir aux résistants de son pays natal via des croquis codés envoyés à sa famille, bien le bonjour d'Eirini. Usant de sa double casquette, Irène fait également des photographies, multipliant les clichés dès juin 1940, des images de fenêtres censées symboliser son combat pour la liberté et cacher chaque fois un indice (immeuble en vis-à-vis identifié comme abritant un espion ennemi, boutique relais fiable, quartier suspect, balcon ou terrasse susceptible d'abriter une antenne, escalier de secours, fil à linge indiquant que la voie est libre si y sèchent des vêtements et que la prudence s'impose dans le cas contraire). Cette façon d'opérer a été reprise par tous les membres de son réseau, photographes butineurs venant et envoyant enrichir la Ruche de leurs clichés signifiants.

Antifasciste notoire, Irène reflète son goût des couleurs dans son habillement, vestes et pantalons à tonalités d'aquarelles. Ironie de l'Histoire, elle a beaucoup voyagé en Afrique de l'Est, précédant une Leni Riefenstahl convertie à la photographie qui, en fin de vie, se passionne pour la plastique des Noubas du Soudan. Formée à l'école des sculptures antiques, Irène Delenikas regarde paysages et faune. L'une est fascinée par la race, l'autre par la trace, le trait, l'art. On peut chasser la pureté d'âme dans la savane sauvage.

Hilda implore Raoul Walsh

Tous les cinéphiles vous diront que l'un des titres de gloire de Raoul Walsh, immense cinéaste, est d'avoir signé avec *Aventures en Birmanie* (1945) l'un des plus beaux films de guerre de l'histoire du cinéma. Tous, sauf peut-être les Britanniques, qui estiment qu'on y brandit trop volontiers la bannière étoilée, au détriment du drapeau anglais, donnant l'impression que les Américains ont repris seuls la Birmanie aux Japonais.

On sait moins que Walsh fut en relation avec le criminel nazi Joachim von Ribbentrop, exécuté après le procès de Nuremberg. Les deux hommes s'étaient liés à l'époque où Ribbentrop, qui avait épousé la fille d'un producteur de vin, était négociant en bouteilles de champagne à Hollywood, pour la marque Pommery. Raoul Walsh a retrouvé Ribbentrop avant le tournage d'*Aventures en Birmanie*, lors d'un voyage à Londres où il accompagnait Randolph Hearst. Le dignitaire est alors ambassadeur de Hitler en Angleterre. Le Boche n'a pas tellement changé, mais il a appris à claquer des talons en serrant la main. Il convie l'ami Raoul à déjeuner en présence du baron Eugène von Renslaw, chien de garde de Hitler. Un repas où von Renslaw tient des propos amers sur l'état lamentable de la production cinématographique allemande. Von Renslaw est jaloux de l'efficacité hollywoodienne. Il propose à Raoul Walsh de venir faire un film en Allemagne. “Si cela est possible, Herr Walsh, nous aimerions avoir votre réponse tout de suite.” Le baron l'invite le soir même à un dîner à l'une des meilleures tables de Berlin. Pas trop le choix de refuser. Le transit de Londres à la capitale allemande se fait sans attendre dans l'avion personnel du nazi. Agapes polies. À la fin du repas, Renslaw laisse Walsh en compagnie de deux ravissantes compagnes, Hilda et Gretchen, qui, après lui avoir fait faire le tour des boîtes de nuit, le traînent au Palais des Sports où Hitler tient un discours. Retour à l'hôtel, où le trio repasse à table. Les filles ont bon appétit. Il se fait tard. Walsh baise la main de ses deux hôtesses, Hilda s'éclipse et laisse Gretchen seule avec leur invité. Elle ne parle pas un mot d'anglais, ni lui un mot d'allemand. Gretchen commence à dégrafer sa robe. Elle pouffe : "Hilfe ! Bitte !", miracle, il comprend. Bien sûr qu'il va l'aider ! La robe tombe, Gretchen le tire jusqu'au lit, s'allonge, écarte les jambes, et pousse des cris de carnaval.

Le lendemain matin, visite des studios de la UFA, avec Herr Doktor Wolfgang Rudolph, où l'attend une surprise : Walsh tombe dans les bras de Herr Aussenberg, son cameraman à l'époque de *The Life of General Villa*, le film consacré à Pancho Villa en 1915. Il est devenu chauve, gros, et chef opérateur. Ils arpentent les plateaux poussiéreux. La suite se passe au Grand Palais de Potsdam, la résidence préférée du kaiser, transformée en musée. Walsh coince Aussenberg entre deux salles : "Dis-moi la vérité ! Qu'attendent-ils de moi ?" Aussenberg acquiesce, en chuchotant. C'est vrai, "ils" veulent autre chose que lui faire tourner un film, mais quoi, il l'ignore. Aussenberg est juif, il a réussi à faire passer sa famille en Suisse, et en attendant de pouvoir la rejoindre, il s'aplatit, avale des couleuvres, fait des films antisémites.

Retour à l'hôtel. Hilda et Gretchen sont là, dans le hall, pour l'accompagner à l'opéra, écouter une œuvre de Richard Wagner, en présence du Führer. L'homme à la moustache en brosse à dents est dans la loge royale, accompagné de l'homme au monocle, Himmler himself, et de Joseph Goebbels. Après le spectacle, reprise des goinfreries, et récréations à trois. Hilda est de la fête, cette fois. Les filles font couler un bain, Hilda plonge un doigt dans l'eau, s'y glisse. Raoul lui tend son gros cigare, elle tire une bouffée et souffle la fumée à la manière de Marlene Dietrich. Gretchen dit à Raoul de fermer l'œil, celui qui n'a pas de bandeau, "Auge zugetan !", elle lui baisse la paupière en gloussant, elle ôte son soutien-gorge, approche ses seins de la bouche de Raoul, ordonne : "Denken Jean Harlow und lecken* !" Walsh pige le truc, éclate de rire : "Think of Jean Harlow and lick ? Yeah !" Il confesse avoir le goût des langues. "You like how speak my tongue ?"

Troisième jour. Repas gargantuesque dans un château digne de l'époque des chevaliers teutoniques. Hitler et Goering font irruption à l'heure du gigot. D'humeur badine, Walsh pourrait bien finir par détendre l'atmosphère, leur montrer comment il fait passer un élastique entre ses deux narines. Il a le nez percé, depuis une beuverie avec un chef indigène alors qu'il tournait un film muet dans les îles des mers du Sud. Et s'il laissait tomber son œil de verre en buvant son trollinger, il adore affoler par ce gag ! Mais ce n'est apparemment pas le moment de plaisanter. Le Führer examine Walsh de la tête aux pieds, son regard s'attarde sur l'œil borgne, il hoche mécaniquement la tête, tend la main en tressant des louanges à William Randolph Hearst, magnat de la presse américaine dont il aime les éditoriaux qu'il se fait traduire chaque jour, spécialement les éditoriaux anticommunistes. Walsh reste assis et grommelle "Hello". L'après-midi, c'est chasse au cerf. Le soir, c'est Hilda, impatiente de se faire lécher une blessure intime. Quatrième jour chez Goering, qui s'empiffre avant de montrer sa collection de tableaux. Rembrandt, Van Dyck, Monet, Donatello, volés ici et là. Venons-en au fait. Le traducteur s'applique. "Votre ami Hearst possède un tableau représentant Friedrich von Steuben, le général allemand qui combattit aux côtés du général Washington durant la

* "Pensez à Jean Harlow et léchez !"

guerre d'Indépendance des États-Unis, et qui a inculqué aux troupes américaines les fondements de la discipline militaire. Le Führer aimerait acquérir ce tableau." Walsh, imperturbable : "Ce que M. Hearst a acheté, il ne le vend jamais." Goering insiste. Hearst serait-il prêt à procéder à un échange de tableaux, par exemple avec l'un de ceux qu'il vient de montrer à Herr Walsh ? Silence. Goering reprend la parole : "Pensez-vous que M. Hearst serait assez aimable pour faire cadeau du portrait de von Steuben au Führer ?" Walsh, impérial : "Avant la Première Guerre mondiale, M. Hearst a acheté huit grandes colonnes grecques. Il a fallu deux immenses cargos pour les transporter en Amérique. Ils étaient en pleine mer lorsque la guerre a éclaté, et l'un de vos sous-marins a fait couler l'un des cargos, si bien que quatre colonnes de marbre reposent actuellement au fond de l'Atlantique. Les quatre autres entourent la splendide piscine de M. Hearst, qui regrette infiniment celles qu'il a perdues. Je suis convaincu que M. Hearst vous donnera le portrait de von Steuben si vous lui rendez les quatre colonnes que votre sous-marin a fait sombrer."

Les propos en douche froide de Walsh font leur effet. La poignée de main de Goering, en le quittant, est glaciale. Von Renslaw raccompagne Walsh à son hôtel, où il se couche, seul. Représailles ? Cinquième jour, coup de téléphone à 10 heures du matin. Hilda l'informe qu'elle l'attend dans le hall, pour le conduire à l'aéroport. Elle n'est pas seule. Un homme coiffé d'un chapeau mou, et tenant une serviette à la main, l'accompagne. Hilda lui parle, puis suit Walsh dans la Mercedes habituelle. Au bout de quelques kilomètres, elle lui prend la main : "Herr Walsh…" Elle frissonne, se pelotonne contre lui. Sa main se promène sur sa cuisse… “Ich friere.” Rusée. Walsh l’a déjà entendue prononcer ces mots, elle avait froid, répétait-elle, avant-hier soir, elle le tenait par le bras en montant l’escalier, elle frissonnait en entrant dans la chambre, elle avait froid quand il la déshabilla, elle murmurait “Ich friere ! J’ai froid !” quand il couvrit son corps nu de caresses, de baisers. Elle a froid mais elle a autre chose à dire, et demande au chauffeur de faire l’interprète. Frau Hilda a une mission délicate, traduit l’homme. Le monsieur avec lequel elle parlait dans le hall était Herr Hjalmar Schacht, notre ministre des Finances. Il propose de donner 2 400 000 reichsmarks à “dieser liebe Raoul”, soit l’équivalent de 300 000 dollars, s’il parvient à obtenir le portrait de von Steuben pour notre Führer.

Walsh comprend que Hilda frissonne réellement. Elle est à deux doigts d’échouer dans la mission que lui ont donnée les nazis. La façon dont sa main se crispe sur la sienne n’est pas théâtrale, elle a froid parce qu’elle a peur, elle induit une caresse qui pourrait être sincère, un au secours, une promesse de reconnaissance, lieber Raoul, “Ich könnte Sie lieben”, “Je pourrais vous aimer”, il la regarde, elle a le visage sombre, il y revoit les éclairs de plaisir d’hier, y devine ceux de la foudre menaçant de s’abattre sur son regard perdu. “Dites à Frau Hilda, lance-t-il au chauffeur, que je suis désolé, désolé pour elle. Je voudrais qu’elle transmette à Herr Schacht qu’il peut garder ses 2 400 000 reichsmarks, et que je le considère comme la pire des lavettes d’avoir envoyé une femme faire son sale boulot à sa place.” L’avion décolle. Walsh s’assoupit… Alors qu’il s’approche du sol anglais, une pensée lui vient. Le jour de l’opéra, il aurait pu, aurait dû, se faufiler dans la loge royale du Führer comme il l’avait fait en interprétant le rôle de John Wilkes Booth dans *Naissance d'une nation* de David Wark Griffith : il aurait tiré sur Hitler comme il avait tiré sur le président Lincoln en criant "Sic Semper Tyrannis !". Il aurait été arrêté et exécuté, mais il aurait sauvé la vie de millions de gens. Hearst possède un château au Pays de Galles. C'est là qu'il reçoit Walsh peu après, pour lui faire raconter son séjour "chez les Boches", devant Churchill, Marion Davies, et quelques autres dont lord Beaverbrook qui applaudit : "Bien joué ! Pas de colonnes, pas de tableau !"

Une Américaine à Paris

La journaliste Janet Flanner décrit Mary Reynolds comme une résistante "statuesque", "étrangère à tout mélodrame". Longiligne hiératique aux cheveux courts, cette fille de la bourgeoisie protestante américaine est devenue l'un des piliers de l'avant-garde artistique à New York, veuve et bohème, divine danseuse et sacrée buveuse, très proche de Marcel Duchamp, jouant aux échecs avec Peggy Guggenheim, la collectionneuse d'art et mangeuse d'hommes, surnommée Princesse Dollars. Lors de la débâcle, cette femme éprise de liberté accueille ses complices dans la villa d'Arcachon où elle s'est réfugiée, boulevard de la Plage, avant de revenir à Paris quand la station balnéaire en zone occupée devient repaire de la Wehrmacht. Avec son amie Gabrielle Buffet-Picabia, épouse de Francis Picabia, elle rejoint un réseau de résistance dirigé par Jeanine, la fille du couple dadaïste, et deux professeurs d'anglais du lycée Buffon, Alfred Péron (Dick ou Moly) et Suzanne Roussel (Hélène ou la Chatte). En font également partie Jacques Legrand, une amie d'Hélène nommée Simone Lahaye, professeur de philosophie.

En liaison avec le Special Operations Executive de Londres, le réseau Gloria SMH (His Majesty's Service) est chargé de récupérer des aviateurs et des parachutistes anglais abattus en zone occupée et de les faire revenir en Angleterre. Recevant ses instructions de Londres, il collecte en outre de nombreuses informations (photos de fortifications, des installations portuaires, des systèmes de surveillance antiaérienne allemands, croquis de cibles potentielles, centrales électriques, lieux de cantonnement des troupes allemandes), centralisées à Paris dans les "boîtes à lettres" avant d'être réexpédiées vers le Royaume-Uni. Ceux de ses agents résidant en Bretagne doivent par exemple observer les navires de guerre allemands qui stationnent à Brest : combien sont-ils, quels sont leurs mouvements. D'autres s'occupent d'imprimer des faux papiers, un autre encore profite de son emploi (il travaillait dans les catacombes) pour dissimuler en sous-sol des objets compromettants.

Suzanne Roussel veille à la connexion des "boîtes à lettres" avec Londres. Il s'agit d'une librairie (La Peau de Chagrin, rue des Beaux-Arts), du cabinet d'un otorhinolaryngologiste, de l'appartement d'un musicien… Alfred Péron est un normalien ami de Samuel Beckett, avec qui il joue au tennis et dont il traduit un certain nombre de textes. Péron entraîna Beckett dans la Résistance. Révolté par *Mein Kampf*, l'écrivain avait inventé le profil de l'Aryen parfait : "Il doit être blond comme Hitler, maigre comme Goering, beau comme Goebbels, viril comme Röhm, et s'appeler Rosenberg." Il traduit les documents collectés par le réseau, les tape à la machine, avant de les "poster" chez un Grec (Tante Léo) qui les photographie et les transforme en microfilms avant de les transmettre à… la mère de Jeanine Picabia, qui les achemine, enroulés autour d'une aiguille enfoncée dans une cigarette, ou cachés dans une boîte d'allumettes, voire dans ses sous-vêtements, jusqu'à la ligne de démarcation. Cette femme, dont Picabia disait qu'elle était la petite-nièce d'Alphonse de Lamartine, et que des semeurs de rumeurs suspectent d'avoir eu une aventure avec Lénine lors de vacances en Suisse, se lève à l'aube pour aller prendre possession des microfilms près de la gare du Nord, puis, déguisée en grand-mère, prendre un train pour Chalon-sur-Saône où elle confie les microfilms à un garagiste muni des autorisations nécessaires pour franchir la ligne dans une Renault 6cv. Elle regagne ensuite son appartement de la rue Chateaubriand, près des Champs-Élysées, où elle héberge des fugitifs.

Le réseau Gloria est vendu par un traître, un prêtre agent double qui fait arrêter plusieurs membres. Gabrielle et Jeanine Picabia ont le temps de filer à Londres, Mary Reynolds prévenue à temps par Beckett plie bagage pour Lyon, puis Pau d'où elle part traverser les Pyrénées à pied vers l'Espagne, Madrid. De Lisbonne elle trouve un avion pour New York, y retrouve Marcel Duchamp qui s'est rapproché des déshabillés de soie verte de Peggy, laquelle bat froid Max Ernst. Mary Reynolds ("Gentle Mary") eut un jour le cran d'aller récupérer un microfilm dans l'appartement de l'un des membres du réseau que la Gestapo était en train de fouiller. Chic, très maquillée, adepte d'un rouge à lèvres très vif, elle souhaita une bonne journée aux policiers allemands après avoir déniché la pièce à conviction, sous leur nez. Elle habite alors au 14, rue Hallé dans le 14e arrondissement, où elle a un atelier de reliure et reçoit le gratin des artistes de l'époque.

En réfugiant Beckett

La richissime et follement sexy Peggy Guggenheim est amoureuse de Samuel Beckett, passion à sens unique. Elle tient tant à lui qu'elle se dit prête "à renoncer à tout, même au sexe s'il le faut", déterminée à lui être dévouée. Pour Peggy Guggenheim, qui assume ses appétits, ce n'est pas rien. Mais l'écrivain s'est rapproché de Suzanne Dechevaux-Dumesnil, une jeune femme avec laquelle il avait joué au tennis dix ans plus tôt, en double mixte, avec Alfred Péron. Beckett aime bien cette Française, pianiste accomplie, proche des déshérités, qui ne lui fera "pas de surenchère sur la bague au doigt", et dont Peggy résume ainsi la différence avec elle : "Moi je lui faisais des scènes, Suzanne lui fait des rideaux." Quand la Grande-Bretagne déclare la guerre à l'Allemagne, Beckett veut s'engager. Ce sera d'abord une fuite à Vichy où il retrouve James Joyce et sa femme Nora, qui sont logés à l'hôtel Beaujolais, futur quartier général de Pétain, puis parvient à rejoindre Mary Reynolds à Arcachon. Réinstallé avec Suzanne dans son logis parisien, il la découvre jalouse, végétarienne, couseuse d'humour noir ; il intègre le réseau Gloria.

Lorsque le réseau tombe, que les arrestations s'accumulent, Beckett est prévenu par Mania, l'épouse d'Alfred Péron. Il tente à son tour d'alerter qui il peut, emporte valise et sacs de fortune avant de claquer la porte de la rue des Favorites, tandis que Suzanne cherche à prévenir "Hélène" Roussel, autre membre du réseau… trop tard. Lorsqu'elle arrive chez Hélène, les hommes de la Gestapo sont déjà là. Elle parvient à leur faire croire que sa visite est innocente. Beckett et elle n'ont pas un sou. Aux abois, ils demandent asile à Mary Reynolds rue Hallé, où ils passent une nuit avant de filer d'abri en abri, avec l'aide d'amis communistes qui les logent à Montmartre, Vanves… puis, une dizaine de jours, chez Nathalie Sarraute dans la vallée de Chevreuse avant de se réfugier dans le Vaucluse. Nathalie Sarraute est une amie d'enfance de Mania. Son mari Raymond appartient à un réseau de résistants. Beckett s'est alors laissé pousser la moustache pour ne pas être reconnu, mais Suzanne lui fait remarquer qu'il se ressemble encore plus avec moustache que sans, jugement confirmé par Raymond Sarraute : ces poils le désignent comme un bureaucrate anglais ou un officier britannique ! Mme Sarraute mère n'aime pas beaucoup Beckett : "Tiens, voilà le fou", lâche-t-elle chaque fois que l'écrivain traverse la cuisine en plein repas avec son pot de chambre rempli à la main, après s'être réveillé tard et contraint de passer par cette pièce pour aller vider ce qui devait l'être dans les lieux d'aisances situés au fond du jardin. Il y a trop de risques à rester là, et trop de frictions dans l'air. Le couple Beckett reprend la route pour franchir la ligne de démarcation vers Chalon-sur-Saône, et s'installer dans un village du Vaucluse, Roussillon-d'Apt. Jusqu'en 1945.

La comtesse rouge

En 1944, l'écrivain français Louis Aragon a publié *Aurélien*, roman d'amour mettant en scène des gens de la génération de l'entre-deux-guerres, et dont la première phrase, ce que l'on nomme doctement "l'incipit", était celle-ci : "La première fois qu'Aurélien vit Bérénice, il la trouva franchement laide." Il s'agissait du quatrième volet d'un cycle intitulé *Le Monde réel.* Or dix ans plus tôt, dans un autre roman qui en constituait le premier volet, *Les Cloches de Bâle*, Aragon avait signé cette autre phrase, qui prouve qu'il avait de la suite dans les idées : "Brigitte n'était pas laide, mais elle n'était pas belle non plus." Brigitte est une amie de la jeune sœur de l'une des héroïnes du livre, Catherine Simonidzé, belle étrangère féministe inspirée par une cliente de la pension de famille que tenait la mère d'Aragon. Le romancier confie dans sa préface qu'elle est le seul personnage réel de ce livre qu'il truffe d'hommes et de femmes identifiables (politiques, industriels, policiers, syndicalistes), mêlés à des personnages imaginaires. En ligne de mire, insiste-t-il dans *Le Mentir-vrai*, Catherine lui est dictée par ce "pilotis" que fut Elizabeth Nicoladzé, rencontrée dans son enfance, "cette étrange fille dont j'ai tant rêvé que, bien sûr, j'ai fini par croire la connaître".

Pour qui relate des faits, l'obsession est d'être vrai. Pour qui les invente, l'urgence est d'être vraisemblable. La vérité peut s'habiller du costume de la crédibilité, c'est pourquoi le roman use du mensonge pour mieux "montrer le réel dans sa nudité", dit encore Aragon. "Ce qui est menti dans le roman est l'ombre sans quoi vous ne verriez pas la lumière." Le faux trahit le vrai au sens où il le traduit, le roman est "la clé des chambres interdites" en ce qu'il révèle des choses cachées, obscures, secrètes, intimes. Qui saura d'ailleurs si Brigitte et Bérénice étaient belles ou laides, ce qu'il en était dans le réel avant que la part d'invention l'emporte sur le souvenir qui les a générées, et quel pourcentage accorder à la subjectivité dans l'appréciation de leur charme, fût-il jugé sévèrement ?

Transportons-nous à Vienne, en 1985. Qui est cette femme de fière allure sur laquelle se tournent les regards depuis qu'elle a franchi le seuil d'un restaurant du Landstrasse ? L'entrée de Liza, beauté ombrageuse, lunettes ovales, encore fière de ses seins, produit un choc. Son apparition aimante les regards, la voix grave qu'elle fait entendre en réclamant une table impose un silence de respect. Lorsqu'elle s'assied les conversations reprennent à son sujet. Et de ce bourdonnement de rumeurs contradictoires, personne n'oserait parier sur l'indéniable évidence de ce qui est dit ici, plutôt que sur l'irrécusable bien-fondé de ce qui est affirmé là. Prise de vertige à cette révélation, une âme sage pourrait comprendre que cette femme douée pour la dissimulation endosse toutes les identités, les activités, les vies qu'on lui prête.

Née dans la Ville des rêves, un 2 mai qu'elle transforma en 1er mai pour inviter directement à son anniversaire ses complices à la sortie du défilé de la fête du Travail, Alice Kohlmann a grandi dans un village proche de la frontière croate. Elle a un père honteux, prénommé Izraël, qui ne supporte pas son identité, et devient juif assimilé. Et une amie plus âgée qu'elle, Mitzi, dominatrice aux airs d'institutrice revêche, dédaignant l'usage de soutiens-gorges désespérément inutiles, qui l'entraîne dans les sphères communistes. Alice a donc d'abord milité dans les mouvements ouvriers, le KPÖ (parti communiste autrichien), le Secours ouvrier international, le Secours rouge qui assiste les militants persécutés. Elle s'occupe particulièrement des réfugiés politiques des Balkans, chargée de leur séjour clandestin en Autriche. Elle a fait de la prison pour cela. Elle a épousé à dix-huit ans un certain Karl Friedmann, farouchement sioniste, dont elle a divorcé un an plus tard. Mais elle veut alors qu'on l'appelle Litzi.

En 1933, dans le trois-pièces où loge Litzi se tiennent certaines réunions du parti. C'est là qu'un jour, l'autoritaire Mitzi amène un séduisant Britannique, journaliste affublé de bégaiement. Le diplômé de Cambridge se laisse convaincre d'apporter une petite aide financière pour soutenir la lutte des rouges viennois. Litzi l'exhorte : "Nous en avons tellement besoin." Son nom est Harold Adrian Russell, dit Kim Philby, et l'hôte brune du comité central ne serait pas contre se faire téter par ce gentleman marxiste, qui apprécie sa "détermination". Kim et Litzi deviennent amants, d'un amour cannibale, comme dans cette nouvelle d'Aragon dont la première phrase est "Je vais te manger", et où l'enjeu, pour la proie de l'ogre vicieux, est de convaincre de ne se laisser grignoter qu'un brin, histoire d'en laisser pour plus tard. "Laisses-en, supplie-t-elle, ne mange pas tout !" Vaine supplique, vu que l'affamé ne laisse rien du tout, pas une miette, adepte des bouchées doubles. "Tu me fais mourir", râle l'amoureuse mangée crue. Sur le plan politique, Litzi a été repérée, fichée, et même incarcérée quelques mois. Sur le plan érotique, elle épouse Kim, obtient un passeport anglais et s'installe donc dans la capitale british… où son mari lui annoncera un peu plus tard qu'il est espion britannique. Elle est elle-même espionne pour les Russes, et va le faire enrôler dans ses propres rangs, dédoublant ses activités d'agent secret. Le couple pourrait constituer une petite entreprise d'espionnage idéale, mais Mme Philby est un souci pour le NKVD : son engagement communiste ne risque-t-il pas de handicaper son mari en le rendant suspect auprès des Anglais, alors qu'il est censé se faire bien voir dans l'establishment britannique ?

Une question se pose pour l'Histoire et pour les colporteurs/colportrices de rumeurs : ce mariage n'aurait-il été que de connivence, pour aider Litzi à fuir une dictature ? Va savoir, c'est une affaire intime, tant sur le plan sexuel que sur le plan politique. Correspondant du *Times* en Espagne pendant la guerre civile, Kim Philby doit glaner des informations pour les Soviétiques. Et pour les Britanniques of course ! Pour le MI6 un courrier est livré à Hendaye, destiné à l'ambassade britannique en France. Et pour les Russes ? Son agent de liaison est une certaine Mlle Dupont, boîte aux lettres à Paris. Paris où Litzi est alors installée dans un atelier d'artiste du quai d'Orsay, et où elle fait la vie, donnant des fêtes, accueillant des artistes étrangers, s'achetant robes, chapeaux, boas et capelines, et deux toiles de Modigliani.

Philby est revenu d'Espagne à Londres en 1939, mais Litzi n'a plus de nouvelles… Il s'est mis en ménage avec Aileen Furse, et l'espion adultère finira par demander le divorce à Litzi en 1946 pour épouser cette patriote typiquement british, svelte conformiste, qui est enceinte de leur quatrième enfant, et qui s'étonnera toute sa vie des absences inexpliquées de son époux, ses mystérieuses missions. Un rien dépressive, sujette à des accès d'automutilation ou de pyromanie (symptôme d'angoisses dues à ce questionnement sur les disparitions de Kim ?), Aileen aurait été présentée à Kim par une amie de Cambridge, Flora Solomon, ex-maîtresse de Kerenski, le Premier ministre russe destitué par Lénine à la révolution d'Octobre, et depuis mariée à un général de la Première Guerre. Flora travaille chez Marks and Spencer, où Aileen est vigile, à l'affût d'un virtuel vol à l'étalage dans un rayon. On dit, madame, que le divorce aurait été décidé dès 1934 ! Rebaptisée Lizzy, Litzi se console avec Pieter, sculpteur hollandais, puis, autoproclamée Lizy après une correction d'orthographe, partage le quotidien de Georg Honigmann, un journaliste, ancien militant du parti communiste allemand, en exil à Londres, qui l'épouse et la trompe à tour de bras. Le couple émigre en RDA.

À Berlin-Est, Lizy voudra être Lisa, mais son troisième mari l'appelle Lisaweta, tout en la traitant de "Juive des salons de thé". Elle aime l'art, elle biche de se faire draguer par un fou de littérature qui cite Proust à tout bout de champ. Georg peut toujours accabler sa femme, le rapport de la Stasi les désigne tous les deux comme "snobs, prétentieux, arrogants" et portant des "tenues ostensiblement occidentales". C'est vrai qu'elle est une lectrice fervente de *Vogue*, expédié tous les mois par ses amies d'Angleterre, c'est exact qu'elle s'est rêvée couturière ou décoratrice. Elle va rejoindre les milieux du cinéma, entrant à la DEFA et aux studios du quartier de Babelsberg pour diriger le service de presse, puis, après avoir suivi des cours de réalisatrice de doublage, synchronisera les versions allemandes du *Rouge et le noir* de Claude Autant-Lara avec Gérard Philipe (1954), des *Sorcières de Salem* de Raymond Rouleau avec Signoret et Montand (1957), de *La Chambre indiscrète* de Bryan Forbes avec Leslie Caron (1963). Elle s'occupe des films hongrois, tchèques et russes, donc de Milos Forman et Miklos Jancso. Mobilise sa fille Barbara pour les voix d'enfant de deux à quatorze ans. Endosse le surnom de "Madame la Comtesse" à cause de son accent viennois.

Divorcée à nouveau en 1966, elle tentera de recouvrer la nationalité autrichienne. La procédure d'émigration hors de RDA lui paraissant trop longue, elle profite du voyage annuel que les autorités accordent aux retraités pour débarquer à la gare de l'Est avec deux valises pleines et venir s'installer chez son amie d'enfance Lotti. Aller pour Paris sans retour. Puis direction Vienne, pour installation définitive. De là, elle enverra à ses voisins berlinois ses clés, et une lettre leur signalant qu'ils ne la reverront plus et qu'ils peuvent disposer de ses biens.

Quelques années après sa mort surgit le témoignage de ce lecteur de Proust qui l'avait courtisée en vain, à Berlin-Est. L'homme relata un après-midi au cours de laquelle Alice-Litzy-Lisa obtint du grand romancier Christoph Wolf qu'il vienne prendre un thé littéraire chez elle. Elle était vêtue ce jour-là d'une robe fleurie, avec un décolleté que cachait très mal un châle vert émeraude. Lorsqu'en fin de journée elle remercia l'écrivain du temps précieux qu'il lui avait accordé, celui-ci prit un air mi-fripon mi-redevable, et lâcha : "Il est une de mes obsessions, madame, que nous n'avons pas évoquée dans notre discussion, c'est celle des seins. Ils occupent l'essentiel de mes fantasmes. Je me damne à les contempler, espérant les effleurer sous la pulpe de mes doigts. La première fois qu'une femme de lettres m'invita à de tels débats, j'en fus pour la déception : elle était sans attraits. J'en vins depuis à craindre ces mondanités, car l'effort de partager des impressions sur la science des mots ne m'est guère récompensé sur le plan visuel. Ne me remerciez donc pas, c'est moi qui vous remercie de m'avoir offert ces heures à pouvoir vous contempler…"

Nids de souris

Les années filent, les modes passent, les mémoires s'estompent. Il n'est guère surprenant que le nom de Nancy Parker n'évoque plus rien à nos contemporains, bien qu'elle ait marqué les esprits au milieu du siècle dernier. Nancy Parker brouilla toutes les images conventionnelles de la femme en conjuguant une vie d'intellectuelle dissipée avec une vie d'aventurière intrépide, au point que certains historiens ont pu suggérer qu'elle avait été l'inspiratrice du fameux Indiana Jones filmé par Steven Spielberg, ce personnage d'archéologue capable de s'engager dans de folles et périlleuses péripéties. Le cinéaste n'a pas osé décliner sa saga avec une héroïne qui fut parfois dépeinte comme une Calamity Jane antinazie. D'origine australienne, la généticienne Nancy Parker a publié un essai sur les expériences des savants E. J. Kollar et C. Fisher qui étaient parvenus à engendrer des poules à dents (prototype d'un nouvel archæoptéryx, ce dinosaure à plumes), en greffant un épithélium de poussin avec un mésenchyme de souris. Elle fut de ces chercheurs qui contestèrent et combattirent les thèses du psychologue Henry Herbert Goddard, autoproclamé taxinomiste des déficiences mentales, et chargé par les services de santé américains de procéder à des tests sur les immigrants débarqués à Ellis Island, afin de pouvoir refouler les faibles d'esprit. Goddard prétendit que 83 % des Juifs étaient congénitalement idiots, alimentant les critères de sélection pour quotas d'immigration du biologiste C. B. Davenport, pour qui les Juifs étaient dépourvus d'intelligence et de moralité, susceptibles de mettre la race américaine en péril. L'ouvrage majeur de Nancy Parker, *La Mygale et la Brebis*, est un acte de dévotion à l'égard du paléontologue Stephen Jay Gould, qu'elle félicita d'avoir eu la clairvoyance de dénoncer le choix du Mickey de Walt Disney comme symbole national des États-Unis, rappelant que cette souris anthropomorphique à voix de fausset se comportait de façon outrageusement sadique avec les autres animaux (et, symboliquement, avec ses congénères), puisqu'elle enlace un canard jusqu'à le faire couiner d'asphyxie, tourne la queue d'une chèvre comme une manivelle, tord les mamelles d'une truie, joue de la cornemuse avec les pis d'une vache dont les dents lui servent de xylophone.

Buveuse invétérée, collectionneuse d'idylles, adepte du champagne au petit-déjeuner, cet élégant rat de bibliothèque qu'était Nancy Parker fut surnommé la Souris Blanche par la Gestapo. Ce sobriquet ne faisait nulle allusion au sens argotique du vocable, celui de femme de petite vertu, ni à la variété albinos du mammifère rongeur (quoique de mauvaises langues aient laissé entendre que Nancy poussait elle aussi de petits cris au comble du plaisir), il signifia l'impuissance teutonne à la museler. Il distingue aussi une indomptable ennemie en la comparant aux souris grises allemandes, ces jeunes filles recrutées plus ou moins despotiquement par une fanatique nommée Heine Korb afin d'accomplir des tâches "féminines" au profit de la nation. Dotées d'un uniforme gris, cachant un pistolet Mauser sous leur jupe, et susceptibles de se muer en espionnes, ces demoiselles d'honneur du Reich formèrent une brigade vouée aux travaux administratifs et à compenser le déficit d'infirmières, de téléphonistes, de dactylos.

Très active dans le réseau Pat O'Leary (qui rapatriait des militaires britanniques bloqués en France, orchestrait des évasions de résistants emprisonnés, transmettait des informations militaires, naviguait entre Barcelone et Londres), puis recrutée comme agent du SOE, Nancy Parker était experte en sabotage. C'est elle qui pilota l'attaque du local de la Gestapo à Issoire en 1944. Dotée d'un nom de code opérationnel sulfureux (Wrist Strap, "Dragonne"), identifiée Véronique Michèle Rousset sur ses (faux) papiers, cette francophile sema des poursuivants à skis, sauta d'un train en marche, pédala à vélo trois jours durant, fut canardée en voiture par un avion, et fut incarnée à l'écran par Cate Blanchett. Elle est morte en 1963 d'un accident de voiture, dans des circonstances assez croustilleuses. On retrouva son corps avec celui d'un homme plus jeune qu'elle. Leur véhicule était allé percuter un arbre sur une route droite et sans péril notoire. Sans doute le conducteur avait-il perdu le contrôle du véhicule en cessant imprudemment de fixer la chaussée. La morte avait les seins à l'air, le soutien-gorge baissé, la veste de son tailleur déboutonnée. L'homme avait la braguette ouverte. Comme si chacun des passagers s'était escrimé de concert à déshabiller l'autre, dégrafer tout ce qui pouvait faire entrave à un impérieux désir de volupté.

À bicyclette

Le vent des côtes d'Armor caresse et frappe ce site pour romantique ténébreux. Plestin-les-Grèves fait partie de ces bourgs de la région qui, situés en bord de mer, ne sont pas construits directement sur le littoral, sciemment éloignés du rivage pour échapper jadis aux longues-vues des pirates. Il fut un temps (le XIXe siècle) où, sur la longue grève plate, entre Saint-Michel-en-Grèves et Saint-Efflam, l'on risquait d'être attaqué de nuit si l'on cavalait sur l'étendue sableuse de la plage, des bandits surgissant de derrière des monceaux de goémons. Dieu veille sur les pauvres pêcheurs. Lorsqu'on chemine sur la corniche, entre Saint-Michel et Locquirec, on passe à la grève des curés. Le sentier de randonnée qui permet cette balade d'iode et d'ajoncs se nomme circuit des Chapelles. Le mot "Plestin" vient à la fois du vocable "paroisse" et de saint Gestin, un homme pieux vivant là au VIe siècle. Le coin est bourré de bénitiers.

C'est à Locquirec, plus précisément sur la plage des Sables blancs, qu'en 1939 les Allemands firent débarquer des armes pour soutenir des séparatistes bretons, insurgés tentés par la collaboration, sympathisants nazis. De leur côté, maquis et résistants furent actifs dans la région. S'appelaient-ils Fernand, Firmin, Francis, et Sébastien, comme dans la chanson de Montand ? "Sur les petits chemins de terre, on a souvent vécu l'enfer, pour ne pas mettre pied à terre, devant..." non pas Paulette mais Jeanne. Jeanne Bohec, dites Râteau, ou Micheline. Née en 1919 à Plestin, d'un père marin, elle rêve d'exploits, bercée par les faits d'armes des espionnes belges de la Grande Guerre et de Louise de Bettignies, ardente nordiste. Apprenant en 1940 la vacance d'un poste de chimiste à la poudrière de Brest, elle postule, et enrôlée, elle tente peu après de rejoindre les services secrets britanniques. Qui, à son désespoir, lui désignent une place de dame de compagnie dans une famille anglaise. Jeanne tape du pied, et s'engage en 1941 dans le corps des Volontaires françaises ; elle y travaille dans un laboratoire de recherche sur la fabrication d'explosifs à partir de produits pouvant être achetés dans des drogueries ou des pharmacies.

Son parachutage dans sa Bretagne natale, pour enseigner aux maquisards la confection et l'usage des explosifs, est annoncé sur Radio Londres : "Le boa en s'enroulant vous apportera un petit." C'est le chef de bureau des opérations aériennes de la région Ouest qui la réceptionne, sieur Jean-François Clouët des Pesruches. L'histoire ne dit pas où son pied toucha la terre, Saint-Samson, Plougasnou, Térénez ou Locquémeau ? Ou peut-être à proximité de Morlaix ? Elle connaît la région, la parcourt sur un deux-roues, bientôt surnommée la Plastiqueuse à bicyclette. Initie les maquisards à la fabrication des explosifs et les placer à bon escient. Au moment du débarquement, ainsi vise-t-elle des voies de chemins de fer, afin d'empêcher les Allemands d'acheminer des renforts vers la Normandie.

Après la guerre, Jeanne Bohec est professeur de mathématiques à Paris, au lycée Roland-Dorgelès dans le 18e arrondissement, dont elle sera maire gaulliste de 1975 à 1983. Une place porte son nom dans ce quartier. Elle est inhumée à Plestin.

L'Hirondelle

Ursula était grande, brune, berlinoise, juive, peu conventionnelle, et férue de pâtisseries. Fille d'un banquier de gauche, elle était portée sur l'agit-prop, et s'est inscrite à la Ligue des jeunes communistes dès le lycée. Militante d'instinct, elle n'est pas hostile à la bagatelle mais soucieuse de vérité : "On raconte que j'ai embrassé vingt garçons à la fiesta la nuit dernière, c'est inexact, je n'en ai embrassé que dix-neuf !" affirme-t-elle à son frangin. Son père était bibliophile, elle hérita de la passion des livres, voulut devenir libraire, fut licenciée de son premier emploi, dans le groupe de presse Ullstein Verlag, pour avoir participé à la manif du 1er Mai. Réaction viscérale : elle crée la MAB, Librairie des travailleurs marxistes, et devient rédactrice au journal communiste *Le Drapeau rouge*.

En 1929, Ursula Kuczynski épouse un architecte, Rudolf Hamburger, qui ne tarde pas à être embauché en Chine, chargé de rénover Shanghai. Officiellement envoyée spéciale de journaux communistes, Ursula est secrètement missionnée par le KGB, elle crée là-bas un réseau d'espionnage. Et croise une aventurière, la journaliste américaine féministe et activiste Agnes Smedley, une révolutionnaire en pantalon, pistolet à portée de main car elle se sait visée par les nationalistes anticommunistes. Devenues copines de combat, et pas que de combat ("Je ne suis pas une nonne !"), elles se partagent le lit de Richard Sorge, séduisant et sulfureux espion de l'Armée rouge, que des éclats d'obus ont handicapé à vie, lorsqu'il s'était engagé dans l'armée allemande en 1916 : il a perdu trois doigts à la main gauche et boite à cause de ses blessures aux deux jambes. Sorge utilise l'appartement du couple Hamburger pour tenir les réunions de son réseau, où Ursula hérite du nom de code Sonya. Jusqu'au jour où, dénoncé, le réseau doit s'autodétruire. Sorge est obligé de rejoindre Moscou, où il vante tant les mérites d'Ursula qu'elle est invitée à venir suivre un stage de formation dans la capitale russe. C'est là qu'elle reçoit un nouveau nom de code, l'Hirondelle. Sa nouvelle complice est une Française, Renée Marceau, envoyée peu après en Espagne pour tenter d'assassiner Franco. La formation d'Ursula consiste à fabriquer une radio avec des pièces faciles à dénicher dans les magasins, et à envoyer des messages codés. Elle devient experte ès bricolages d'émetteurs-récepteurs, transmetteuse de morse chevronnée. Puis, promue capitaine de l'Armée rouge, la voilà réexpédiée en Mandchourie, sous couvert d'ouvrir une librairie, afin d'y enrôler des partisans communistes. Les services secrets voudraient qu'elle y aille avec le camarade Johann Patra, lituanien, tel un couple marié. Elle refuse net. Accepte juste de mimer d'avoir une liaison avec ce collègue. Durant ce nouveau séjour chinois, Ursula voit s'installer près de chez elle un voisin inattendu : obèse et gros buveur, Hans von Schlewitz est un aristocrate allemand, trafiquant d'armes, nazi par opportunisme commercial. Elle se débrouille pour s'en faire un protecteur. Mais la mission tourne court après l'arrestation de ses deux acolytes chinois. Un séjour à Dantzig sous le nom d'Ursula Schultz est également interrompu par la présence dans son immeuble d'un fonctionnaire nazi qui a détecté des envois radio suspects. Ursula apprend qu'il va faire procéder à une fouille. L'urgence est de déguerpir.

En 1938, elle est en Suisse, secondée par l'Anglais Alexander Foote, nouvel amant, qui lui recommande chaudement d'enrôler un certain Leon Charles Beurton, acquis à leur cause. Rendez-vous devant une épicerie de Vevey, au bord du lac : Beurton doit tenir une pomme dans la main gauche et avoir un journal plié sous le bras droit, Ursula tient un filet d'oranges. C'est le coup de foudre. Lorsque, divorcée de Hamburger, elle demandera à Beurton de l'épouser en 1939, après avoir dénoncé l'accord germano-soviétique, ce n'est pas seulement par stratégie, pour lui faire avoir un passeport britannique. Ces deux espions s'aimaient d'amour tendre. Cet épisode reste polémique. Dans ses Mémoires, Beurton parle effectivement de passion, mais Ursula prétendit que c'est le renseignement russe, le GRU, qui lui demanda de faire le nécessaire pour apparaître comme un couple aux yeux des pouvoirs publics locaux. Survient une contrariété : Olga, la nurse de ses enfants, dénonce Ursula comme espionne. Leon Beurton lui conseille de la liquider, elle préfère mettre ses enfants en sécurité et quitter le pays. Mais la voilà louche, interrogée par les services secrets britanniques, et dépressive comme son amie Agnes Smedley qui souffre d'hépatite et perd ses ongles. Par une amie d'Agnes, la journaliste Emily Hahu, Ursula a appris que son ex-mari Rudi Hamburger a été arrêté, menotté. Selon la correspondante du *New Yorker* en Chine, une amatrice de cigares fréquentant les fumeries d'opium et les dîners mondains, flanquée d'un singe gibbon habillé d'un smoking taillé sur mesure et d'une couche-culotte, l'espion communiste se serait comporté comme un amateur, sortant une arme dont il ne savait pas se servir et tentant d'avaler en vain un papier compromettant. "On se serait cru dans un film !" écrit la plumitive qui a assisté à la scène. Une réflexion qui fait mouche, car Ursula a tourné dans trois films, le premier lorsqu'elle avait onze ans *(La Maison aux trois jeunes filles)* et deux autres à trente-six ans. Son pseudo d'artiste est Ruth Werner.

Mais l'exploit majeur d'Ursula survient en 1941. Menant une apparente vie tranquille de mère de famille à Oxford pendant que son nouveau mari s'est engagé dans la Royal Air Force, pédalant à bicyclette sur 40 kilomètres pour aller rendre visite à cet époux militaire, elle établit les connexions d'un réseau d'espionnage destiné à couvrir les activités du savant Klaus Fuchs, et devenue l'officier traitant du chercheur atomiste, elle transmet en URSS les études britanniques et américaines sur l'élaboration d'une bombe atomique, au nez et à la barbe de Miss Milicent Bagot, une redoutable fonctionnaire du MI5 qui la surveille de près, et dont s'inspirera John Le Carré pour son personnage de Connie Sachs. En 1950, elle part s'installer en RDA, décidée à "vivre comme une citoyenne ordinaire" en travaillant pour le service de presse national. Elle reçoit un blâme pour avoir laissé traîner des documents confidentiels sur son bureau au lieu de les enfermer dans un coffre, et démissionne. Elle redevient Ruth Werner, romancière cette fois. Démasqué, Fuchs purgera dix ans de prison en Angleterre. Rudolph Hamburger fera dix ans au goulag. Ursula restera l'une des rares agents russes que Staline n'a pas fait disparaître. "Quand vous entrez dans la machine du parti, dira-t-elle, ou bien vous attrapez des ulcères, ou bien vous vous cassez le cou, ou bien vous succombez au poison de l'exercice du pouvoir."

Lily la comtesse

La marquise, on sait à quelle heure elle sort du bois, mais la comtesse ? Il semble qu'Elisabeth Pinajeff soit née en 1900, en Russie, fille d'un architecte (Serge Pinajeff) et d'une comtesse (Anna Popoff). Où qu'elle soit née (d'aucuns parlent plutôt de Suisse, d'autres de Roumanie, de Lituanie), en quelle année (des biographies la rajeunissent), cette femme s'est harnachée de conditionnel, il semble que l'on ne soit pas tout à fait certain non plus de l'authenticité de son titre nobiliaire. Comtesse ou pas, elle aurait rejoint avec sa famille la communauté juive d'une ville ukrainienne, aurait suivi les cours de théâtre de Kharkov, aurait épousé à dix-neuf ans un ingénieur avec lequel elle se serait installée à Berlin. À la fin des années 1920, divorcée, elle se remarie à Paris avec un photographe autrichien dont elle est le modèle, Alexander Binder, qu'elle quittera pour s'installer un temps à Istanbul, puis revenir en France auprès d'un producteur de cinéma nommé parfois Marc Oudodowski (inconnu des archives), parfois Adolphe Osso (recensé comme PDG de la filiale française de la Paramount à Hollywood, producteur de L'Herbier dans les années 1930). Le visage d'Elisabeth Pinajeff n'est pas sans évoquer celui de Garbo, dont Binder fut le photographe principal, quand elle tournait avec Pabst.

Le cinéma l'a occupée. D'abord figurante dans des films russes, elle a postulé pour un film de Carl Dreyer sur les pogroms (*Les Stigmatisés*, 1922), s'est montrée dans une trentaine de films, essentiellement allemands (du *Roi au cœur tendre* de Bruno Kastner en 1924 à *La Pécheresse* de John Coder en 1927, en passant par *Moi, j'aime volontiers embrasser les femmes* d'Alphons Fryland en 1926), pour finir en France sous le pseudonyme de Lily Dorell : Marcel L'Herbier la fait tourner en 1937 dans *La Tragédie impériale*, un film sur Raspoutine avec Harry Baur. Elle n'a jamais décroché de grand rôle, même si les films d'Edmond T. Gréville la rehaussent un brin (*Le Triangle de feu* en 1932, *Vacances conjugales* en 1933). Gréville, joyeux drille, raconte que pendant le tournage du *Triangle de feu* en terres national-socialistes, il trompa sa femme, couchant avec une figurante qu'il ne nomme pas : "Or la blonde enfant, au moment du paroxysme, ne cria pas « Maman ! » mais ne put retenir un « Mein Führer ! » qui coupa aussitôt tous mes effets." Était-ce elle ?

Des rumeurs, durant la Seconde Guerre, nourrissent la perfidie de notre interrogation. Tandis qu'Oudodowski file en Suisse, elle s'ébat à Paris avec un officier de la Wehrmacht, s'adonne à des trafics douteux qui la font traverser plusieurs fois la frontière avec de volumineuses valises. C'est en figure du Tout-Paris mondain qu'elle parade après-guerre, artiste peintre de son état, exposant ses toiles rue Matignon. Partageant avec elle son appartement de l'avenue Franklin-Roosevelt, André Le Troquer l'aide à décrocher de belles commandes officielles : les portraits de la reine d'Angleterre, de sir Anton Eden ministre britannique des Affaires étrangères, de Mme Coty, épouse de celui auquel Le Troquer caresse l'ambition de succéder à la présidence de la République française.

Le Troquer, avec lequel notre comtesse a ouvert un petit commerce de lingerie à l'Étoile, est l'un des hommes politiques français les plus en vogue du moment. Cet enfant de l'école laïque, devenu militant socialiste SFIO, est revenu invalide de la Première Guerre, un bras amputé. Il a descendu les Champs-Élysées avec de Gaulle en août 1944, mais ses relations avec le général ne sont pas au beau fixe. Il a tenté de s'opposer à son retour en 1958. Député de la Seine, avocat de Léon Blum, il a été ministre de l'Intérieur, ministre de la Défense nationale, président de l'Assemblée nationale à deux reprises, de 1954 à 1955, et de 1956 à 1958. Il a tort de rêver à l'Élysée… car depuis le suicide de son épouse, cet ex de starlettes (Simone Michaux, dite Fanny Clair, l'a quitté pour un capitaine d'aviation divorcé de Marie Dubas) ne se contente pas d'accumuler les maîtresses. Il multiplie les galipettes. Il est amateur d'opéra, et de maisons closes. Porté sur la partouze, et le travestissement. D'Elisabeth Pinajeff il flatte l'amour de la peinture, d'André Le Troquer celle-ci flatte le goût pour la luxure.

En 1959 éclate l'affaire des Ballets roses. Lors d'une ronde de nuit place de la République, un véhicule de police appréhende Claudine, une jeune fille mineure recherchée pour chantage. Au service de deux proxénètes, la gamine de seize ans sert d'appât pour ébats avec des adultes qu'elle fait ensuite chanter, et rançonne. L'un de ces proxénètes, un certain PS qu'elle décrit comme son protecteur, la fait aussi participer à des parties fines dans les quartiers chics du 16e et dans un pavillon de banlieue. Rien moins que le pavillon du Butard, un rendez-vous de chasse dans la forêt de Fausses-Reposes, près de La Celle-Saint-Cloud. Devenu propriété de Joséphine de Beauharnais, ce bâtiment construit par Louis XIV a été prisé par Charles X et Napoléon III, loué au couturier Paul Poiret, abri de personnalités compromises avec l'occupant (en particulier l'écrivain Jacques Chardonne). Il est depuis mis à la disposition des présidents de l'Assemblée.

PS, Pierre Sorlut, ex-chauffeur du patron de la DST Roger Wybot, est devenu l'homme à tout faire d'André Le Troquer. Il se fait passer pour un policier, piège des donzelles désireuses de devenir danseuses ou actrices, leur fait miroiter son pouvoir de leur faire rencontrer des hommes puissants, susceptibles de favoriser leur carrière. Au pavillon s'orchestrent ainsi des spectacles érotiques mis en scène par la comtesse Pinajeff, spectacles prolongés par des bacchanales sous effet de l'alcool et de la marijuana. Les "artistes" ont entre quatorze et vingt ans, se prêtent à des poses dénudées, des chorégraphies sensuelles, du strip-tease. Des mères ont parfois été complices de ces orgies prétendument bénéfiques à l'élévation sociale de leur progéniture. Autres complices : le patron d'un restaurant chic, le directeur d'un magasin de confection, un coiffeur de l'avenue Matignon, deux flics, autant de membres du "tout-pourri", comme l'écrit *Le Canard enchaîné*, ayant permis que des messieurs âgés rencontrent ces jeunes proies dans leur établissement, leur cabine d'essayage, leur logis, ou dans une loge de l'Opéra de Paris... Douze inculpés, pour incitations à la débauche, actes "perpétrés sans le moindre souci de discrétion", spectacles indécents, exhibitions de nudité, "caresses fort précises entre femmes", flagellations à l'aide d'un martinet, huit victimes, Colette, Danièle, Gisèle, Nicole, Martine, Edwige, Marie-José, Claudine, déchues, rongées par la dépression, tentées par le suicide ou la délinquance.

L'affaire des Ballets roses procède-t-elle du complot politique ? C'est ce que plaide M. Le Troquer saisi par la débauche, clamant que ni Mme Pinajeff ni lui n'ont été mêlés à ces actes, ô combien dégradants, et grommelant en regagnant son banc : "C'est le général de Gaulle qui a exigé que je sois ici !" Et de même qu'il est douteux que, dans les bras de cet homme manchot et résistant, Mme Pinajeff au comble de la pâmoison se soit écriée "Heil Hitler !", il est notoire que M. Le Troquer n'accéda pas au trône de l'Élysée. Un ancien directeur des Renseignements généraux put constater que le sieur Pierre Sorlut ne fut pas renié par ses collègues, car désigné pour déposer une gerbe au pied de la stèle à la mémoire des agents disparus le jour de la cérémonie célébrant les cinquante ans de la création de la DST, en 1995.

1995 est aussi l'année de la mort d'Elisabeth Pinajeff, enterrée au cimetière de Vaucresson, commune des Hauts-de-Seine où elle s'était installée jadis, à quelques mètres de ce bâtiment qui devait abriter le régiment de transmissions de la Wehrmacht dont son amant nazi était officier. C'est une dame austère, sèche et rigide selon ses voisins, qui logeait à Vaucresson sous le nom de Mme Dorelis, un nom que l'on retrouve parmi les pseudos utilisés lorsqu'elle exerça l'activité de mannequin pour la maison de mode Marcelle Roze : de 1932 à 1938, *L'Officiel de la mode* publie nombre de ses prestations pour défilés de chapeaux, parfois Pinajeff, parfois Lily Dorell, parfois Dorell, parfois Dorélis.

Deux films naquirent de ces activités illicites. Le premier réalisé au pavillon du Butard et témoin des ébats mis en scène par Elisabeth, était l'œuvre d'un cinéaste de la RTF, pièce à conviction au procès, logiquement condamné à rester clandestin. Le secret, en 2005, est l'œuvre de Jean-Pierre Mocky, une satire de l'affaire, intitulé *Les Ballets écarlates*, réalisé pour dénoncer les réseaux de pédophilie. Le ministre de la Culture de l'époque, Renaud Donnedieu de Vabres, le jugea choquant et l'interdit.

Le salon des micros

Ce reportage a été publié en 1985 dans le magazine allemand Stern, *dans le cadre d'une enquête sur le Salon Kitty. Le journaliste qui avait retrouvé la trace de la fille de sa créatrice expliquait alors que celle-ci n'avait accepté de le recevoir et de lui parler qu'à la condition que son identité ne soit pas déclinée, et que le lieu où elle résidait reste également non divulgué.*

Un scandale avait motivé son exigence : la publication, peu avant, dans le même organe de presse, du "Journal intime d'Adolf Hitler", qui s'était révélé être un faux rédigé par l'escroc Konrad Kujau.

Appelons-la Barbara, puisqu'elle ne veut pas dire son prénom. Elle daigne reconnaître celui de sa mère, Katharina. Mais ne tolère aucune insinuation sur la succession dont elle se serait chargée à la tête de la pension Schmidt, après la mort de celle-ci. "Ni moi ni mon frère n'avons poursuivi les activités de maman", insiste-t-elle, indignée. Juchée sur un tabouret, elle extirpe du haut d'un placard une chemise vert-de-gris, fermée par une sangle noire. Et consent à l'ouvrir, au milieu de la table basse où elle l'a posée, entre nos tasses de thé. Voilà d'abord une photographie, montrant les deux femmes en 1922 sur un bord de mer : Katharina Zammit, rondouillarde à chapeau cloche et sautoir de perles, et notre hôte, blonde bouclée à chapeau de style Mistinguett, bouquet de fleurs à la main. "Nous avons toujours adoré la mode, les tenues des Années folles, collections dernier cri arborées dans les magazines, boas en plumes et jarretelles de dentelles." Rien à voir avec la photo suivante, infiniment moins mondaine : dans l'encadrure d'une porte ouverte, une femme en sous-vêtements blancs, encadrée par deux troufions boches, avec calots. Sur une troisième photo, un militaire à casquette pince le téton d'une fille aux seins nus. Puis voici un portrait, celui d'une fille très fardée, visage casqué de cheveux noirs à la Loulou. Dernier cliché : une entrée d'immeuble, belle et large porte arrondie encadrée par deux luminaires. Le 11, Giesebrechtstrasse dont Katharina fut la patronne…

Barbara résume la vie de sa mère en tirant sur une cigarette. Le paquet Marlboro sera vidé durant notre visite. Fille d'un boucher des quartiers prolétaires, Katharina Zammit est apprentie coiffeuse quand un riche Berlinois la choisit pour être sa poule et la couvre de cadeaux. Elle prend goût aux fréquentations tarifées, et ouvre son premier salon en 1922 (l'année de la photo des grues décorées), au 78, Budapesterstrasse. Les affaires marchent, la Pension Schmidt est inaugurée en 1933, premier bordel berlinois selon une rumeur bien difficile à prendre au sérieux, la maîtresse de maison s'est donc rebaptisée Schmidt et accueille des visiteurs étrangers. Katharina, dite Kitty, s'enrichit, et utilise ceux de ses clients qui voyagent ou qui fuient la capitale pour aller déposer la majeure partie de ses fonds dans une banque londonienne. L'un d'eux est le photographe d'origine ukrainienne Sam Levin, photographe de plateau de Jean Renoir, futur portraitiste de stars, dont Juliette Gréco évoquera la notoriété en 1960 en chantant "La Cuisine" de Jean Dréjac ("Les celles qui f'saient florès / En robe de Dior et sac d'Hermès / Rangées dans l'musée Grévin / Du ciné-club ou de Sam Levin…"). Les SS surveillent cet homme car il est juif ; ils interceptent des télégrammes qu'elle lui envoie. Sam Levin sera arrêté par les Allemands en 1942, Katharina l'est dès 1939, lorsqu'elle tente de franchir la frontière néerlandaise et se retrouve au siège de la Gestapo. Un auxiliaire de Reinhard Heydrich, le chef du contre-espionnage Walter Schellenberg, lui laisse deux options : revenir animer sa célèbre maison close aux bénéfices juteux, ou se voir mutée dans un camp de concentration. En 1939, rebaptisée Salon Kitty et financée par les services secrets, la maison du district Charlottenburg est transfigurée en bordel de luxe avec canapés et fauteuils clubs, piano à queue, glaces et lustres vénitiens, riches tapisseries à motifs érotiques derrière lesquelles sont dissimulés des micros. Chaque chambre est truffée d'une dizaine d'enregistreurs. Cinq tables d'écoute sont au sous-sol. Auxiliaires de police, les pensionnaires du Salon Kitty sont recrutées par Heydrich, sélectionnées selon des critères physiques, patriotiques, intellectuels, et selon leurs capacités à parler plusieurs langues, à savoir tirer au pistolet, pratiquer le judo. Outre les bandes enregistrées, elles remplissent chaque jour un rapport sur ce qu'elles ont pu soutirer à leurs clients. Parmi lesquels le ss Sepp Dietrich, qui exigeait de mobiliser pour lui seul les vingt filles de l'établissement. Ou le comte Galeazzo Ciano, ministre des Affaires étrangères italien, qui clame inconsidérément sa détestation du Führer, ce "petit clown ridicule", et dont Hitler logiquement briefé réclamera la tête à Mussolini, son beau-père. Plus malin, venu fréquenter le lieu sous l'identité du secrétaire de presse roumain Ljubo Kolchev, l'agent britannique Roger Wilson découvre le système d'espionnage, et bricolant quelques câbles supplémentaires, parvient à faire bénéficier les oreilles anglaises de ces confessions d'alcôves.

Le Salon Kitty est détruit le 17 juillet 1942 au cours d'un bombardement anglais.

Fritz Lang, nazis, espions

À Hollywood, en 1941, on voit des antisémites partout. Des Juifs aussi. Ne dit-on pas que Fritz Lang a du sang juif par sa mère, Pauline Schlesinger ? On dit aussi que la charmante Marlene Dietrich, antinazie notoire, renvoie volontiers Lang à sa judéité. Réfugié à Hollywood après que Goebbels a tenté de l'enrôler, Lang est-il un individu douteux ? C'est pourtant bien lui qui, cette année-là, vient de signer un film où un chasseur de fauves tente d'assassiner Hitler : *Man Hunt (Chasse à l'homme)* illustre un fantasme très développé à l'époque, celui d'avoir Hitler en point de mire, en l'occurrence, ici, dans le viseur d'un fusil à lunettes. Certains rêvèrent réellement d'assassiner le Führer, certains ourdirent des plans pour y parvenir et pour changer le cours de l'Histoire, certains envisagèrent de raconter cette histoire de sacrifice, à défaut d'avoir pu la voir réalisée, Max Ophüls chercha à adapter un roman écrit sur ce thème, Quentin Tarantino la filmera pour de bon, beaucoup plus tard, dans *Inglourious Basterds* (2009). Avec son ami Bertolt Brecht, Fritz Lang ambitionne de réaliser un film qui montrerait aux Américains ce que Hitler a fait de l'Europe : un continent opprimé par un dictateur. Ainsi naît *Les bourreaux meurent aussi* (1943), qui relate l'occupation de la Tchécoslovaquie par les nazis, dirigés par Reinhard Heydrich, le Fauve Blond, victime d'un attentat ourdi par des résistants.

En France, le génie du crime aux mille visages se nomme Fantômas, un démiurge créé par Pierre Souvestre et Marcel Allain. En Allemagne, le maître du Mal s'appelle docteur Mabuse, inventé par Norbert Jacques en 1921. Ce sinistre personnage est le héros récurrent de trois films de Fritz Lang. Il orchestre de dangereuses spéculations boursières et hante un cercle de jeu clandestin où il manipule les têtes d'une bourgeoisie décadente dans *Mabuse le joueur* (1922), il manipule son psychiatre et dirige un gang terroriste depuis l'asile psychiatrique où il est interné dans *Le Testament du docteur Mabuse* (1933, année de l'accession des nazis au pouvoir), il renaît dans *Le Diabolique Docteur Mabuse* (1960) sous les traits de Jordan et Cornélius, l'un médecin l'autre voyant faussement aveugle, deux hommes qui n'en font qu'un et dont Mabuse fut le père, le modèle. Incarnation démoniaque, usant de l'hypnose, du dédoublement, de l'alias et du pseudonyme, capable de pénétrer le secret des âmes et de disposer à sa merci des corps, Mabuse que Lang traite en "crapule" est Hitler, un tyran tout-puissant ourdissant des actes de terreur pour semer la panique dans les populations, punir un monde en proie à la dépravation, au désordre des plaisirs, anéantir la structure de l'État.

Signé alors que l'Allemagne vit un miracle économique, le dernier volet des *Mabuse* dénonce la persistance d'un mal rampant. Miné de galeries secrètes dont les rats sont d'anciens SS, cachant dans les garde-robes des miroirs sans tain permettant d'espionner ses locataires, l'hôtel Louxor où se déroule l'action fut construit par les nazis pour loger des diplomates, les surveiller et les faire chanter. Réplique du fameux Salon Kitty construit par Heydrich, un bordel de luxe où les visiteurs ignoraient que les chambres étaient truffées de micros. Une régie de surveillance vidéo épie tous ces clients plus ou moins galonnés dans un sous-sol secret. À l'heure d'un capitalisme marchand qui flirte avec les totalitarismes, *Le Diabolique Docteur Mabuse* prend acte des mutations technologiques. Le monde de marionnettes dont Fritz Lang dresse le portrait effrayant est celui des écrans de contrôle, du cinéma et de la télévision, des caméras de surveillance. C'est celui de la pulsion scopique, du voyeurisme, du spectacle frauduleux, de la téléréalité, de la capacité à voir ce qui n'est pas visible, du désir érigé. Un monde dont Lang, avec les moyens du cinéma, scrute les duplicités, les ruses, les pièges et les renversements. Tout ce que nous donne à voir l'actrice Dawn Addams, en laissant croire qu'elle ne se sait pas épiée alors qu'elle sait qu'elle l'est, est comédie (faux suicide, fausse agression, faux meurtre), le revolver est chargé à blanc, et le justicier se retrouve dans la peau de l'espion. Sarcastique mise en abyme, Lang a choisi pour interpréter le brutal mari de cette dépressive un acteur qui est son propre sosie.

Brève nécrologique

Nous apprenons le décès de l'actrice et danseuse Claire Luce, survenu le 31 août dernier. Les vrais débuts de Claire Luce se sont faits sur scène, à Broadway. Après un premier essai cinématographique en 1930 dans un film de John Ford, *Up the River*, elle est Mimi Glossop aux côtés de Fred Astaire dans *The Gay Divorce*, rôle repris par Ginger Rogers lorsque la comédie musicale est adaptée à l'écran. Puis elle part jouer la pièce à Londres, s'installe en Angleterre où Shakespeare lui tend les bras. Claire Luce fut aussi de la distribution de *Mademoiselle Docteur*, le remake qu'Edmond T. Gréville réalisa du film de Pabst en 1937 sur la célèbre espionne allemande de la Première Guerre mondiale, avec Erich von Stroheim dans le rôle du colonel allemand amoureux de l'héroïne. Dita Parlo, qui interprétait l'espionne et qui fréquentait le producteur allemand du film, Max Schach, fut suspectée par la suite d'avoir été une agent nazie. Elle avait été en tout cas particulièrement perspicace en matière d'espionnage conjugal, en découvrant que Claire Luce était la maîtresse du réalisateur durant le tournage. Gréville avait alors eu le mérite de séduire Claire Luce, qu'il décrivait "fulgurante, un peu diabolique, des yeux verts, de longues jambes merveilleusement galbées, une bouche sensuelle qui devait faire crever les hommes" ; elle était très courtisée, en particulier par Randolph Churchill, le fils de Winston.

Claire Luce voyageait beaucoup, sans raison logique apparente. Le bruit courut qu'elle appartenait aux services de renseignement des États-Unis. Il s'est murmuré après la guerre que l'amitié unissant Claire Luce et une autre comédienne, Susan Swinton, était née dans la clandestinité. Les deux femmes auraient appartenu au même réseau...

New York News, 3 septembre 1989.

La vie de décès

Le véritable objet de cette annonce est le constat de disparition véritable de celle qui, de tréteaux en écrans, n'aura cessé d'incarner des disparues. On peut dire que, chaque fois que Judith Radcliffe incarna des aventurières et espionnes d'antan, plus ou moins célèbres, puisque tel était son emploi, elle les fit revivre. Dans les journaux, nombre d'articles nécrologiques sont écrits à l'avance et stockés dans un dossier nommé "marbre", ou “frigo”, voire dans le sabir professionnel “viande froide”. Judith fut telle et telle, ressuscitées sous ses traits, sorties du caveau le temps d’un spectacle, elle fut enrichie par les unes et les autres qu’elle décongela. Dans la vie elle cherchait toujours à se cacher. Dans ses rêves elle s’imaginait jouer une morte pour de vrai. À la fin de sa vie elle confiait vouloir rester crédible quand elle aurait passé l’arme à gauche. Être la meilleure interprète possible d’elle morte. Qui reprendra son flambeau ?

Confession sans remords

Fabienne Durlac n'existe pas, c'est le nom fictif dont nous affublons ici ce témoin, prêt à confesser l'état d'esprit qui fut le sien, entre 1941 à 1944, lorsqu'elle exerça des activités d'agent double. Elle a bien voulu nous parler à condition que le détail de ses faits et actes reste flou, et que sa véritable identité ne soit pas divulguée. Cette femme retraitée réside aujourd'hui dans le Midi pyrénéen après avoir été rédactrice en chef dans un média parisien. Elle a publié plusieurs romans. Notre entretien s'est déroulé chez elle, interrompu ici et là lorsqu'elle a voulu aller rechercher la véracité de ses citations.

Comment en êtes-vous arrivée à devenir agent double ? Est-ce le fruit de circonstances, ou un destin sciemment assumé ?

Jamais je n'aurais accepté de me laisser manipuler ou même laisser influencer par les évènements. J'avais déjà à l'époque suffisamment de bagage pour être consciente de ce qui se passait, et de ce que je faisais. Disons que je faisais mienne cette phrase de Balzac, même si je ne l'ai découverte que plus tard : "Une bien belle chose est le métier d'espion, quand on le fait pour son compte et au profit d'une passion."

De quelle passion parlez-vous ? Avez-vous agi par idéal, par patriotisme ?

Je parle de la passion d'agir, de la passion de vivre, de la sensation de pouvoir maîtriser son équilibre dans un contexte instable, chahuté, dangereux, et de l'ivresse d'avoir un coup d'avance sur ceux qui prétendent vous utiliser, de savoir contrôler le vertigineux scenic-railway dans lequel je m'étais propulsée moi-même. Un jour, vous faites en sorte que la fiction soit vraie, vous décidez de devenir un personnage, de vous défaire des scénarios préfabriqués pour en inventer d'autres, d'être l'héroïne de vos rêves, et vous le savez bien, les rêves sont des vérités interdites. Ce jour-là, vous passez outre les critères du vrai et du faux, de la morale et de la perversion. Je vous citerai un autre écrivain, Blaise Cendrars : "En somme, rien n'est inadmissible, sauf peut-être la vie, à moins qu'on ne l'admette pour la réinventer tous les jours." Se plonger dans la fiction, ce n'est pas s'éloigner du réel, c'est l'inverse !!! Quel ne fut pas mon bonheur d'entendre un jour Delphine Seyrig, c'était pendant le tournage d'*India Song* je crois, proclamer que les femmes avaient un dénominateur commun, celui d'être actrices, d'être obligées d'être actrices ! Oui, toutes les femmes sont sommées de "jouer" à être ce que l'on attend d'elles, mais aussi tous les personnages, tous les rôles les plus imprévus, toutes les femmes, tous les "cas" ! Le cursus d'un homme est beaucoup plus balisé, prévisible ! Prenons un autre critère de comparaison, celui du physique ! Il est admis qu'une femme, et une actrice en particulier, est censée rester séduisante, arborer une apparence attirante, et que de ce point de vue comme de beaucoup d'autres, elle n'est pas "jugée" sur un pied d'égalité avec un homme ! Si bien qu'au fil de sa vie, au fur et à mesure qu'elle vieillit, la femme porte des masques, qui sont les masques de son âge, et ceux qui croient que les femmes sont ce qu'elles paraissent se trompent, ces masques… ne sont que des masques !

S'agit-il de vivre des rêves, ou des fantasmes ?

Si j'ai bien lu Freud, les rêves sont des rébus à décrypter, alors que dans les fantasmes nous nous déguisons, nous exprimons un désir, nous nous découvrons comme des personnages différents de ceux que nous interprétons dans la vie réelle. Dans les deux cas, l'inconscient nous parle, nous envoie des messages, des images. C'est une part obscure de nous-mêmes, et même étrangère, qui nous renseigne sur ce que nous sommes, ou sur ce qui nous hante. On parle souvent du théâtre intérieur où nous emmène notre libido, de la scène imaginaire où nous jouons une représentation interdite, voire transgressive… Disons, pour rester dans le charabia psychanalytique, que faire l'espionne a été pour moi une façon de négocier mon ça avec mon surmoi. Ou mon persona, qui serait mon masque social, et mon "ombre" qui endosserait ma culpabilité ! Mais, pas la peine d'aller chercher Freud ou Jung vous savez ! Déjà Platon avait évoqué cette voix impérieuse qui le guide ou le dévie, et qu'il appelait son "démon". Elle est chez lui une voix morale, porteuse d'inhibition. Moi, mon "démon" m'a libérée... Ou m'a permis d'assumer mon plaisir !

L'espionne que vous avez été, c'était votre double, un double diabolique ?

C'était mon autre moi, mon autre "je", celui par qui j'ai mieux existé, par qui j'ai été plus moi-même. Vous connaissez Berthaud, le héros du *Bœuf clandestin* de Marcel Aymé, qui mène une double vie, se prétendant végétarien en société et dévorant des biftecks saignants en cachette ? Cet homme a dû rêver, ou fantasmer, qu'il mangeait de la viande rouge, puis il est passé à l'acte en se disant que si son imagination lui procurait quelques délices, chacun de ses pas vers le réel lui serait encore plus délectable. Que nous enseigne cette histoire ? Qu'il est nécessaire de se façonner un leurre, un double de soi-même, respectable, consensuel, pour occuper le devant de la scène, donner à voir aux autres un personnage sécurisant, échapper à la surveillance normalisatrice de la société, du social, des donneurs de leçons et des juges. Parce que la mascarade sociale est une fiction elle aussi, elle orchestre du faux ! Et derrière la scène, soyez qui vous souhaitez, embrassez qui vous voudrez, jouez à l'agent secret de vous-même, frayez-vous un chemin clandestin. "Je est une taupe", disait Philippe Sollers. D'un côté faites semblant, jouez la comédie, mettez un masque, de l'autre vivez insoumis, brouillez les pistes, faites des grimaces et des pieds de nez. Je vous laisse décider de quel côté j'étais lorsque je tirais les rideaux, fermais la porte de ma chambre à clé, changeais de vêtements, sortais avec un rasoir au fond de la poche de ma veste, dévissais la plaque de consignes en cas d'incendie qui était dans l'escalier pour y camoufler des lettres, ou en sortir un passeport… André Malraux écrit dans *Les Noyers de l'Altenburg* que l'homme est un "misérable petit tas de secrets"… Qu'il parle pour lui, moi je ne trouve pas mes secrets si misérables !

Sans vouloir être insolent, ce goût du dédoublement ne peut-il friser la maladie ? Il y a eu des cas de troubles de la personnalité multiple qui ont pu être de l'ordre du désordre mental.

Je connais ces cas, vous pensez bien qu'ils m'ont passionnée. J'ai pensé y consacrer un livre, avant d'y renoncer, mais je me suis livrée à quelques recherches à ce sujet. Vous voulez parler de Félida X, cette Bordelaise qui alternait des phases de tristesse avec convulsions et des phases d'enthousiasme, entre des moments d'amnésie. De Louis Vivet, qui aurait eu une dizaine de personnalités différentes après avoir été paralysé des membres inférieurs durant un an et demi, à la suite d'un traumatisme psychosomatique (une vipère s'était enroulée autour de l'une de ses mains). De Miss Beauchamp, ou plutôt Clara Norton Fowler, l'étudiante de Boston. D'Eve White qui, devinez, avait un double qu'elle nommait Eve Black. De Shirley Mason, dite Sybil, cette autre Américaine ayant cumulé seize personnalités… Hollywood a été friand de ces "cas", leur consacrant plusieurs films, ce qui a permis à Joanne Woodward d'avoir l'Oscar pour avoir incarné Miss Beauchamp et ses déclinaisons, puis d'interpréter la psy de Sybil, le docteur Cornelia Wilbur. Tous, toutes, ont subi des enfances difficiles, voire des abus sexuels. On a beaucoup parlé de somnambulisme à leur sujet, parce qu'ils étaient soignés par l'hypnose. Aujourd'hui, après des procès intentés par des patientes (Nadean Cool, Sheri Storm), on sait que nous avions affaire à des troubles iatrogènes, c'est-à-dire à des constructions sociales élaborées par les thérapeutes en complicité avec leurs patientes. Pour Vivet, des experts ont expliqué qu'il "jouait" afin d'obtenir des récompenses, ou d'échapper à des peines de prison pour délinquance. En résumé, ce furent des cas de "folie à deux", et si je peux me permettre un point de vue personnel, je dirais que nombre de ces affabulations viennent de thérapeutes hantés par les chasses aux sorcières du Moyen Âge, fascinés par les récits de cultes et d'abus sataniques. Ce furent des thérapeutes suggestifs, qui, durant l'hypnose, montraient des images de sabbat ou soufflaient des scènes sulfureuses. Cela vient de Charcot, des autres, d'une longue histoire de maltraitance. À part Vivet, vous noterez que ces malades sont des femmes, et tout cela remonte à ces mythologies qui visent à affirmer que la femme a le diable au corps. Relisez Michelet, *Sorcière*, ce beau plaidoyer pour les mal-aimées, persécutées, hérétiques, païennes, affranchies, maudites, impures, condamnées à la clandestinité ou à la suspicion d'être des jeteuses de sort, des étrangères, des orchestratrices de messes noires. Relisez l'historienne Michelle Perrot, lorsqu'elle relate l'invention de la machine à coudre. Ce qui est perçu comme un progrès, une possibilité d'émancipation pour la femme n'échappe pas à l'ambiguïté : d'un côté cet instrument lui permet de tisser des vêtements chez elle, et plus rapidement, de l'autre il la maintient dans un rôle de machine ! Prennent-elles leur pied à coudre ainsi ? Si tel était le cas, ce serait trop ! Les moralistes se sont empressés à l'époque de s'inquiéter qu'elles ne s'adonnent à des plaisirs illicites, après que des médecins ont déploré que le mouvement continu des jambes lié aux pédales "excite le délire hystérique", que la trépidation, la vibration de la machine dans les usines textiles, ne "provoque une excitation génitale assez vive".

Chaque être a donc un ennemi intime qui serait le social, et c'est contre lui qu'il est en guerre ?

Parlons de guérilla plutôt, cette forme de combat théorisée par Lawrence d'Arabie qui consiste à refuser l'assaut frontal au bénéfice de l'effet de surprise. Il s'agit moins de confrontation directe que d'art d'apparaître et de disparaître, de surgir à l'improviste et de se retrancher, de jaillir de manière imprévue avant de se retirer, afin d'user l'adversaire. Entre parenthèses, d'archéologue, Lawrence d'Arabie était devenu un agent des services de renseignement britanniques, il épiait les mouvements des nationalistes arabes dans le désert, et il s'était fondu dans le paysage, portant le costume arabe, montant à chameau. Ses missions restent ténébreuses, comme ses prétendus pseudos, et son rôle en Afghanistan dans les années 1920.

N'y a-t-il pas quelque chose d'indigne à se faire passer pour quelqu'un d'autre, à gagner la confiance de quelqu'un pour le trahir ?

C'est un boulot, celui des taupes, des agents secrets, et, en temps de paix, c'est aussi le boulot de policiers qui traquent des mafieux ou des terroristes. La démarche peut paraître vile, mais grâce à ce type d'impostures, des attentats ou attaques peuvent être déjoués, des vies peuvent être sauvées. Là, je vais paraphraser Montesquieu : oui, l'espionnage est tolérable quand il est pratiqué par d'honnêtes gens !

Était-ce votre état d'esprit : œuvrer pour le bien public, vous salir pour éviter pire ?

Il y a des tas de gens qui ont des pensées indignes, inavouables. Comme l'écrit Jules Renard dans son *Journal*, "La morale c'est l'action, pas les sentiments". Moi, voulais-je me comporter en héroïne ? Pour être franche non. Se dire qu'il faut un mal pour un bien donne bonne conscience, mais je n'ai jamais cherché à me donner une conduite sociale, ni morale. Je vous l'ai dit, j'ai pris le monde comme un terrain de jeu. Aujourd'hui, on dirait que je me suis offerte des jeux de rôles dans le réel. J'admets que certaines des règles de ces jeux mènent parfois à des pratiques douteuses, des actes toxiques… Je retrouve mes pulsions dans le "double jeu" de l'artiste Sophie Calle, dont l'écrivain américain Paul Auster parle dans son roman *Léviathan* (son personnage se nommait Maria Turner), comme d'une "fille de la bonne bourgeoisie qui, tout en maîtrisant parfaitement les règles du comportement social, aurait cessé d'y croire…". Sophie Calle a raconté que lorsqu'elle avait six ans, elle s'amusait à se déshabiller entièrement dans l'ascenseur qui la montait au sixième étage de son immeuble. Et vingt ans plus tard, elle s'est piquée d'effectuer des strip-teases dans une baraque foraine dressée place Pigalle, dans le quartier où elle, ses parents et grands-parents habitaient. Un jeu de transgression, qu'elle effectua avec une perruque… Sophie Calle s'est aussi amusée à jouer au détective, suivre un inconnu, à Venise. Ou inversement, à jouer à être la proie d'un privé qu'elle avait engagé pour la suivre et pour rédiger des rapports sur elle, tout en s'arrangeant pour que ce type ignore qu'il était payé par celle qu'il filait ! Il devait noter ses faits et gestes quotidiens, la photographier… Toujours comme "artiste narrative", comme elle dit, elle a joué à la strip-teaseuse mais aussi à la femme mariée, la femme de chambre qui profitait de l'absence des clients de l'hôtel pour fouiller dans leurs affaires, photographier le contenu de leurs valises. Elle a invité des gens, pris au hasard, à venir dormir dans son lit. Et voyez cet écrivain, Emma Becker, qui s'est fait engager durant un an dans une maison close en Allemagne…

Comment s'est passé votre recrutement ?

Je me suis rendue au ministère de la Défense, et j'ai déclaré vouloir travailler dans l'espionnage. Il y a une période de formation, un stage où on nous apprend un peu la même chose qu'aux résistantes. C'est un "emploi", si j'ose dire, pour lequel les femmes sont bienvenues. Deux profils sont recherchés : les dactylographes, et ce que l'on appelait les femmes à bicyclette, celles qui relèvent les boîtes à lettres, des infos, des messages. On considérait que les femmes étaient moins repérables, parce qu'elles sont censées être des ménagères qui font leurs emplettes, transportent leurs provisions. Les femmes ont un sac à main, ou un sac à tricot, et des trousses de maquillage, très pratiques pour dissimuler des documents, soit dans le tube de rouge à lèvres, soit au fond d'un pot de crème de soin. Il y a aussi le cabas, où on peut cacher des grenades sous les légumes ; et le landau, qui peut receler un double fond. J'ai effectué mon initiation au terrain dans une boutique de bonneterie lyonnaise qui servait de quartier général à un réseau. J'y ai assisté à une descente de la police allemande : la gérante du magasin s'est précipitée pour avaler tout ce qu'elle pouvait avaler de compromettant, des bouts de papier. Je l'ai vue s'asseoir sur les genoux du chef de réseau qui était malencontreusement là au moment de cette descente, et l'embrasser à pleine bouche, pour faire croire qu'ils étaient fiancés… Ils ont embarqué l'heureux homme, deux miliciens ont été laissés là, dans les lieux, pour nous surveiller jusqu'au lendemain matin, où elle leur a fait croire qu'ils étaient plutôt séduisants. Pendant qu'ils nous attendaient au salon, où on devait leur amener du café, on a filé par une porte de derrière, dans les traboules… Cette soirée a été déterminante pour moi : j'y ai entrevu comment utiliser l'arme du désir, de la séduction.

Quelles étaient les directives, pour éviter les soupçons lors d'une fouille, d'une inspection ?

Il y avait des trucs à ne pas laisser traîner : le papier carbone, qui peut laisser penser que l'on fait des duplicatas ; une liste de numéros de téléphone peut aussi être vue comme grille de chiffres à ordre secret ; ainsi que tout livre ayant pu servir à coder un message, avec des traits de crayon encore visibles.

Et sinon, y a-t-il des détails, pour éviter d'être repérée, soupçonnée, par exemple des codes vestimentaires ?

Le mot d'ordre est d'être anonyme, passe-partout, transparente, de ne rien arborer de susceptible d'attirer l'attention, tout le monde pige ça d'emblée. Il n'y a qu'au cinéma que les espions s'habillent en espions, typés comme des James Mason à l'élégance british, sortis de Cambridge, en costumes à chevrons ou vestes sport en tweed, le gilet serré mais la cravate négligée car sans pince, et quand même parfois, selon le grade, un mouchoir distingué à la poche de sa poitrine, tout ce folklore d'une grammaire cinématographique des années 1950. Comme l'écrit Graham Greene dans l'un de ses romans, ce gars-là, s'il s'avisait de se fringuer de la sorte, ressemblerait à un acteur mal distribué : "En s'efforçant de vivre à la hauteur de sa mise, il cafouillerait le rôle."

Être espionne, n'est-ce pas jouer la comédie, et, en un sens, incarner un personnage ?

Cela va de soi, et comme on pourrait le dire des actrices, je pense que c'est une façon de s'exposer pour rester cachée. Jouer et espionner sont des activités semblables. Et jouer un rôle c'est disparaître. Avoir été espionne n'était pas sans risques, mais ce fut une façon de m'absenter de ce que cette période nous imposait d'épouvantable ! Comme si je m'enivrais, ou me droguais, pour planer au-dessus de l'horreur. Je ne voulais pas subir, j'ai préféré monter sur scène, la scène du réel. Ne pas être condamnée au statut de spectatrice dans le théâtre de ce monde en furie, mais y être actrice, une actrice qui, comme Descartes, "avance masquée". Si vous voulez, j'ai vécu en trompe-l'œil, je vivais une double vie, selon une stratégie visant à dissimuler la vraie personne derrière un avatar. C'est la fameuse technique du camouflage par mimétisme, ou contamination : de même que le meilleur moyen pour un vivant de passer inaperçu dans un cimetière serait de faire le mort, le meilleur moyen d'être oubliée dans un pays occupé est de se fondre dans la foule des occupants. J'ai jubilé lorsque j'ai lu les *Mémoires* de l'acteur Kirk Douglas, qui racontait avoir vécu dans un monde factice dans lequel il connaissait mieux ses personnages qu'il ne se connaissait lui-même. À force de s'immerger dans des rôles, réels tels Spartacus ou Van Gogh ou de fiction, on en arrive à oublier que l'on est une personne, à s'oublier soi-même. Voilà, Kirk Douglas a fini par oublier Issur Danielovitch Demsky, nom inscrit sur sa carte d'identité ! Il y a des cas qui prouvent que cette quête d'un autre soi-même dérape dans le malentendu, l'échec tragique. Arthur Miller avait vu juste lorsqu'il dépeignait Marilyn Monroe comme une femme qui déclamait de la poésie pendant que les gens lui ôtaient ses vêtements.

À ceci près que le personnage que vous avez choisi de jouer vous plongeait au cœur du volcan !

Ce jeu n'était pas sans danger, j'en conviens. Ni sans épisodes troublants. Il m'est arrivé de me retrouver face à un homme que je devais séduire, et de ne plus savoir mon texte, parce qu'il m'attirait, ce qui inversait les rôles ! Il nous a toujours été recommandé de laisser les hommes avoir l'impression dominante que ce sont eux qui mènent la danse, qui prennent l'initiative de la séduction, qu'ils ne se font pas manipuler. Mais il m'est arrivé, tout d'un coup, de perdre le fil de ma mission, d'oublier que je doive tout faire pour amener ma proie à m'avouer son envie de m'embrasser, et que je lutte contre une part de moi-même qui me poussait à prendre l'initiative ! Je repense aussi à cette femme dont on m'avait demandé de prendre la place auprès d'un contact ennemi et qui devait me transmettre des documents. L'homme avec lequel j'avais rendez-vous ne connaissait pas le visage de cette personne dont je portais le nom ce jour-là, l'opération s'était bien déroulée. Pourtant, j'ai été déstabilisée quelque temps plus tard lorsque j'ai appris la mort de cette femme, et vu sa photo dans le journal. J'ai trouvé perturbant de voir annoncer ma mort par procuration, et de me dire que cette femme avait peut-être été liquidée parce que je l'avais remplacée, à son insu.

Perturbée, mais pas culpabilisée ?

On sait dès le départ qu'il y aura de la casse ! Les dommages collatéraux font partie des servitudes à accepter. Il n'y a pas non plus que des écueils tragiques, il m'est arrivé de me retrouver dans une situation burlesque, comme le jour où je devais prononcer un mot de passe auprès d'un agent de liaison qui s'est révélé ne pas l'être. C'était dans un bistrot, je devais entrer en contact avec le type qui était derrière le comptoir, lui demander une bière, puis lâcher "la femme dort", un sésame pour qu'il me communique un message. Or ce jour-là, le barman habituel était grippé, cloué au lit, et je me suis retrouvée devant un intérimaire, un individu plutôt conforme à la description que l'on m'avait faite de mon interlocuteur, mais qui m'a dévisagée, un rien sceptique, et qui a fini par me répondre "Vous avez l'air bien réveillée !"

Quelle cascade d'émotions !

Vous savez, le public s'imagine qu'un agent secret vit des aventures palpitantes. Mais la réalité est d'une surprenante banalité, analogue à la monotonie d'un emploi de fonctionnaire. Ses prétendus morceaux de bravoure restent souvent de l'ordre du cliché, dignes des chapitres d'une littérature usée.

Tout est resté dans votre mémoire, le moindre détail ?

Vous vous doutez bien que mes souvenirs ont des failles, et que, peut-être, mon inconscient en occulte les épisodes les plus dérangeants. Comment le tri s'opère-t-il ? Rappelez-vous ce passage des *Antimémoires* dans lequel André Malraux croise Lou Andreas-Salomé, qu'il dépeint méchamment comme une "vieille dame vêtue d'un sac". Il essaye de la faire parler de Nietzsche, or à cet instant, peu importent à Lou Andreas-Salomé le philosophe et sa façon d'être, la seule chose qui compte pour Lou Andreas-Salomé qui, écrit Malraux, perd alors son "regard d'yeux magnifiques" et avance "une mâchoire de dentiste américain" (Seigneur !), c'est ce détail : "Je voudrais tout de même bien me souvenir si je l'ai embrassé ou non, sur ce chemin, vous savez, au-dessus du lac d'Orta." Cette anecdote illustre à mes yeux le fossé qui sépare la vie d'un individu de la façon dont cette vie est relatée, ainsi que la façon dont il se la remémore lui-même. Malraux explique que dans nombre de livres de Mémoires, l'auteur parle de lui à la troisième personne, et que nombre d'hommes illustres sont poussés à un dédoublement. Attendez que je retrouve le passage… "Napoléon n'est pas Bonaparte, Titien n'est pas le comte Tiziano Vecellio et Hugo, lorsqu'il pensait à celui qu'il avait d'abord appelé Olympio, l'appelait certainement Victor Hugo." Comprenez-moi, je ne me prends pas pour quelqu'un d'illustre, et Malraux poursuit en disant que "la plupart des humains sont dédoublés", les hautes figures et les stars l'étant plus que les autres, car "dépossédées de leur personne, mais encore de leur visage, que l'écran métamorphose". Pardon pour cette aspersion de citations, je ne cherche pas à faire ma savante, mais je pense aussi en vous parlant à ce livre d'Anna Seghers, *Transit*, roman qui, dit joliment Heinrich Böll, fait partie de ceux qui ont été écrits "avec l'assurance du somnambule". C'est l'histoire d'un homme poursuivi par la Wehrmacht, réfugié à Marseille en 1940, qui prend l'identité d'un autre homme, un romancier qui s'est suicidé, afin de tenter de rejoindre le Mexique, et qui tombe amoureux d'une femme qui ne veut pas partir sans avoir retrouvé celui qu'elle a quitté. Dans ce texte troublant les personnages ont un rapport complexe avec leurs souvenirs, ceux qu'ils doivent oublier, ceux qui reviennent par bouffées, ceux des disparus dont on s'accapare le passé. Christian Petzold, un cinéaste allemand, a réalisé une notable adaptation du livre. J'attire d'ailleurs votre attention sur ce créateur qui poursuit une réflexion passionnante sur la manière dont les Allemands se construisent un nouveau moi, ses héroïnes étant une Allemande de l'Est, médecin déportée dans un hôpital de province pour avoir voulu passer à l'Ouest, surveillée, épiée, confrontée au choix d'être elle-même ou une femme jouant double jeu *(Barbara)*, ou bien encore une femme fantôme, rescapée d'Auschwitz, défigurée, femme revenue masquée d'entre les morts, obsédée par son amour d'avant l'holocauste, déterminée à redevenir comme avant, corps et âme *(Phoenix)*. Quand elle peut à nouveau arborer un visage sans pansements, l'héroïne de *Phoenix*, cette passagère de la nuit, est prise pour un sosie par son mari qui, de son côté, cherche à la faire ressembler à celle qu'il croit disparue, tel le Scottie du *Vertigo* d'Alfred Hitchcock.

Certains auteurs littéraires adulés ont été des espions !

Et pas des meilleurs ! Par exemple Somerset Maugham ! Dont l'une des déconvenues rend modeste. Invité à un bridge par une cliente de l'hôtel où il loge en mission, la baronne de Higgins, il se rend compte que cette dernière agit pour le compte du gouvernement autrichien et le considère comme un citoyen potentiellement corruptible. Se piquant d'entamer un flirt avec cette blonde aux cheveux d'or et yeux bleus, peau de nacre et rose, poitrine opulente, histoire de s'amuser, voir lequel des deux piégerait l'autre, il se met à lui envoyer des fleurs, à partager avec elle une virée en canot sur le lac, dîne, écoute ses tourments d'amoureuse au cœur brisé… Une note sèche de son supérieur lui remet la tête à l'endroit : ayant appris que son cher agent genevois avait été vu plus d'une fois en compagnie de cette baronne fichée comme agent des puissances d'Europe centrale sans en avoir reçu l'ordre, celui-ci fait savoir que cette fréquentation est tout à fait inopportune. De cette remise au pas, le dragueur réprimandé déduit qu'espion mandaté par son mentor, il est lui-même espionné par le même mentor, et s'interroge sur celui ou celle qui l'épie pour ce boss dont ils sont tous les deux les sbires. Dans ce type de contexte tout le monde est suspect, des garçons de l'hôtel à cette femme aux décolletés généreux mais aux fins de soirées toujours frigides, l'énigmatique baronne de Higgins.

Recruté en 1941 par sa sœur aînée Elisabeth Dennys, impliquée elle-même ainsi que son époux Rodney (il y a une tradition de l'espionite chez les Greene, un oncle toujours opérationnel a été l'un des fondateurs de la Naval Intelligence durant la Première Guerre, et son frère aîné Herbert s'est compromis avec les Japonais),

Graham Greene fit le même constat. Dans l'un de ses romans, celui qu'il a titré on ne peut plus clairement *L'Agent secret*, il nous parle de l'insécurité permanente et définitive dans laquelle baigne celui ou celle qui exerce une activité politique clandestine, condamné à vivre en danger, forcé par une incrédulité désormais métaphysique de ne devoir compter que sur soi-même, jusqu'à douter de la foi qu'il a en lui-même dans un monde où personne ne lui fait totalement confiance, ni dans son camp ni dans celui de l'ennemi, porté à suspecter jour et nuit d'être surveillé, à plus ou moins juste titre, par quelqu'un de son clan, un voyeur à son tour épié par un autre sbire, sur lequel un énième homme de l'ombre écrira un rapport. La peur infiltrée dans la peau de ces hommes à cheval entre deux univers est difficilement décelable pour le quidam, qui ne peut s'en remettre qu'à quelques détails extérieurs, se fier à l'art de remonter le col d'un imperméable par temps de brouillard glacé, de se coiffer d'un chapeau mou, de porter la moustache "comme on arbore une cravate aux couleurs d'un club", de siroter lentement son gin ou son vermouth, voire son dry martini, à petites gorgées (rires).

Tout scruter, inspecter, dévoiler : un espion doit tout savoir de celui qu'il veut dominer, à commencer par ses faiblesses. Celles de Graham Greene sont connues, et lorsqu'après son installation à Freetown il propose à Londres de recueillir un maximum de confidences en ouvrant un bordel en Guinée, il se voit opposer un veto. À Freetown, la secrétaire de Greene est une grande fille mince, une bombe sexuelle et bonne buveuse. Il semble qu'en matière de sexe, Doris Temple (ainsi soit-elle) n'ait pas été son genre, elle est juste parfaite pour aller traîner ses yeux et ses oreilles dans les cocktails, les soirées, et tout lui raconter. Greene fut un agent incontrôlable, peu fiable, suspect de vouloir surtout fuir sa première épouse Vivien et la vie domestique ordinaire, identifié comme écrivain en mal de documentation, il est recensé agent 59200, débute en Sierra Leone, où il doit d'abord se familiariser avec la technique des messages codés. Il apprend à sécuriser ses textes en puisant des phrases lubriques dans un texte de John Cowper Powys, et utilise une bague que lui offrit son père comme sceau à tremper dans la cire pour cacheter sa correspondance.

Les adeptes du masque sont indulgents avec leurs congénères. À la fin de sa vie, Graham Greene fut victime d'un escroc, un imposteur qui se faisait passer pour Graham Greene. L'affaire l'amusa. Il s'était alors un temps retranché dans le Midi de la France, à Antibes, résidence des Fleurs, pour se rapprocher d'une maîtresse nommée Yvonne Cloetta. Il s'amusa lui-même au jeu de l'incognito : ayant appris que François Truffaut tournait un film à deux pas, aux studios niçois de la Victorine, il se fit passer pour un figurant anonyme, tourna une scène de *La Nuit américaine*, le rôle d'un agent d'assurances. Incognito, et sans que son nom figure au générique, il apparaît, british âgé. "On m'avait donné un parapluie dont je n'eus pas à me servir puisqu'on tournait en intérieur." Le réalisateur reconnut Greene un peu plus tard, sur la table de montage.

Mais c'est un cas isolé ! D'autres ont été performants…

Il y eut d'autres bras cassés ! Ernest Hemingway fut un espion risible. Installé à Cuba avec Martha Gellhorn, sa compagne, amie d'Eleanor Roosevelt, et journaliste, envoyée spéciale infatigable, toujours par monts et par vaux, sur les fronts les plus chauds, Hemingway ne pense qu'à aimer, boire et chasser. Il avale des couleuvres et du rhum, trucide canards et tourterelles quand il ne pêche pas le barracuda ou le macabi. Qui a cette idée folle, en 1943, de créer un réseau d'espionnage sur l'île du mojito et de la salsa, pour surveiller les agissements des sympathisants nazis du bled ? L'ambassadeur américain sur place, Spruille Braden, revendique l'initiative de le lui avoir suggéré, mais Hemingway considère qu'il est assez grand pour avoir eu cette idée seul, et se targue d'avoir constitué lui-même son équipe avec quelques barmen, pêcheurs, putes, souteneurs et clodos. Cela s'appelle Crook Factory ("L'Usine Escroc"), ça a de la gueule. Hemingway s'est joint à la Hooligan Navy ("L'Escadre de Voyous"), un groupe d'Américains propriétaires de yachts qui se piquent d'aider les Coasts Guards à traquer les sous-marins allemands. Avec son bateau de pêche plaisance baptisé *Pilar*, Ernest n'entend pas seulement rôder, observer discrètement, et dénoncer, il est déterminé à s'approcher, à jeter des grenades, voire à faucher les marins ennemis à la mitraillette s'ils s'avisaient de l'attaquer. Il remet ses rapports secrets à Robert Joyce, l'homme de l'ambassade en contact avec le FBI, en passant par la porte de derrière de son bureau. Joyce travaille avec un certain Raymond Leddy, agent du FBI à La Havane. Et pour tout dire, Leddy considère Hemingway comme un rigolo. Ses informations ne sont pas étayées, voire suspectes de nourrir des spéculations inspirées par des faits imaginaires. Quand, les soupçonnant de ravitailler les sous-marins allemands, la Crook Factory explore les grottes utilisées par les planteurs de sisal pour leurs stocks, elle ne trouve que des capsules de bouteilles de bière. Quand Hemingway prétend avoir repéré un contact entre un sous-marin allemand et un steamer espagnol au large de la côte, il reste fantaisiste. Quand il repère un paquet suspect au Bar basque et alerte le FBI, on ne sait si c'est du lard ou du cochon. Plaisanterie funeste ? Le paquet ouvert avec mille précautions contient un exemplaire bon marché de *La Vie de sainte Thérèse*. Il y a un parfum de guerre de religions dans cette blague : Leddy méprise les agents de Hemingway, mécréants et gérants de bordels, Hemingway méprise les agents de Leddy, ces bâtards catholiques. Rien ne va plus, donc, entre l'espion civil et les professionnels de cette profession secrète, même le chef de la police cubaine lui est hostile, ce général Benitez, ex-acteur de films de série B hollywoodiens, amant latin type qui a pris le maquis dans la capitale de l'oisiveté.

Est-il aisé de se bâtir un personnage clandestin aujourd'hui ?

Le combat reste à la fois impérieux et périlleux. L'internet permet à des aventuriers prudents de se créer un avatar, un double virtuel, mais le jeu reste entièrement fictif. Ces nouvelles technologies, les réseaux numériques, ont multiplié les surveillances sociales. Il n'y a même plus de jardin secret, on se précipite pour tout afficher, tout dire, tout photographier. Le but n'est plus de vivre caché mais de s'exhiber, de multiplier les amis. Il ne s'agit pas, comme je l'ai voulu et vécu, de se façonner un profil clandestin mais de tout l'inverse, d'exacerber le nombrilisme, la transparence ! Instagram clame l'étrange et très discutable urgence, pour vivre heureux, de vivre exposé ! Et cette façon de vivre en utilisant son smartphone comme un thermomètre social attise le désir de la norme, la mode. Étrange besoin de vivre sous le regard de l'autre ! Sphère publique et privée sont fusionnées, dans un mécanisme par lequel chacun se délecte d'être espionné. Délices de faire la promotion de soi ! C'est ce que le sociologue américain Christopher Lasch a appelé la culture du narcissisme.

L'espionnage, le travestissement restent néanmoins pratiqués entre États…

Évidemment, on a même pu en voir une forme particulière, liée à l'islam, avec la taqiya, qui autorise un croyant à dissimuler ou nier sa foi, voire à commettre des actes peu conformes aux textes coraniques. La taqiya c'est l'autorisation de mentir, de ruser, de transgresser les règles, de désobéir à la loi dont on se réclame afin d'abuser l'ennemi. Ainsi font les terroristes islamistes, qui affichent une Rolex à leur poignet, fument de l'herbe, fréquentent et séduisent des mécréantes, font tout ce que leur interdit l'islam, pour ne pas être repérés. Ils ne font que réinventer à leur façon la stratégie de Winston Churchill : "En temps de guerre, la vérité est si précieuse qu'il est nécessaire de la protéger par des remparts de mensonges."

Aujourd'hui, quel regard portez-vous sur cette période de votre vie ? Jugez-vous ces années comme ancrées dans une réalité sublimée, ou sont-elles de l'ordre d'un imaginaire réellement vécu ?

Je pense aux *Espions* de Fritz Lang que j'avais vu gamine. À ses deux héroïnes, Sonja et Kitty, à ce plan des mains de l'une, une cigarette entre deux doigts de la gauche et un doigt sur la gâchette d'un revolver dans la droite. Je me souviens très bien de cet éclairage spectral du film, et de cette image d'un collier de perles jeté, que l'une dédaigne et sur lequel l'autre se précipite, mordant une des perles pour vérifier si elles sont vraies.

Vous vous retrouvez dans l'une et l'autre ?

Plutôt dans l'espionne russe, l'amoureuse. L'autre, la vamp incrédule, ce serait vous, qui vous demandez quelle part de réalité recèle mon interview.

Abandonner la double vie n'a sans doute pas été simple ! Comment vous êtes-vous… recyclée ?

J'ai opéré un transfert du réel à l'art en quelque sorte ! En abandonnant mes activités d'espionne, je me suis mise à voir des films, et à beaucoup lire, d'abord. À me passionner pour les histoires ressemblant aux miennes, ou pour les situations énigmatiques. Les impostures littéraires, les expériences schizophréniques et les dédoublements. Les situations cocasses voire comiques nées d'un quiproquo, par exemple quand on est pris pour quelqu'un d'autre, quand vous allez flâner dans un cimetière, tombez sur un enterrement, que l'on vous prend pour quelqu'un de la famille du défunt ! Je suis devenue espionne… de bibliothèque. Je me suis mise à enquêter à partir d'histoires qui m'intriguaient.

Quels types d'histoires ?

Qu'est-ce qui pousse, par exemple, Arthur Schnitzler à écrire *La Nouvelle rêvée* ? Schnitzler détestait les écrivains qui mettent à nu leur vie privée dans leurs écrits.

On sait néanmoins, parce qu'il a rédigé un journal dans lequel il tenait scrupuleusement la chronique de ses rapports sexuels, que cet homme à femmes était un amant jaloux. Jacques Le Rider, historien spécialiste de Vienne, nous dit que Schnitzler était tourmenté par le besoin de connaître tous les détails de la vie antérieure de ses conquêtes, qu'il soumettait ses maîtresses à des interrogatoires pénibles et qu'il ne supportait pas leurs infidélités. Comme ses contemporains, les dramaturges Ibsen et Strindberg, il était otage de ce douloureux paradoxe qui nourrit nombre de toiles du peintre Edvard Munch, où des hommes souffrent de voir des femmes (fausses madones au visage de cadavre) "marcher comme les hommes", sans interdits. En salon, ces messieurs exaltaient le droit des insoumises à pratiquer l'amour libre, à s'émanciper ; en privé, ils les identifiaient aux vampires. Que raconte *La Nouvelle rêvée* ? Comment un couple est amené à gérer le conflit entre un désir de sécurité, d'ordre, de respect des codes sociaux, et un désir d'aventures, de transgressions. Schnitzler étant pétri de morale traditionnelle, il n'octroie à l'épouse que des aventures oniriques, tandis qu'il lance le mari dans des aventures tangibles. Je vous rappelle que c'est l'époque où Freud décrit le subconscient comme un abîme inquiétant. Ne pensez-vous pas que ces messieurs nourrissent le mythe de la femme fatale, et justifient à leur insu le fantasme éperdu de certaines femmes de doubler leur existence ?

J'ai lu un jour quelque part que Guy de Maupassant avait invité Henry James à déjeuner en compagnie d'une femme masquée, affirmant au romancier américain que la femme en question n'était pas une courtisane mais une femme du monde. L'histoire m'a parue douteuse, à la fois par son caractère frustrant (quel était le but de Maupassant ? Voulait-il entraîner James dans une partie à trois ?) et par l'incrédulité qu'elle suscitait (comme compagnon de débauche, on fait mieux que James qui passe pour avoir eu une vie sexuelle proche du néant). J'ai cherché d'autres sources de cette histoire, et j'ai retrouvé l'anecdote, avec Paul Bourget cette fois (Maupassant s'amusa-t-il à entraîner plusieurs écrivains à cette mascarade ?). L'idée était bien d'inviter Bourget à une partie à trois ! Il aurait donc présenté la femme comme une de ses maîtresses, qui tenait à rester masquée car appartenant à la bonne société et ne voulant pas être identifiée. Il se serait agi de l'épouse d'un universitaire. Le moment venu, cette femme est sortie un instant de la pièce, en déclarant qu'elle allait ôter son chapeau, et est revenue toute nue, mais masquée donc ! Le colporteur de cette anecdote, l'un des biographes de Maupassant, raconte que Paul Bourget s'avère incapable de passer efficacement à l'acte, soit à cause de la présence de Maupassant, soit perturbé par un tic, un petit tremblement nerveux de la femme offerte. Laquelle finit par se jeter sur Maupassant en criant "À toi, mon faune !". Poursuivant toujours mon enquête j'ai retrouvé une suite de l'histoire dans le tome IV du Journal des Goncourt. L'impuissance de Bourget aurait poussé la femme masquée à réclamer d'être "orgiaquée" par un écrivain réputé "chaud-de-la-couche". Catulle Mendès est désigné. Il accepte à la condition de pouvoir amener sa propre petite amie. Et, il faut que je vous retrouve la citation (elle part fouiner dans sa bibliothèque). Tenez... "Alors, entre eux quatre, avait lieu une terrible orgie, au bout de laquelle la femme de l'universitaire, dans une crise hystérique, allait chercher dans la chambre voisine le revolver de Maupassant et en tirait des coups à Maupassant et à Mendès." Elle tire... des coups de pistolet, comprenez bien ! La main abîmée en la désarmant, Maupassant expliquera, sacré vantard, qu'il avait été blessé par un mari qu'il était en train de déshonorer.

Bon, Maupassant fait le malin, mais où voulez-vous en venir ?

Dans les films, dans les romans, dans ces coulisses du réel, vous voyez bien que chacun joue un double rôle ! En voyant un film, en lisant un roman, vous adhérez à des possibilités d'être une autre. Ce sont des promesses d'existence que l'artiste vous suggère. L'œuvre d'art pousse à ne pas renoncer à l'action, à la possibilité d'être autre, à l'identification, à vivre ses fantasmes, à l'audace de changer le jeu social. C'est ce que l'on a appelé le bovarysme : s'imaginer autre que ce qu'on est, rêver d'un autre destin, comme Emma Bovary l'héroïne de Flaubert.

La littérature a bon dos ! C'est la femme masquée, ici, qui vous fascine !

La femme masquée oui, pourquoi elle se masque et pourquoi elle fascine ! C'est à la fois la façon dont l'histoire est racontée, déclinée, ce qu'elle révèle des pulsions de la dame, des pulsions des messieurs, des pulsions de ceux qui relatent, qui brodent, de ceux qui vont s'en délecter ! Je clos sciemment cet entretien par cette anecdote, parce qu'elle me permet de remettre un masque, de semer encore le trouble, et en même temps de vous brandir un miroir. Vous m'interrogez depuis un bon moment, mais vous êtes-vous interrogé vous-même ? Êtes-vous celui que vous prétendez être ? Qu'est-ce qui motive ce livre ? En somme, qui êtes-vous ?

TABLE

OUVRAGE RÉALISÉ
PAR SOFT OFFICE
À EYBENS
REPRODUIT ET ACHEVÉ D'IMPRIMER
EN AOÛT 2024
PAR NORMANDIE ROTO IMPRESSION S.A.S.
À LONRAI
POUR LE COMPTE DES ÉDITIONS
ACTES SUD
LE MÉJAN
PLACE NINA-BERBEROVA
13200 ARLES

DÉPÔT LÉGAL
1re ÉDITION : OCTOBRE 2024

N° impr. : 2403214
(Imprimé en France)